比较文学与世界文学 研究丛书

主编 曹顺庆

三编 第 **7** 册

个案与整体：文学人类学的在地发展（下）

徐艺心 著

花木兰文化事业有限公司

国家图书馆出版品预行编目资料

个案与整体：文学人类学的在地发展（下）／徐艺心 著 —— 初
版 —— 新北市：花木兰文化事业有限公司，2024〔民 113 〕
目 4+190 面；19×26 公分
（比较文学与世界文学研究丛书 三编 第 7 册）
ISBN 978-626-344-806-3（精装）
1.CST：文化人类学
810.8   113009366

ISBN-978-626-344-806-3

比较文学与世界文学研究丛书
三编 第七册   ISBN：978-626-344-806-3

个案与整体：文学人类学的在地发展（下）

作　　者 徐艺心
主　　编 曹顺庆
企　　划 四川大学双一流学科暨比较文学研究基地
总 编 辑 杜洁祥
副总编辑 杨嘉乐
编辑主任 许郁翎
编　　辑 潘玟静、蔡正宣　美术编辑 陈逸婷
出　　版 花木兰文化事业有限公司
发 行 人 高小娟
联络地址 台湾 235 新北市中和区中安街七二号十三楼
　　　　 电话：02-2923-1455 ／传真：02-2923-1452
网　　址 http://www.huamulan.tw 信箱 service@huamulans.com
印　　刷 普罗文化出版广告事业
初　　版 2024 年 9 月
定　　价 三编 26 册（精装）新台币 70,000 元　　版权所有 请勿翻印

个案与整体：文学人类学的在地发展（下）

徐艺心 著

目

次

第三章　文学与人类学的在地交汇

　　"在地交汇"之下的"文学"和"人类学"已经不是单纯的"文学"和"人类学"，而是具有了"文学与人类学"甚至"文学人类学"的跨界与互通之意蕴。这里，文学中的人类学不是指文学对人类学方法的借用，而是由文学提出了人类学意义上的人类命题；而人类学中的文学，也并不是指人类学家对民族志书写的客观性与主观性的反思，而是指人类学者运用人类学的视野与方法来对中国的文学与文化进行调查与研究。在这一意义层面，文学与人类学的在地交汇，便有了在文学中来看人类学以及在人类学中来看文学的历史语境。

　　显然，在当时作为半殖民地半封建社会的中国，知识界在面对如此复杂、严峻的国际国内形势的危急情形之下，对于知识的诉求、学术的目的自然与西方诸国存在着巨大的差异。就文学和人类学两个领域来看，中国本土作家的文学创作以及对民间风俗与民族文化的广泛关注，中国人类学者对本土的边疆边民社会以及城市底层社会的广泛调研，都带有十分显著的本土化特征。而正是在这种本土化的在地实践当中，为着同一的目的、同样的诉求，文学家、人类学者以至于当时整个中国学界，都显露出强烈的救国之宏愿与救民之关怀。

第一节　文学中的人类学

　　在中国历史语境中，西方新学与传统学术的关系，一方面表现为西方新学引发了或者说刺激了传统学术的变革，正如接下来所要谈论的"本土作家的文学书写"当中有关19世纪法国自然主义小说的影响以及本土作家的批判性吸收与改变，其中法国作家左拉（Emile Zola）所提倡的"实验小说"方法、强调科学方法及其观念意识对小说写作的关键作用、对人的生物属性的强烈关注以及其中存在的问题，皆可作为讨论文学中的人类学之历史内容。此外，"观察"在本土作家书写中所引起的方法与观念的转变，在"转向民间与民族"当中对狭义文学概念的打破与扩展，皆与当下文学人类学所重点关注并大量讨论的命题形成"历史与当下"的彼此呼应。值得注意的是，文学与人类学的在地交汇并非仅表现为人类学的单向影响，换言之，即并非文学与人类学的问题皆为人类学引起。因之，本节内容聚焦"文学中的人类学"问题，经由"文学"来看"文学"与"人类学"相关命题的历史情形。

一、本土作家的文学书写

当人类学视域进入中国学界以后，对传统的考据学产生的直接影响可以概括为"二重证据"向"三重证据"的突破，"第三重证据"对口传与活态的民间文化和仪式展演等内容的发现与强调，使得原先以文字为尊的文化生产与传承形态的局限性得到了深刻的反思和批评。但是，这种批评的出发点是人类文化的整体性，而并不是说人类学的视域之下只有"非文字"的文化才值得关注和研究。即是说，无论是"文字"或"非文字"，都应纳入人类文化的整体视野当中。而且"文字"和"非文字"也只是对人类文化的反映之一，另外诸如"经验"、"实证"、"思辨"、"幻想"、"生物"等各种对人之思考与描述的方式都是作为研究人的学问应该关注和必须关注的问题。

在这样的认识之下，"本土作家的文学书写"成为了本书论说"文学中的人类学"之组成部分。其中关于"本土作家的文学书写"有两层意义，其一是想说在狭义的文学概念（小说、诗歌、散文、戏剧）之下作家用文字书写的文学作品同说唱、舞蹈、山歌等非文字的文化文本一样，都是人类文化的重要组成；其二是想说本土作家的文学书写行为、过程所展现出来的对自我的思考、对生活的观察、对生命的关怀以及对人类的探索，显示出与人类学者在田野调查以及民族志书写当中所遇到的类似的问题和同样的困境，比如"自然"与"情感"；"真实"与"虚构"；"自我"与"他者"以及"经验"与"思辨"等命题。

在这一意义层面，作家的文学书写同样可以被认为是关于人的学问，这些"学问"是经由作家文学书写的行为和过程而产生，是与擅长实证的民族志文本不同的另外一种形式，是文学关于人的思考，是文学提出的人类学问题。

以下选取刘长述、李劼人、林如稷、巴金四位本土作家作为分析阐释的案例，这四位本土作家不仅都来自四川，而且皆与作为四川大学前身的不同历史时期的学校有着直接的关系，比如 1905 年进入四川省城高等学堂读书的刘长述；又如既是四川省城高等学堂附属中学堂学生并于 1925 年出任国立成都大学文预科主任的李劼人；再如 1938 年出任国立四川大学经济系教授以及 1949 年以后担任四川大学中文系教授的林如稷；1920 年（一说为 1918 年）曾就读于四川公立外国语专门学校的巴金。

小说：科学实验与心灵发现

法国作家爱弥尔·左拉（Emile Zola）在世界文学界享有很高的声誉，他所倡导的文学观和方法更是在很长一段时期对中国作家产生了较大的影响，比如郭沫若撰有《中国左拉之待望》一文，以此专门对李劼人的小说进行了评论；又如巴金在《文学生活五十年》当中提及："我在法国学会了写小说，我忘记不了的老师是卢梭、雨果、左拉和罗曼·罗兰。"[1] 再如林如稷专门翻译了左拉的巨著《卢贡家族的家运》，并在"译者序言"中对左拉的"自然主义"以及"实验小说"提出了看法。[2]

关于左拉生平和作品的研究数量众多，这里就不再赘言，接下来主要是想通过他所倡导的自然主义和实验小说中对科学的方法以及人之生物属性的高度关注这一点，以此检视受其影响的中国本土作家在文学创作领域是如何看待和处理此类问题。如果说左拉提倡的实验小说中的"人"是科学的人、自然的人，那么李劼人对其的评论以及他自身在创作中体现出来的观念，则是既肯定左拉派们敢于将那至黑暗的一面显露无遗，同时又在批评这种方法的片面化基础之上提出需要给心灵同样的空间，而不至于让人在自然主义"一边倒"的倾向中迷失方向。

左拉关于"实验小说"的首要提问是"实验是否有可能应用于文学？"[3] 为什么他如此关切这个问题，是因为当时社会的普遍认识是"人们否认这个方法可以应用于有生命物"[4]。不过，他借用克洛德·贝尔纳（Claude Bernard）

1　巴金：《文学生活五十年——一九八〇年四月四日在日本东京朝日讲堂讲演会上的讲话》，载李存光编：《巴金研究资料上卷》，海峡文艺出版社，1985 年，第 187 页。

2　（法）爱米尔·左拉：《卢贡家族的家运》，林如稷译，四川文艺出版社，2018 年，"译者序言"第 3 页。

3　（法）左拉：《实验小说论》，载朱雯等编选：《文学中的自然主义》，上海文艺出版社，1992 年，第 129 页。

4　（法）左拉：《实验小说论》，载朱雯等编选：《文学中的自然主义》，上海文艺出版社，1992 年，第 134 页。

《实验医学研究导论》一书当中的论点来说明这个问题。首先克洛德·贝尔纳肯定是相信实验可以运用于有生命物，不过和运用于无生命物的实验相区别的是，后者只需要考虑到外界的宇宙环境这一个环境，而对有生命物的实验就必须既要考虑有机体外部环境，又要考虑有机体内部环境。然而正是这个内部环境的存在，成为了实验运用于有生命物最大的困难。[5]左拉进一步将这个困难阐释为"在生物的有机体中，有一种诸现象之间的和谐协调需加考虑"[6]。即使如此，克洛德·贝尔纳仍坚信："在生物中，也像在无生命物中一样，一切现象的存在条件都是以某种绝对的形式来确定的。"[7]

对于这个"绝对形式"，左拉十分认同并认为这一"绝对形式"也存在于人的情感和智力当中，"必须从无生命物的决定论出发，去达到有生命物的决定论"，而"科学无疑会对人的大脑和情欲的一切表现找到这种决定论"[8]。由是，作为运用科学方法的实验小说，便以观察和实验为基础，以人的个人的以及社会的行动为对象，在对人的性格、情感、人类以及社会的事实进行分析后，形成思想和情感的法则。

虽然左拉提出了"法则"这一最高目标，但他依然承认还无法确定法则[9]。那怎么办呢？左拉把对"法则"的确立转向可能通往"法则"的两个可实验的对象之中——遗传和环境，指出"遗传"是影响人的智力和情感的重要因素，而人与环境的关系是"表现出生活在他自己所产生的社会环境中的人"[10]。在无法确定"法则"以及应怎样通向"法则"的路径这两项内容被确认以后，左拉对"实验小说"进行了如下总结：

> 实验小说是本世纪科学进步的结果，它继续并补充了生理学，

5　（法）左拉：《实验小说论》，载朱雯等编选：《文学中的自然主义》，上海文艺出版社，1992年，第135页。

6　（法）左拉：《实验小说论》，载朱雯等编选：《文学中的自然主义》，上海文艺出版社，1992年，第128页。

7　（法）左拉：《实验小说论》，载朱雯等编选：《文学中的自然主义》，上海文艺出版社，1992年，第136页。

8　（法）左拉：《实验小说论》，载朱雯等编选：《文学中的自然主义》，上海文艺出版社，1992年，第136-137页。

9　左拉指出，"在有关人的科学的目前状况中，混淆与晦涩还是十分严重，还不允许人们冒险去作最起码的概括"。参见（法）左拉：《实验小说论》，载朱雯等编选：《文学中的自然主义》，上海文艺出版社，1992年，第138页。

10　（法）左拉：《实验小说论》，载朱雯等编选：《文学中的自然主义》，上海文艺出版社，1992年，第139页。

而生理学本身又是建基于化学和物理学的，它以服从物理化学定律
并由环境影响所决定的自然人的研究来代替抽象人的研究，代替形
而上学的人的研究，一句话，它是我们科学时代的文学，正如古典
文学和浪漫文学是相应于经院哲学和神学的时代一样。[11]

　　这段阐述已经表明左拉对于科学的看法和态度，他不仅是要将科学实验
的方法引入小说写作，在他看来，小说写作是一种分析，而且他坚定地认为这
种分析可以形成关于人的情感和智力的法则。因此，他站在科学的一端来评论
哲学和理论家，认为科学可以使对人的研究不至于"堕入哲学思辨的迷津"，
不至于沦为"理想主义者的假说"，自然主义与他们不同的是，只需要满足于
追求事物的"怎样"而不是"为什么"[12]。

　　正是基于这种偏颇，李劼人对左拉提倡的自然主义及其实验小说提出了
质疑，在 1922 年发表于《少年中国》的一篇文章《法兰西自然主义以后的小
说及其作家》当中就"自然主义的崩颓"（La banqueroute du naturalisme）的
原因进行了总结。在李劼人看来，自然主义的崩颓，有种"成也萧何，败也萧
何"的历史意味，一方面自然主义的产生根植于时代的环境和社会的思潮，不
仅深受孔德（Comte）实验哲学的影响，同时也受到泰纳（Taine）决定论以及
克洛德·贝尔纳（Claude Bernard）实验医学的影响。实验科学方法的有益之
处在于可以"不顾阅者的心理，不怕社会的非难，敢于把那黑暗的底面，赤裸
裸的揭示出来"[13]，但也正因如此，自然主义"专是从实质描写"[14]，因而"忽
视心灵的力量"[15]，犹如医生只列病兆而不开药方。

　　自然主义的崩颓不仅有来自"内部的叛离"，更是受到了"外国的影响"[16]。
对此，李劼人列举了英国作家乔治·艾略特（George Eliot）、约瑟夫·鲁德亚

11　（法）左拉：《实验小说论》，载朱雯等编选：《文学中的自然主义》，上海文艺出
　　版社，1992 年，第 141 页。

12　（法）左拉：《实验小说论》，载朱雯等编选：《文学中的自然主义》，上海文艺出
　　版社，1992 年，第 141 页。

13　李劼人：《法兰西自然主义以后的小说及其作家》，载李劼人：《李劼人全集第 9 卷
　　文学批评》，四川文艺出版社，2011 年，第 145 页。

14　李劼人：《法兰西自然主义以后的小说及其作家》，载李劼人：《李劼人全集第 9 卷
　　文学批评》，四川文艺出版社，2011 年，第 146 页。

15　李劼人：《法兰西自然主义以后的小说及其作家》，载李劼人：《李劼人全集第 9 卷
　　文学批评》，四川文艺出版社，2011 年，第 152 页。

16　李劼人：《法兰西自然主义以后的小说及其作家》，载李劼人：《李劼人全集第 9 卷
　　文学批评》，四川文艺出版社，2011 年，第 145-146 页。

德·吉卜林（Joseph Rudyard Kipling），俄国作家陀思妥耶夫斯基、托尔斯泰、高尔基，挪威戏剧家易卜生（Henrik Ibsen），德国哲学家尼采、作家苏德曼（Sudermann）、剧作家豪普特曼（Hauptmann），意大利作家邓南遮（D'Annunzio），西班牙作家帕尔多·巴桑（Emilia Pardo Bazán），波兰作家显克维兹（Sienkiewicz）等众人，并对他们给予了一个总评论，即"能把个人的心灵寄予在所著的书中，对于世界上万事万物靡不表露其浓郁的爱情，怜悯的心理，即是对客观事物的描写，也多半是心理的、诗情的、慈悲的……并且在他们的作品上都能给予读者一种根本的解答，一种正面的需要"[17]。

与此同时，李劼人将"道德之恐慌"（crise de morale）所探求的路径总结为三[18]并发表看法，指出虽然这种种途径多少都带有一点"慌不择路"的意味，但毕竟是将自然主义从强调实质和唯物的倾向往文学的"虚灵"和"精神"上调转过来。但是对于那些又从科学一端走向宗教一端并以此宣告科学破产的人及其言论，李劼人认为这种做法有失公允而并不可取。

可见，李劼人深知左拉派自然主义的利与弊，因此在他的文学书写中他并不刻意强调"真实"与"虚构"，而是自然而然地将"虚构"和"真实"以它们本来的样子呈现出来，即虚构的便是虚构的，真实的便是真实的，颇有一种"法无定法，为我所用"的意味。比如他在介绍其"大河三部曲"时所言，"从庚子起写到辛亥革命，写所闻，写所见，写身所经历，三段一个系列，这就是大家所说的三部曲"[19]；在介绍《死水微澜》时，言明"头一部是写所闻，人物故事都是虚构的"[20]；在讲《暴风雨前》时提及，"我写这件事很费劲，因为经过不熟悉"。为了写好这部小说，李劼人颇下了一番工夫，其方法主要表现在诸如访谈、查阅历史档案以及搜集证据等方面。[21]

---

17 李劼人：《法兰西自然主义以后的小说及其作家》，载李劼人：《李劼人全集第 9 卷文学批评》，四川文艺出版社，2011 年，第 147 页。

18 李劼人将其总结为：第一，完全走出科学的境界，专从一般反背的规则上，去寻求一种不可理解的现象——催眠的现象，以付其妄想；第二，仍然利用科学的精神，而专在神秘学、占象术、妖怪学上，去求发展；第三，探讨神秘说的心理，而描写宗教上一种荒诞渺茫的迹象。参见李劼人：《法兰西自然主义以后的小说及其作家》，载李劼人：《李劼人全集第 9 卷文学批评》，四川文艺出版社，2011 年，第 149 页。

19 李劼人：《李劼人全集第 9 卷文学批评》，四川文艺出版社，2011 年，第 247 页。

20 李劼人：《李劼人全集第 9 卷文学批评》，四川文艺出版社，2011 年，第 247 页。

21 李劼人谈到，"为了反映出历史的真实，我访问了两位事中人，从他们亲身经历的

　　上述李劼人这种"法无定法，为我所用"的文学观有别于左拉所倡导的自然主义和实验小说当中定科学为一尊的主张。其实，细读郭沫若《中国左拉之待望》一文，可以看到郭沫若想强调的也是李劼人与左拉的区别[22]。在郭沫若的评价中，值得注意的是"健全的写实主义"，郭沫若将这种"健全"归结为"正义感"和"进化观"，这是郭氏的看法。在李劼人自己看来，他更加在意的问题是"作者自己的是非观、见解以及浓厚的感情"[23]。在《谈创作经验》文中，李劼人谈其创作《游园会》这篇处女作的一些经历，直截了当地说这个短篇"人和故事是虚构的"[24]，和其后的作品《儿时影》相比，他认为后者不如前者，原因在于《儿时影》"并不是不得已非写不可才写，而是'找'材料写，又只限于私塾，人生意义不大"[25]。两相对比，《游园会》的人和故事皆为虚构，但其中的"是非观"、"见解"以及"感情"却真实地存在于作品当中。

　　除了李劼人外，这一点也体现在巴金关于其作品究竟是"虚构"还是"真实"的自我辩论当中。对于《家》这部小说的创作经历，巴金在许多地方都进行过阐述[26]。在《一九七七年再版后记》中，巴金写道："在我的作品中，《家》是一部写实的小说。"[27]在《文学生活五十年》当中写道："我如实地描写了我

事情中了解当时具体情况，并参考了周孝怀的有关争路事件的笔记。（笔记中关于江永成和江问山的一个误会）我为这件事翻了二十多万字的文件，搜集了许多证据，拜访了十几个人，而用在书中的只有一句话"。参见李劼人：《李劼人全集第9卷文学批评》，四川文艺出版社，2011年，第249页。

22 郭沫若指出，"作者（李劼人）似乎是可以称为一位健全的写实主义者"；"他把社会的现实紧握着，丝毫也不肯放松，尽管也在描写黑暗面，尽管也在刻画性行为，但他有他一贯的正义感和进化观"。参见郭沫若：《中国左拉之待望》，《郭沫若学刊》2011年第4期，第2页。

23 李劼人：《李劼人全集第9卷文学批评》，四川文艺出版社，2011年，第245页。

24 李劼人：《李劼人全集第9卷文学批评》，四川文艺出版社，2011年，第245页。

25 李劼人：《李劼人全集第9卷文学批评》，四川文艺出版社，2011年，第245页。

26 比如在《家》的"后记"中，巴金写道："《家》里面不一定就有我自己，可是书中那些人物却都是我所爱过的和我所恨过的。许多场面都是我亲眼见过或者亲身经历过的。"在《关于〈家〉（十版代序）——给我的一个表哥》中写道："我把我大哥作为小说的一个主人公，他是《家》里面两个真实人物中的一个。然而，甚至这样，我的小说里面的觉新的遭遇也并不是完全真实的"，"所以我坦白地说《家》里面没有我自己，但要是有人坚持说《家》里面处处都有我自己，我也无法否认"。参见巴金：《巴金选集第一卷家》，四川人民出版社，1995年，第406页、第420页、第421页。

27 巴金：《巴金选集第一卷家》，四川人民出版社，1995年，第439页。

的祖父和我的大哥。"[28]另外在《〈爱情的三部曲〉总序》当中的一些叙述也显露出巴金的这种关于"写实"还是"虚构"的矛盾心态，他说："我可以公平地说：我从没有把自己写进我的作品里面。"[29]又说："结果，我的小说就成了完全虚伪的东西，这个我不能承认。"[30]

可以说，和左拉强调科学的人和自然的人不同的是，中国本土作家同时也关注情感的人和想象的人。

"观察"：方法与观念的转变

为了说明自然主义小说家应如何展开写作，左拉将"观察"和"实验"两种方法并置讨论，在此基础上，左拉提出"实验是为了检查的目的而发起的一项观察"[31]，作家根据观察到的一般事实出发制定实验，在此过程中，作家并不是完全的"摄影师"，而会对其中的要件进行干预和控制，可以说一部实验小说是作家对实验记录的重现。因此左拉认为"小说家同时是观察者也是实验者"[32]。

在左拉看来，作为观察者和实验者的小说家必须要用科学的实验方法来进行记录，这样才能"确定人和使人完整的环境状态"[33]。在方法层面，左拉尤其看重"观察"和"分析"，在一段关于自然主义作家应如何展开其创作的案例中，可以清晰地看到"观察"与"分析"是如何运作的：

> 我们的一位自然主义小说家想写一部关于戏剧界的小说。他从这个总的想法出发，还没有故事和人物。他首先关心的是汇总笔记中他对自己要描绘的领域所知道的一切。他认识某个演员，观看过某场演出。这已经是材料，最好的材料，这些材料在他心中已酝酿成熟。然后，他展开活动，让最知情的人谈情况，搜集词汇、故事和肖像。还不止于此：他随后要参考文字材料，阅读一切对他有用

---

28 巴金：《文学生活五十年——一九八〇年四月四日在日本东京朝日讲堂讲演会上的讲话》，载李存光编：《巴金研究资料上卷》，海峡文艺出版社，1985 年，第 193 页。

29 巴金：《巴金全集第六卷》，人民文学出版社，1988 年，第 4 页。

30 巴金：《巴金全集第六卷》，人民文学出版社，1988 年，第 5 页。

31 （法）左拉：《实验小说论》，载朱雯等编选：《文学中的自然主义》，上海文艺出版社，1992 年，第 129-130 页。

32 （法）左拉：《实验小说论》，载朱雯等编选：《文学中的自然主义》，上海文艺出版社，1992 年，第 130 页。

33 （法）左拉：《论小说》，载朱雯等编选：《文学中的自然主义》，上海文艺出版社，1992 年，第 221 页。

的东西。最后，他要走访各个地点，在一个剧院住上几天，了解最
细小的角落，并在女演员化妆室里待上几个晚上，尽可能浸染剧院
的环境气氛。一旦材料齐全，正如我上文所说的，他的小说就自动
安排妥帖。小说家只消按逻辑将事实分门别类。[34]

上述创作过程可以归纳为：1.提出想法；2.汇总笔记；3.展开活动，包括
访谈、搜集材料；4.阅读文字材料；5.亲临现场，如走访各个地点、在剧院住
上几天、在女演员化妆室待几个晚上；6.按逻辑将事实分门别类。这个具体的
过程便正如左拉所强调的作家的行事要求，"只向读者提供生活的记录，不作
任何安排以连接这些记录"；"让真实的人物在真实的环境里活动，给读者以人
类生活的一个片段"[35]。

左拉想强调的是，"把科学方法引入文学"[36]，不但是时代发展的必然要
求和趋势，而且它还将广泛地活动于社会科学、文学艺术以及政治当中，使得
文学领域的范围愈发扩大[37]。

以此观照本土作家的"观察"后发现，"观察"的意涵更接近于"身之所
历"和"身之所验"，"观察"的对象范围一般在于"生活"或"社会生活"，
在方法上则表现为"参与"和"调查"。

如李劼人将他"观察"的对象概括为"社会生活"，他在总结其写作《死
水微澜》《暴风雨前》以及《大波》等作品的个人经验时指出，正是因为他拥
有"曾参加过四川保路同志会运动"以及"曾在成都当过报馆主笔和编辑"诸
如此类的经历，才使得他"与社会接触面较宽"，"不免有些研究、观察"，"甚
至预测它未来的动向"[38]。通过李劼人的阐述，他的文学创作是以大量的社会
现实或事实作为依据和支撑，在此基础上他才得以展开"研究"、"观察"乃至
"预测"，正如左拉所言，小说的理想状态应该是"像学者那样依据推断"，而

34　（法）左拉：《论小说》，载朱雯等编选：《文学中的自然主义》，上海文艺出版社，
　　1992 年，第 206-207 页。

35　（法）左拉：《论小说》，载朱雯等编选：《文学中的自然主义》，上海文艺出版社，
　　1992 年，第 207、243 页。

36　（法）左拉：《论小说》，载朱雯等编选：《文学中的自然主义》，上海文艺出版社，
　　1992 年，第 221 页。

37　左拉指出，"对人类的精神来说，没有什么比这更广阔、更自由的事业了。我们在
　　以后将见到，与实验论者的辉煌胜利相比，经院学派，古板偏执的体系派以及理
　　想主义的理论家们显得多么可怜"。参见（法）左拉：《实验小说论》，载朱雯等编
　　选：《文学中的自然主义》，上海文艺出版社，1992 年，第 134 页。

38　李劼人：《死水微澜》，长江文艺出版社，2017 年，前记第 1 页。

不是"像故事家那样依据想象"[39]。

再如巴金同样将他"观察"的对象概括为"生活"，而且特别强调是"中国社会生活"[40]。值得注意的是，巴金说他学会了写小说的一个表现就是"把写作和生活融合在一起"[41]，"融合"一词的意义是指几种不同的事物合成一体，表达的意思是，写作即是生活，生活即是写作。这里，生活不再是作家单纯的观察对象，而是融入了作家个人之生命体验的一种表述形式。

接下来用具体的实例对本土作家的"观察"之变进行阐述。刘长述在《娱闲录》上发表了短篇小说《姐妹游春记》，其中有一段对成都青羊宫花会的描写，"城南青羊宫一片庙场"，"到了会期，大概可卖的货物没有不陈列得整整齐齐。尤以茶馆、餐馆，占了会场一大半地方。其次是洋货，再其次便是花"[42]，除了对花会现场的如实记录以外，其后他将十位小姐在花会上的支出明细以及购得之物进行了罗列，虽然人物为虚构，但罗列的这些内容之详实、数额之精确，可以说是对当时社会生活的据实所录。于作者而言，他不仅仅是一个旁观生活的"观察者"，还是一个参与生活的"记录者"。

表 2 《姐妹游春记》中对青羊宫花会消费方式的记录

女儿排序	支出明细与所购之物
大女	草花瓜种十包、矮栢三十株、施沿途乞丐二元、细篾玩艺十件
二女	田利利花布二疋、《家庭》一本、鞋锥一把、拈针钳一把、十二神墨一锭、泥玩艺十件、施舍乞丐四元
三女	秦西纱二丈、花露精四瓶、劝工局金绒椅一对、洋式架镜一个、绣屏四张、西洋磁披发雪孩十个、百元不足于大姐处借七十元
四女	古画四轴、宣陶磁两件、刻木玩小盒十个、于二姐处借五十元
五女	订《娱闲录》一年、《家庭》一年、《帝女花》一本、《崇祯宫祠》一本、《桃花扇》一本、风景信片十张、施舍乞丐六元
六女	凤尾茶花两株、白牡丹一对、粉红牡丹五对、素心兰一对、小鹦鹉十头

39　（法）左拉：《论小说》，载朱雯等编选：《文学中的自然主义》，上海文艺出版社，1992 年，第 217-218 页。

40　巴金：《文学生活五十年——一九八〇年四月四日在日本东京朝日讲堂讲演会上的讲话》，载李存光编：《巴金研究资料上卷》，海峡文艺出版社，1985 年，第 187 页。

41　巴金：《文学生活五十年——一九八〇年四月四日在日本东京朝日讲堂讲演会上的讲话》，载李存光编：《巴金研究资料上卷》，海峡文艺出版社，1985 年，第 187 页。

42　刘长述：《姐妹游春记》，载于润琦主编，周春华点校：《清末民初小说书系滑稽卷》，中国文联出版公司，1997 年，第 269 页。

七女	请姐妹"海棠春"大餐一台用洋酒二十瓶、波罗蜜罐头十个
八女	铅笔一打、钞本两个、自来水笔一支
九女	摸铜羊去钱一文
十女	一百元现存

又如李劼人自述其《死水微澜》是以"成都城外一个小乡镇为主要背景，具体写出那时内地社会上两种恶势力（教民与袍哥）的相激相荡"[43]，作品中的天回镇、文家场不仅是真实存在于成都的两处地方，小说中出现的一个关键人物罗歪嘴亦有生活中的原型，即邝瞎子[44]。小说共二十多万字，李劼人却只用了二十几天，原因就在于"通过他们思想、行为的发展，把故事串连起来"，"这些事在心里积蓄了很久，考虑不下十年，人物故事早就熟悉，提笔时只是作些安排"[45]，这正是前文引述左拉谈自然主义作家应如何展开写作时所言，"一旦材料齐全，正如我上文所说的，他的小说就自动安排妥帖。小说家只消按逻辑将事实分门别类"[46]。

再如林如稷在《故乡的唱道情者》开篇便通过地理视角对他所"观察"的对象"一个小镇"进行了描述，"我们的儿时眠巢在距省城不过三百多里，乘轿子四日可达的一个大县城外一里许的一个小镇"[47]。文中有这样一段描写归乡人与驻乡亲戚之间微妙的身份关系和人际互动的段落，可以说和作为人类学家的林耀华先生在《金翼》中所叙述的那一段关于店铺经营人员身份与分工细节有异曲同工之处，林如稷这样写道："家人们对我总像有远方归来暂住的神情，款待我同较亲厚一点的戚友样，许多事都不愿要我帮忙动手，而又有许

43　李劼人：《死水微澜》，长江文艺出版社，2017年，前记第2页。

44　据李劼人自述，"写罗歪嘴这个人，我却是无意得之。有段时间，我不愿教书，出来开了个小馆子，生意好，票匪很红眼，就把我儿子绑了票。当时宪兵司令田伯施（就是现在开汤圆铺的田汤圆）的部下有个当谍查的袍哥大爷邝瞎子，为人豪侠，帮了我的忙，用了很少的钱就把我的儿子取出来了。我很感激他，事后曾把儿子拜寄给他。他的绰号叫邝瞎子，其实他的眼睛并不瞎，这就是罗歪嘴名字的由来。罗歪嘴的形象也有我这个亲家的一部分"。参见李劼人：《谈创作经验》，载李劼人：《李劼人全集第9卷文学批评》，四川文艺出版社，2011年，第247页。

45　李劼人：《谈创作经验》，载李劼人：《李劼人全集第9卷文学批评》，四川文艺出版社，2011年，第248页。

46　（法）左拉：《论小说》，载朱雯等编选：《文学中的自然主义》，上海文艺出版社，1992年，第207页。

47　林如稷：《故乡的唱道情者》，载林如稷：《林如稷选集》，四川文艺出版社，1985年，第126页。

多事物是为我而添设的。"[48]虽然林如稷和林耀华二位所关注和在意的不是同一个问题，但这两种看似毫不相关的关于家乡人际关系的往来与互动的表述，实际上是从不同的切面展示了作家和人类学者对于人及其社会生活的"观察"之道，"殊途"却"同归"，"人"经由不同的"道"得到多方位的展示，最终的指向皆为关心人类自身及其前途命运的"人之道"。

正如巴金所言，"我几百万字的著作还不及轿夫老周的四个字'人要忠心'"[49]。虽然巴金回忆中的老周并未言明"人是什么"，但"人应该怎么样"便是"老周"对人之理解并引起了巴金的共鸣以及对"人"之思考。

另外在李劼人谈及创作经历时曾专门说到的一个外国作家值得注意，这个人便是 18 至 19 世纪的美国作家华盛顿·欧文（Washington Irving）。据李劼人回忆，林纾翻译的《旅行述异》对他影响很大，其《盗志》便是"学习他的写法，把我所见的社会生活，写成一些短篇"[50]。据一些专门研究华盛顿·欧文的学者的分析看来[51]，我们可以把这位作家的特点之一总结为：走出书斋的田野式作家。即是说，作家不完全只是作家。

这一点在李劼人这里已经表现得十分明显且确证，用李劼人的原话来说，"别的专家可以专一件事，搞文学的就不行，他所了解的方面就要广阔得多。'一事不知，儒者之耻'，不知道的东西太多了，文学家就不成其为文学家了……我们有机会还要到生活中实证一下，加以选择"[52]。

上述还只是李劼人就文学来说的，实际上他的视野还要阔大得多：

> 但到底因为时代不同，二十世纪初期的学术，并不像前世纪的
> 情形，社会普遍化、共同化的潮流，已成为一种不可抗拒的力量，
> 无论何种学术，都不再容许专囿于一孔之见。[53]

---

48 林如稷：《故乡的唱道情者》，载林如稷：《林如稷选集》，四川文艺出版社，1985 年，第 128 页。

49 巴金：《愿化泥土》，载读者丛书编辑组编：《春暖花开的日子》，甘肃人民出版社，2019 年，第 46-47 页。

50 李劼人：《李劼人全集第 9 卷文学批评》，四川文艺出版社，2011 年，第 246 页。

51 刘荣跃：《欧文是一位什么样的作家——关于华盛顿·欧文及其作品》，《四川文学》2019 年第 12 期，第 159-167 页。

52 李劼人：《李劼人全集第 9 卷文学批评》，四川文艺出版社，2011 年，第 250-251 页。

53 李劼人：《法兰西自然主义以后的小说及其作家》，载李劼人：《李劼人全集第 9 卷文学批评》，四川文艺出版社，2011 年，第 150 页。

这段写于 1922 年的文字，在时间即将进入 2022 年的当下，不正是百年前一位四川本土学者对于世界性学术将要面对和走向跨界与互通的远见卓识吗！一直被人们视为本土作家的李劼人，他不仅是个作家，更是一个经由文学提出人类学命题的学者，是一个视野开阔、打破常规的跨学科实践的先行者。

二、转向民间与民族

1985 年美国学者洪长泰出版了《到民间去》一书，原版为哈佛大学出版社推出的英文版，1993 年上海文艺出版社出版了该书中文版。书中辟有专节"'到民间去'运动"，讨论了该运动兴起的由来以及当时在中国的发展情况。经过一系列的发展演变，"'到民间去'逐步变成二十年代中国知识分子的一个响亮口号"[54]。"到民间去"实际上指出了当时中国学人的一种由现实关怀所引起的学术转向，正如李欧梵先生在给洪著英文版的序言中提到的那样，洪长泰的论说指明"正是这些年轻的民间文学家们毅然与'上层文化'和儒学背道而驰，'到民间去'、特别是到农民中间去，征集歌谣、传说、故事和谚语，尤其重视研究乡村文化、乡村民众和乡村问题"[55]。

在四川，于晚清民初的世界以及中国之变局中形成的近代知识分子群体，他们虽在传统经学中启蒙，但已与扬雄、杨慎、李调元等前人不同，其受西学之多重影响，加之对家国命运的担忧，他们遂将目光转向"民间"，以此探求救国救民之良策以及中国文化该何去何从等重大的时代命题。转向"民间"便意味着自此传统圣贤文化走下神坛，"民"或者说"人"的身份得以确立，力量得以凸显。而四川历来就被学界认为是"一个民俗资源大省"[56]以及"同时是一个多民族的省份"[57]，由是民间民俗文化以及多民族文化自然成为历代四川学人所关注的重点。其中，无论是关于"民间"还是关于"民族"的研究，都显示出研究对象、研究方法以及研究视野等多方面的交融互通，知识间的打通与方法上的融合使得跨学科、跨门类的研究很早便在四川学人身上得以探

54　（美）洪长泰：《到民间去——1918-1937 年的中国知识分子与民间文学运动》，董晓萍译，上海文艺出版社，1993 年，第 19-22 页。

55　李欧梵英文版序，参见（美）洪长泰：《到民间去——1918-1937 年的中国知识分子与民间文学运动》，董晓萍译，上海文艺出版社，1993 年，第 23 页。

56　江玉祥：《我和四川省民俗学会——纪念中国改革开放 40 周年（续）》，《文史杂志》2018 年第 6 期，第 11 页。

57　徐其超：《春风吹遍盆周山区——论四川新时期少数民族文学的发展》，《西南民族学院学报（哲学社会科学版）》1999 年第 4 期，第 1 页。

索与实践。

多领域的共时展开

在思想层面，尤以吴虞提到的"自反"较易引起关注。在他给《国立四川大学专门部同学录》所撰写的序言中，便指出"古人治学，道自多涂，佛贵多闻"，"多涂"与"多闻"的启示便是"学术思想，无取从同"[58]。在当时的学术语境下，吴虞提出学术的发展应保持一种"百花齐放"、"百家争鸣"的状态已是难得，而他接下来更是告诫这些即将毕业的学生应"包举九流，毋拘于一曲；目营四海，自奋乎百世"，而不是"未能自反，徒攻异端"[59]。吴虞在这里所倡导的治学思想不仅视野开阔、气象宏大，关键是他能够提出"自反"将问题反向自身，不得不说他看待学术乃至人生问题时所体现出来的跨界胸怀。

在吴虞写给日本学者青木正儿的信中讲到了他本人的思想转变，"在前清戊戌以前，专讲旧文学。戊戌以后，便兼看新学书"，"在法政大学速成科听讲，毕业归蜀，思想渐变"，"近数年来，四川风气渐变了"[60]。对于吴虞"非孔非圣"的系列言论，胡适将其评价为"吴先生和我们朋友陈独秀是近年来攻击孔教最有力的两位健将。他们两人，一个在上海，一个在成都，相隔那么远，但精神上很有相同之点"[61]。对此，青木正儿对陈独秀和吴虞的思想来源进行了对比[62]，可以看到吴虞思想还是受到了中国传统文化较为深刻的影响。

在民间文学观念方面，较为重要的是李劼人提出的一个观点："况乎平民文学，是要使平民文学化，并不在文学平民化。"[63]"平民文学化"，主语在"平民"，"文学化"可以理解为"文学的平民"，换言之即"文学的人"，即是说"文学"

---

58 吴虞：《〈国立四川大学专门部同学录〉序》，载赵清，郑城编：《吴虞集》，四川人民出版社，1985年，第253页。

59 吴虞：《〈国立四川大学专门部同学录〉序》，载赵清，郑城编：《吴虞集》，四川人民出版社，1985年，第253页。

60 吴虞：《致青木正儿（一九二一年十一月十九日）》，载吴虞：《吴虞文录》，黄山书社，2008年，第125页。

61 胡适：《〈吴虞文录〉序》，载吴虞：《吴虞文录》，黄山书社，2008年，第2页。

62 青木正儿指出："两氏底论调底立脚点，都由政治学上出发，而归着于孔子之道不合于现代底结论。但是，陈氏底议论，由政治学的见解之上，加以根据西洋底伦理及宗教之说；吴氏是征于中国古来底文献，而由法制上去论儒教底不适用于新社会。"参见（日）青木正儿：《吴虞底儒教破坏论》，王悦之译，载吴虞：《吴虞文录》，黄山书社，2008年，第138页。

63 李劼人：《巴黎的国民乐艺院》，载成都市李劼人故居纪念馆，李劼人研究学会编：《李劼人研究2016》，四川文艺出版社，2017年，第4页。

是"人"的一种能力和属性；而"文学平民化"的主语为"文学"，与之相对的可以是"文学贵族化"、"文学精英化"，是对"文学"类型的一种区隔。由是可以看出李劼人对于平民文学的认识是强调人的文学性，而不是文学的人为划分。他专门有一篇文章《从文学史上说明中国文学原本就是人民大众的产物》观点鲜明地指出："文艺这种东西，原本就是人民大众的产物，并非某一个天才者能够无中生有地捏造得出"；"只是在每一段过程中，总免不了有些弄小聪明的文人、艺人要将这大宗遗产'窃负而逃'，据为私有……偷去了再加工，再弄成古董"[64]。这就清楚地表明李劼人对于"文学"以及"民间文学"的认识及态度，这一点便在当时四川文人学者对于"竹枝词"的再发现和再创作中有所体现。

　　"竹枝"为古代民歌，"本出于巴渝"[65]，历代文人常有仿作，鲁迅对此评价为："士大夫是常要夺取民间的东西的，将竹枝词改成文言，将'小家碧玉'作为姨太太，但一沾着他们的手，这东西也就跟着他们灭亡。"[66]虽说如此，但"竹枝"仍然保有其源自民间的形式与风格，在民众中流传甚广。据学者谭继和考察，在清代已有文人恢复"竹枝"原貌与功能，使这一本源于民间的文体可以"叙民俗，陈民情，记民风"，且将"具体人物作为标本，调侃刻画，进一步融入了民俗"[67]。可以这样说，民间文学与文人文学之间可能并没有一条十分清晰的界线，二者相生相伴，有时甚至互融转换，厚此薄彼或定于一尊都不能很好地反映或促进中国文学与文化的整体情形与后继发展。

　　此外，当时对"民间"的挖掘与发现还体现在诸多方面。比如音乐方面有王光祈对西方音乐学的引介以及对中国音乐史的研究，亦可窥见其转向民间和民族在音乐领域的体现。在《音乐与人生》一文中，王光祈肯定了音乐的力量，认为"西洋音乐从此遂成为活泼精神激励气概之一种利器"，对于当时中国所面临的社会现实境况，他指出"补救之道，只有从速提倡音乐一途"[68]。

64　李劼人:《从文学史上说明中国文学原本就是人民大众的产物》，载李劼人:《李劼人全集第9卷文学批评》，四川文艺出版社，2011年，第102页。

65　（宋）郭茂倩编撰；聂世美，仓阳卿校点:《乐府诗集》，上海古籍出版社，1998年，第860页。

66　鲁迅:《略论梅兰芳及其他（上）》，载华山编:《鲁迅作品精选》，中国文史出版社，2001年，第286页。

67　谭继和主编:《竹枝成都：本土文化的经典记忆》，四川人民出版社，2008年，第43页。

68　王光祈:《音乐与人生》，载冯文慈，俞玉滋选注:《王光祈音乐论著选集》，人民音乐出版社，2009年，第48页。

他的音乐思想对其后民间音乐、多民族音乐的考察与研究产生了很大的影响，有学者专门论述了他对西南地区民族音乐影响的具体表现[69]。

再如四川学人对当时全国性文学运动的广泛参与。1918 年在北京大学发起的歌谣运动，其中不少流传于四川地区的歌谣与民间故事由川人搜集后刊登在《歌谣》周刊上。类型多样，有情歌、儿歌、谜歌、山歌、医事歌以及民间故事与传说等，如 1925 年发表在《歌谣》周刊上的《川东通行的医事歌谣》，1936 年发表的《四川儿歌》《四川情歌》等。20 世纪 20 年代中期以后，歌谣采集与民俗调查的中心逐渐南移至广州中山大学，四川学人继续在《民俗》周刊上发表关于西南及四川的文章，其内容有关四川民间的风俗、习惯、信仰、思想、行为、艺术等，如 1928 年宋香舟在《民俗》周刊第一期发表《峨嵋歌谣一首（并序）》，1929 年徐匀发表文章《渔船为什么不沉：重庆民间传说》。可见当时四川学人在文学与文化领域转向民间和民族不仅仅是对全国性学术风潮的一个响应与跟进，更是对四川在地历史与文化再发现与再研究的学术自觉。

李劼人《风土什志》的刊物实践

1943 年，由李劼人创办的本土刊物《风土什志》在成都面世。该刊物通过刊登有关"地方风土"、"边疆民族"及"域外揽胜"等方面的文章、图片，展示了当时学者对于民间风俗、地方文化以及边民生活的调查与研究概况。刊物于 1943 年创刊，1949 年停刊，共 3 卷 14 期，文章 204 篇[70]。

如果说前文谈论本土作家的文学书写是聚焦于文学创作领域，那么《风土什志》则代表的是一个偏向学术研究的领域，是其时文人学者们在广泛地转向民间和民族后有关于此的成果展示与汇集，生动地展现出当时学人在调查研究时所使用的方法及其关注的对象和问题。根据该刊物 14 期内容[71]的梳理情况来看，大致可以将这些成果分为三类。

第一类是对四川民间文化的关注与书写。还可进一步划分为：第一，风俗类。如：钟禄元《东山客族风俗一瞥》、王庆源《成都平原乡村茶馆》、李劼人

---

69 参见谭勇，胥必海，孙晓丽：《新文化运动时期"音乐闯将"王光祈与西南地区民族音乐》，民族出版社，2010 年。

70 李国太：《一份不该遗忘的民国杂志——成都〈风土什志〉及其"风土情结"》，《百色学院学报》2013 年第 2 期，第 67 页。

71 以下有关《风土什志》的篇目及内容均来自《全国报刊索引》数据库，时间从 1943 年至 1949 年，共 14 期，其中第 2、3 期为合期。

《旧账》《漫谈中国人之衣食住行》、屈强《放鸽子》、樊凤林《三白之誓》；第二，歌谣类。如：谦弟《川西情歌》、徐雪樵《四川童谣》、潘泰勋《岷江船夫曲》、裴君牧辑《四川民歌》；第三，游记类。如：邵潭秋《峨眉三游谈》、叶鼎洛《秦蜀行脚》、朱枢《康小姐和野葡萄什邡纪行》、张保昇《青城山》；第四类，历史类。如：李劼人《二千余年成都大城史的衍变》、顾隽卿《文君曼歌白头吟》、冯汉骥《明皇幸蜀与天回镇》、张蓬舟《司马相如》、杨清《两个洋人与张献忠》；第五类，动植物类。如：陈樾《联合小姐："熊猫"》、刘晨《白果蜀中草木记之一》《胡桃蜀中草木记之二》、方文培《峨眉山之珙桐与木瓜红》、陈越《神皮花：成都蛇类记之一》；第六类，其它。如：魏尧西《邛窑》、王冰洋《成都琴书文词研究》、车辐《杂谈四川的洋琴》、杜公振《瘴病》。

　　第二类是对四川多民族文化的考察与记录。同样可以再做细分：第一，民族志。如：于式玉《"西道堂"的商旅——黑水西北的回商》、谭英华《峨边倮倮社会一篇实地调查报告》、潘泰封《西南特族之婚姻习俗》、刘廷碧《倮苏民族之巫师——苏尼》；第二，游记与风俗记录。如：曹江《跳神——记松潘跳神会》、吕朝根《羌民生活一瞥》、董品瑄《黑水河畔二三事》、叶浅予《西康履痕》、王登《康藏妇女美容术》、陈寄生《大凉山的边缘去西宁沟程途上》；第三类，文学研究与翻译。如：李元福《倮倮的文学》、西岭巴作，刘立千译《忆拉萨》（原名：《忆吉祥法轮拉萨歌》）；第四类，文献翻译。如：罗郁《中文译著西藏书籍志要》；第五类：考证研究。如：陈寄生《安氏土司兴亡述考》、陈才《漫谈"苗子"》、任乃强《猓猺》《西藏之外廓与核心》、戴新三《西藏政变的探讨》。

　　第三类体现为"民间"与"民族"的交融，即是说，其涉及的对象或讨论的问题既是民间的，亦是民族的，很难也不必将其划分开来。如：凤林《杜鹃与乌龟》、于式玉《普陀·五台·峨眉——蒙藏佛徒对三山的信仰》、周太玄《锦屏山下》、任乃强《古剧角色辨》、洪钟《黄龙寺——自然底宠儿》《四川古史神话之蠡测》。

　　如果说洪长泰所论述的中国知识分子"到民间去"的运动更多的是指向汉人社会的农村和乡土的话，那么"到民间去"在四川所体现出来的则是交融了多民族文学与文化的"民间"。所谓"交融"，就是彼此难分，即民间中有民族，民族中有民间，显示为民族与民间在学术研究对象域和问题域中的合流。总的来看，转向民间与民族可以被视为后殖民时代各国学者对旧有认知模式和知识体系进行批判和反思的一种路径，亦随时代的发展而有不同的表现。

第二节　人类学中的文学

　　"人类学中的文学"便是对人类学进入中国以后西方和中国人类学研究者的在地实践之回顾。对于西方研究者而言，研究中国依然属于传统人类学的研究范畴，即对"异域"与"他者"之研究，这些研究因其作为在地的实践而成为回顾中国文学与人类学学术史的组成部分。对中国学者而言，人类学因其科学性和在地性等特有属性成为其面对国家之危局以及研究边民文化与底层社会的重要方法。在人类学视域之下，中国的乡村与边疆得到了学者们广泛的调查与研究，其中作为乡村与边疆之人民文化生活的重要组成，"文学"自然成为研究者们重点关注的对象和领域。不过当学者们深入下去以后发现，原来"文学"并非只在过去所认知的那个狭小的范围，当面对各种各样的民间文学、多民族文化样态，学者们不仅从中发现了文化的多元，更是在观念深处产生了转变，以此为基础，通过各种不同的人类学实践方式将这些"文学"予以记录、整理和研究，并将这些多元文化所能提供的多重证据应用到更广泛的中国历史与文化的学术研究当中。

一、人类学方法的实践与应用

　　20 世纪上半叶，无论是在西方来川传教士那里，还是在许多中国学人那里，都显示出将西方新知识与新方法运用于对中国在地文化的研究实践当中。其中便存在着大量人类学方法的实践与应用，尤其是在对边疆少数民族文学与文化所展开的广泛调查中，其表现尤为显著。

西方学人的先期实践

　　回顾历史发现，首先运用人类学的方法进入中国西南地区进行研究的是兼有学者身份的西方传教士。徐益棠在回顾"边疆问题之发生与民族学之萌芽"的历史时指出："我国边疆民族之研究，创始于外国之传教师，商人，领事，军事家，自然科学家。"[72]因此，这里先就华西边疆研究学会西方成员早期运用人类学的方法展开对西南各民族文学调查与研究的情况进行梳理。通过

---

[72] 徐益棠：《十年来中国边疆民族研究之回顾与前瞻——为边政公论出版及中国民族学会七周纪念而作》，载潘蛟主编：《中国社会文化人类学民族学百年文选上》，知识产权出版社，2009 年，第 361 页。

他们的实践及其影响，实际上可以看到的是，在 1918 年以北京大学为中心展开全国范围内的歌谣运动的同时，一些在四川的西方人则通过人类学的方法展开对西南各民族文学与文化的收集、记录、整理及研究。虽然他们的研究以当时世界人类学研究体系来看，仍然属于西方人对殖民地的研究范畴，这与本国人研究本国社会的意涵自然不同。但这更多的是就理论体系来讲，如若从地方史的角度来看，这些西方传教士的在地实践的确也是地方史的组成部分。而且西人的在地实践并不是孤立的，它既受到了地区学术传统的影响，又与当时的中国学人实践产生互动关联。

1. 藏区行记

这方面着力较多的是学会代表成员之一的葛维汉（D. C. Graham），虽然他的许多成果是发表在 1922 年创刊的《华西边疆研究学会杂志》上，但他对四川的考察是从 1911-1912 年开始的。美国惠特曼学院研究人员苏珊·R·布朗（SusanR·Brown）在梳理了葛维汉历年研究成果后指出，"在中国期间其文化人类学实践的方法和兴趣改变过几次"[73]。

在早期的人类学搜集活动中，除物品外，葛维汉认为研究这些民族的宗教也是非常有必要的[74]，为此他写了几篇论文并翻译了一些佛教及道教的经书，主要描写了当地的风俗，除此以外并没有更多的分析，也并没有为中国汉区宗教系统创造某种理论。这些前期准备成为他博士论文《四川省的宗教》的写作材料，他发表在学会杂志第二卷（1924-1925）上的两篇文章就可以视为这种准备之一。

---

[73] 1911 年至 1918 年在叙府这段时间，葛维汉主要为美国浸礼教会工作；1918 年返回美国在芝加哥大学获得硕士学位后，他开始正式为史密斯索尼学院搜集藏品，此时搜集的主要是生物学与自然史方面的动植物，偶尔对行程中遇到的部落文化有所记录；1926 年他再次返回美国并在芝加哥大学获得博士学位，他的兴趣从动物世界转向了人类世界；他第三次返回美国是专门为了学习文化人类学和考古学，此后他主要的研究领域转向了中国的初民文化。参见（美）苏珊·R·布朗：《在中国的文化人类学家——大卫·克罗克特·葛维汉》，饶锦译，李绍明，周蜀蓉选编：《葛维汉民族学考古学论著》，巴蜀书社，2004 年，第 230 页。

[74] 在葛维汉写给史密斯索尼学院威特莫尔博士的信中提到"在 1919-1920 年休假期间，我在芝加哥大学学习了研究课程，这些课程为我以后亚洲宗教的研究提供了准备。之后在中国的六年中，我无论走到哪里都带着笔记本以记录我对当地宗教的观察"。参见（美）苏珊·R·布朗：《在中国的文化人类学家——大卫·克罗克特·葛维汉》，饶锦译，李绍明，周蜀蓉选编：《葛维汉民族学考古学论著》，巴蜀书社，2004 年，第 231 页。

一篇为《打箭炉行记》[75]（*A Trip to Tatsienlu*），他在文中描述了他对川边包括峨眉、雅州（雅安）、打箭炉（康定）及其周边地区的首次考察，虽然此次考察的任务是为史密斯索尼学院和美国国家博物馆搜集自然史标本，但他对行程中遇到的藏族喇嘛寺庙、节庆活动以及宗教都产生了强烈的兴趣。葛维汉参观了几座喇嘛寺庙，并与一些喇嘛进行了交流访谈，之后他提出一些对藏族宗教的看法，认为所有的藏人都是佛教徒，这种佛教是印度佛教吸收了其它成分后形成的混合物。此外，他还记录了诸如藏族跳神节、转经筒使用方法以及藏人社会风俗等[76]。

葛维汉发现在四川和藏区交界的广大地区都有着白石崇拜现象，这些白石本身并不是神，但有着神的象征属性。白石往往是一块没有经过工匠雕刻的天然石英石。他在文章中指出了跨文化人群使用这种白石的相似处，也例举了具有宗教功能的白石所安放的位置，但并没有提到白石在一个宗教体系中的重要性，也没有就这种习俗的起源与分布得出结论。

第二篇为《松潘采集行记》[77]（*A Collecting Trip to Songpan*），与打箭炉（康定）考察目的相同，去松潘的目的也是进行生物学标本搜集，他先到嘉定（乐山）和峨眉，再到成都，经灌县（都江堰），最后到了绵池（绵虒）、汶川和松潘。因当时匪患严重，葛维汉并未去到松潘西北部地区，尽管他认为那些地方的动植物类型非常的丰富。所幸的是，经由当地几位武装士兵的保护，葛维汉顺利抵达了黄龙寺，该寺位于松潘境内。在对此处进行实地考察后，葛维汉详细记录了该峡谷的地理位置、寺庙的修建情况、僧俗人群的活动以及所搜集到的动植物标本。

1930 年，葛维汉第二次去了打箭炉（康定）与川藏交界地带，路线经由

---

75 葛维汉：《打箭炉行记》（*A Trip to Tatsienlu*），载四川大学博物馆整理：《华西边疆研究学会杂志整理影印全本》（*Journal of the West China Border Research Society*），中华书局，2014 年，第 135 页。

76 诸如葛维汉记录他第一次遇见喇嘛教"活佛"的场景："我有几次有趣的经历，其中之一是会见了一位活佛。这位被当地人当作神来供奉的大喇嘛是藏族宗教的一个大教派首领，是在西藏建立喇嘛教和帕·玛萨哈瓦大弟子的第九代转世。"参见（美）苏珊·R·布朗：《在中国的文化人类学家——大卫·克罗克特·葛维汉》，饶锦译，李绍明，周蜀蓉选编：《葛维汉民族学考古学论著》，巴蜀书社，2004 年，第 236 页。

77 葛维汉：《松潘采集行记》（*A Collecting Trip to Songpan*），载四川大学博物馆整理：《华西边疆研究学会杂志整理影印全本》（*Journal of the West China Border Research Society*），中华书局，2014 年，第 146 页。

嘉定（乐山）再到雅州（雅安），在雅州遇到了另外一支考察队伍并与他们共事了三个星期，此时川藏之间正有战事。考察中葛维汉除了搜集标本以外，还对藏族地区的宗教、节庆及牧民进行了大量记录，据此指出当时的世界地图对这些地方的记录并不准确。根据此次考察，葛维汉发表了三篇文章《打箭炉跳神节》[78]（*Notes on the Tibetan Festival of the Gods*）、《藏族宗教节日及仪式》[79]（*Notes on Tibetan Religious Ceremonies and Festivals*）、《世界屋脊的采集之旅》[80]（*A Collecting Trip to the Roof of the World*）。

文章中葛维汉记录了打箭炉（康定）著名的"鬼舞"，将恶鬼从村寨及寺庙中赶走，保证来年的平安与繁荣，该仪式既体现出宗教属性，又具有强有力的社会功能，葛维汉将其称为"鬼舞"所具有的双重性质。对于这个被西方人称为"鬼舞"的活动，葛维汉认为这是一个错误的命名，导致西方读者对这种宗教活动的性质产生了误解。当地人使用"神会"、"神的节日"或者"跳神的舞蹈"来命名这个宗教活动，因为对于当地人来说，这是一个神圣的宗教仪式，仪式展演的同时，亦进行宗教指导，从而激发起信众们的敬畏之心。因此葛维汉在文章《打箭炉跳神节》（*Notes on the Tibetan Festival of the Gods*）标题中使用"Tibetan Festival of the Gods"（跳神节）来命名这一宗教仪式。

除葛维汉外，学会成员叶长青（J. H. Edgar）亦对藏区的地理、民族、语言、宗教以及历史等诸多方面展开了研究。他在边地的成长经历使他的研究独具特色，他并没有把藏区看作一个封闭独立的区域，而是将藏文化置于更广阔的背景中考察。长期的田野实践，加上对历史文献的借鉴，使叶长青认识到藏区族群的多样性以及宗教的多元性。在藏区多年的生活经历[81]使叶长青能够对

---

78 葛维汉：《打箭炉跳神节》（*Notes on the Tibetan Festival of the Gods*），载四川大学博物馆整理：《华西边疆研究学会杂志整理影印全本》（*Journal of the West China Border Research Society*），中华书局，2014年，第657页。

79 葛维汉：《藏族宗教节日及仪式》（*Notes on Tibetan Religious Ceremonies and Festivals*），载四川大学博物馆整理：《华西边疆研究学会杂志整理影印全本》（*Journal of the West China Border Research Society*），中华书局，2014年，第667页。

80 葛维汉：《世界屋脊的采集之旅》（*A Collecting Trip to the Roof of the World*），载四川大学博物馆整理：《华西边疆研究学会杂志整理影印全本》（*Journal of the West China Border Research Society*），中华书局，2014年，第599页。

81 1902年至1935年间，叶长青"曾多次赴康巴藏区即今所谓'藏彝走廊'地区进行考古和民族调查"；1905年4月，叶长青至康定传教，建立了福音堂，每逢周一会用藏、汉双语传教，同时向听众散发宗教图片和藏汉文的《马可福音》。参见李绍明：《略论中国人类学的华西学派》，《广西民族研究》2007年第3期，第46页；

该地区进行深入的了解与观察，内容主要包括藏区自然地理与人文环境两方面。

叶长青分析了当地的自然环境与人文环境对族群结构、族群政治、行为模式、土地、等级制度以及习俗（日常生活、婚姻制度、心理机制）等的影响及塑造作用。在自然地理方面，叶长青对藏区的河流山川进行了调查与记录，撰写了一系列文章[82]，诸如：《贡嘎山附图说明》《西藏地理环境与人类互动》《藏区边地据说可食用的鸟巢》《大熊猫栖息地》《贡嘎山——藏东最高峰》《开阔地带》《藏区积雪融化与长江洪水泛滥的关系》《〈打箭炉山脉〉评论》《西藏两条河流：鄂宜楚河与无量河》《云南的河流》《河口：明正土司辖区的重要门户》《金沙江、理塘河、雅砻江和大渡河的弯道》《四川西北地区草图》。在人文环境方面，则有《白石考》《瞻对的传说》《白石装饰图案》《从比较宗教学的角度评"有罪之人"》《苯教（黑教）小记》《藏东及邻近地区的神石崇拜》《金川的族群划分依据》《苯教真言与信仰》《苯教真言（金川民谣）》《西藏景教》等文章。

另外叶长青对藏区的研究还有一个重要的特点即为对语言的关注。他有多篇与语言研究有关的文章发表在《华西边疆研究学会杂志》上，如《藏语语音系统》《藏语与苏美尔语之间的对应关系》《嘉绒藏语》《藏语字母表》《嘉绒藏语句子和短语的语法结构》《英语—嘉绒藏语词汇对照表》《华西语言的变迁》以及《藏语数词》。这些研究涉及到语言学研究的诸多面向，比如语音研究，他在文章《藏语语音系统》[83]中引用了学者加斯克（Jaschks）以及阿蒙森（Amundsen）的观点，认为藏语发音中的高音和低音是受到了汉语的影响，且以具体的发音演变来说明这一情况。文字研究方面，在《华西语言的变迁》[84]一文中他使用比较法对比分析了汉、藏、苗、彝以及日语之间数字 1 到 10 所体现出的语言异同；同时对比了藏语三大方言区即拉萨藏语、金川嘉绒藏语以及岷江峡谷嘉绒藏语的异同。其结论为文字不仅仅随时间的发展而变化，也因不同的使用规则产生不同的形态变化。在词语研究方面，文章《藏语与苏美尔语

四川省康定县志编纂委员会：《康定县志》，四川辞书出版社，1995 年，第 453 页。

82 文章均载于《华西边疆研究学会杂志整理影印全本》（*Journal of the West China Border Research Society*），四川大学博物馆整理，中华书局，2014 年。

83 叶长青：《藏语语音系统》（*The Tibetan Tonal System*），载四川大学博物馆整理：《华西边疆研究学会杂志整理影印全本》（*Journal of the West China Border Research Society*），中华书局，2014 年，第 682 页。

84 叶长青：《华西语言的变迁》（*Language Changes in West China*），载四川大学博物馆整理：《华西边疆研究学会杂志整理影印全本》（*Journal of the West China Border Research Society*），中华书局，2014 年，第 1356 页。

之间的对应关系》[85]中，他对比了藏语、闪米特语以及英语中的一系列词汇，经过论证分析，他认为从中亚某部落迁徙来的移民对史前的藏区语言并未产生明显的影响。语法研究方面，他在文章《嘉绒藏语句子和短语的语法结构》[86]中进行了详细的记录与描述，他以字母表为序，将句子或短语以英语和嘉绒藏语分别列出，以便对比。

2. 羌寨考察

1933 年，葛维汉一行前往汶川、威州、理番（理县）及杂谷脑地区考察，在汶川搜集了一些自然史标本以及羌人的生活用品，参观了一个位于岷江边的羌族村寨，对村里的几户人家以及村民为其表演的民间舞蹈进行了记录，在此期间葛维汉一行人还经历了一场可怕的地震。多年后，葛维汉再次对羌人地区进行了考察，这一次的田野点主要选择在理番（理县）的蒲溪寨（蒲溪乡），较为特别的是此次考察除了继续对羌人习俗做出观察与记录外，还对羌人的墓葬予以了关注。详细的情况在他的论文《羌人的习俗》[87]（*The Customs of the Ch'iang*）、《羌族地区的考古发现》[88]（*An Archaeological Find in the Ch'iang Region*）、《羌民的念咒法术》[89]（*Incantation and Exorcism of Demonsamong the Ch'iang*）以及《羌民的"经典"》[90]（*The "Scared Books" or Religious Chants of the Ch'iang*）当中有所记述，这些论文后来被收录进《羌族的习俗与宗教》一书。

---

85 叶长青：《藏语与苏美尔语之间的对应关系》（*Sumerian and Tibetan Equivalents*），载四川大学博物馆整理：《华西边疆研究学会杂志整理影印全本》（*Journal of the West China Border Research Society*），中华书局，2014 年，第 684 页。

86 叶长青：《嘉绒藏语句子和短语的语法结构》（*Sentences and Phrases Showing the Grammatical Construction of Giarung*），载四川大学博物馆整理：《华西边疆研究学会杂志整理影印全本》（*Journal of the West China Border Research Society*），中华书局，2014 年，第 855 页。

87 葛维汉：《羌人的习俗》（*The Customs of the Ch'iang*），载四川大学博物馆整理：《华西边疆研究学会杂志整理影印全本》（*Journal of the West China Border Research Society*），中华书局，2014 年，第 3531 页。

88 葛维汉：《羌族地区的考古发现》（*An Archaeological Find in the Ch'iang Region*），载四川大学博物馆整理：《华西边疆研究学会杂志整理影印全本》（*Journal of the West China Border Research Society*），中华书局，2014 年，第 3786 页。

89 葛维汉：《羌民的念咒法术》（*Incantation and Exorcism of Demons among the Ch'iang*），载四川大学博物馆整理：《华西边疆研究学会杂志整理影印全本》（*Journal of the West China Border Research Society*），中华书局，2014 年，第 4194 页。

90 葛维汉：《羌民的"经典"》（*The "Scared Books" or Religious Chants of the Ch'iang*），载四川大学博物馆整理：《华西边疆研究学会杂志整理影印全本》（*Journal of the West China Border Research Society*），中华书局，2014 年，第 4199 页。

在该书的研究中，葛维汉主要围绕羌族的历史起源、语言、身体特征、生计方式、歌谣与"山歌"、社会生活、宗教信仰等方面展开叙述。他描述羌人是生活在崇山峻岭中的族群，他们以玉米和荞麦为主要的食物；历史上汉族及其他部落的征战以及接连不断的自然灾害对这一民族造成了严重的破坏。在羌族历史的记述中，葛维汉详细地描述了甲骨文中"羌"字的字形与字义："在甲骨上'羌'字的上半部分是一个羊角的形状，它指代羊，而该字的下半部分是一个人形。这个字的意思就是指牧羊的人。今天中国的汉字'羌'就包含了这样上下两个部分。"[91]此外葛维汉对于羌族的起源还涉及到石棺墓葬的讨论，在这些墓葬中发现了公元前500年至100年的人类骸骨、青铜器及陶器。在社会习俗这一章中，葛维汉记录了与羌人的生育、婚姻、生病及死亡有关的习俗，比如在婚姻关系中，男方家庭非常看重女方是否能成为劳动力，也因此男方家庭需要给女方支付彩礼；另外一般情况下同姓不婚，假使同姓通婚，男方去世后，夫家的亲兄弟便要娶女方为妻，如果没有亲兄弟，女方则必须嫁给男方的表兄弟。尽管葛维汉对这些社会习俗有详细的描述，但他仍然没有就羌人的社会组织及家庭关系进行更多的阐释和分析。

在给该书进行总结时，葛维汉说这本书源自"对羌民进行的几年调查和搜集的第一手资料，对中国历史及中国和东方学者成果的研究"[92]，同时他也提出了调查中遇到的一些问题："要想准确地解释和研究这些羌民的生活及习俗并不容易，羌民往往沉默寡言，为了使调查者满意羌民往往隐藏自己的意愿而提供一些模糊且不确切的回答。加上当地各种各样的语言及习俗都增加了调查的难度。调查者往往很难分辨信息的真实性，因此调查者需要非常谨慎地处理这些信息。"[93]这也从某一角度解释了葛维汉为何没有发展出一套理论将这些民族的宗教信仰、社会组织以及历史文化等进行关联。

另外，学会成员陶然士（T. Torrance）在《羌族宗教》[94]（*The Religion of the Chiang*）一文中谈到他在羌区进行田野调查的方式，"有人曾广泛游历于他们之中，曾时常坐在他们的屋顶上，曾于晚间与他们围着熊熊燃烧的炉火聊

91 David Crockett, Graham. *The customs and religion of the Ch'iang*, Smithsonian Miscellaneous Collections, 1958. p. 4.
92 David Crockett, Graham. *The customs and religion of the Ch'iang*, Smithsonian Miscellaneous Collections, 1958. p. 101.
93 David Crockett, Graham. *The customs and religion of the Ch'iang*, Smithsonian Miscellaneous Collections, 1958. p. 101.
94 这篇文章是陶然士1923年1月18日在华西边疆研究学会宣读的发言。

天，曾在他们的屋檐下睡过，曾拜访过他们的神林"[95]。陶然士对羌人生活的参与观察体现在许多细节之处，比如他对羌人屋顶功能的深入讨论。

陶然士仔细地考察与分析了羌人的房屋及防御建筑，其中就对羌人的屋顶进行了详细地观察与说明，屋顶对羌人来说是特别重要的一个场所，它的功能不仅仅限于排水、坐处、织布、晾晒粮食和衣物，还是羌人交往、见面、享受农闲生活的地方[96]，更是家庭祭祀仪式中的重要场所，"祭司会在献祭当天的中午过来，他先在关着的房门附近祝祷，但并不用鼓。进行完这一开场后，他会烧香净化房屋，并登上屋顶将白石也包裹在神圣的烟雾中"[97]。因此，陶然士认为无论是羌人使用的"楼梯"，即一根有凹形缺口的树干，还是"院坝"、"屋顶"，"它们都和羌族本身一样的独一无二，一样的古老"[98]。另一些细节体现在他对羌人白石崇拜、祭祀仪式、节庆活动的详细描述以及阐发之中，他花了大量篇幅来讲述白色的意义，白石的象征、材质、制作、数量、分布、使用方式；祭祀的分类、场所、过程，祭司的职责、功能、服饰，祭旗的样式与分类，唱诵的祷文；节庆的组成等。[99]

3. 川苗部落

1921 年葛维汉首次接触并研究了中国西南的川苗部落，在学会杂志第一卷（1922-1923）发表了文章《川南苗族》[100]（*The Ch'uan Miao of Southern Szechwan*），1929 年发表《川苗续评》[101]（*More Notes about the Chwan Miao*），

95 （英）陶然士：《羌族宗教》（*The Religion of the Chiang*），蒋庆华译，四川大学博物馆，第 57 页。

96 （英）陶然士：《羌族的历史、习俗和宗教：中国西部的土著居民》，陈斯惠译，汶川县档案馆，1987 年，第 19 页。

97 （英）陶然士：《羌族宗教》（*The Religion of the Chiang*），蒋庆华译，四川大学博物馆，第 35 页。

98 （英）陶然士：《羌族的历史、习俗和宗教：中国西部的土著居民》，陈斯惠译，汶川县档案馆，1987 年，第 19 页。

99 （英）陶然士：《羌族宗教》（*The Religion of the Chiang*），蒋庆华译，四川大学博物馆，第 13-43 页。

100 葛维汉：《川南苗族》（*The Ch'uan Miao of Southern Szechwan*），载四川大学博物馆整理：《华西边疆研究学会杂志整理影印全本》（*Journal of the West China Border Research Society*），中华书局，2014 年，第 80 页。

101 葛维汉：《川苗续评》（*More Notes about the Chwan Miao*），载四川大学博物馆整理：《华西边疆研究学会杂志整理影印全本》（*Journal of the West China Border Research Society*），中华书局，2014 年，第 312 页。

1939 年发表《川苗习俗》[102]（*The Customs of the Ch'uan Miao*）。在这些文章中，葛维汉记录了川南苗族的信仰与风俗，深入讨论了川苗的宗教祭祀、灵魂信仰以及精神崇拜等。另一篇文章《川苗礼仪》[103]（*The Ceremonies of the Ch'uan Miao*）则搜集了大量的经文。虽然葛维汉对川苗的神话、婚礼、葬俗、节气、祭祀以及仪式等都有着详尽的记录，但几乎没有对它们做出任何评论。

对川苗的研究一直持续到葛维汉退休回国，1954 年史密斯索尼学院出版了他整理的《川苗的歌曲和故事》一书，全书有 289 页基本上是针对苗族神话与歌谣的译文[104]。在长达 67 页的川苗故事中，第一行苗文之下都附带了翻译，这些译文都没有译者注释，这与博厄斯（Franz Boas）对研究对象材料只记录不分析的方法类似。此外，该书的方法还体现出其导师爱德华·萨丕尔（Edward Sapir）的研究方法，即翻译的神话可以通过文本自身表明其文化的性质、关系及存在的问题。虽然葛维汉认为有必要对这些事物进行研究，但从他的实际行动来看，他只是将这些事实联系起来，保存这些濒临消失的材料，避免这些未被外人接触的文化在与西方世界接触后被污染。于他而言，解释被视为污染的一种，因此他并未就如何分析这些材料提出建议。

4. "The Lolos of Szechwan"

除了上述对藏、羌、苗地区的考察外，葛维汉还去了四川西南的宁远府，对当地的倮倮（彝人）进行考察，行程结束后，随即发表《四川的"倮倮"》[105]（*The Lolos of Szechwan*）一文。在这篇人类学调查文章中，他介绍了倮倮

---

102 葛维汉：《川苗习俗》（*The Customs of the Ch'uan Miao*），载四川大学博物馆整理：《华西边疆研究学会杂志整理影印全本》（*Journal of the West China Border Research Society*），中华书局，2014 年，第 2029 页。

103 葛维汉：《川苗礼仪》（*The Ceremonies of the Ch'uan Miao*），载四川大学博物馆整理：《华西边疆研究学会杂志整理影印全本》（*Journal of the West China Border Research Society*），中华书局，2014 年，第 2113 页。

104 葛维汉在该书末尾的附录中写道："川苗的神话与歌谣属于远东神话区，更具体来说是属于中国神话区。川苗的神话受到了汉族社会与文化习俗的巨大影响，在很多情况下想要确定苗族神话是否与一个类似的汉族神话有关是十分困难的。苗族神话应该也受到了一些汉族小故事的影响，由于这些小故事的特殊性，因此很难将两者进行比较。从这个方面对苗族的材料进行分析是十分必要的。苗族的很多文化包括他们的仪式年历都受到了汉族的影响。对这些进行研究将会得到意想不到的结果。"参见 David Crockett, Graham. *Songs and stories of the Ch'uan Miao*, Smithsonian Miscellaneous Collections, 1954. p. 298.

105 葛维汉：《四川的"倮倮"》（*The Lolos of Szechwan*），载四川大学博物馆整理：《华西边疆研究学会杂志整理影印全本》（*Journal of the West China Border Research*

的自称与他称，将倮倮的身体外貌与汉族人进行了比较，描述了倮倮的服饰穿着、生活习惯（比如不经常使用筷子）、生计方式、时间观念、语言文字、风俗民情、亲属制度、婚礼习俗、葬礼仪式、宗教观念及活动等，还特别谈到很多倮倮人惧怕照相，因为他们认为拍照会使一个人的灵魂或者身体内至关重要的部分受到损害。葛维汉写道："倮倮有着一种既不同于藏文又不同于汉字的书面语言，而且只有部落中的神职人员以及萨满才懂得使用这种语言，它主要用于读写经书。倮倮人嗜酒，且经常喝得酩酊大醉，就连他们的头人都经常低声下气地向旅行者索要钱财买酒喝。他们也酷爱音乐，使用笛子以及口弦作为乐器，口弦发出的声音低沉而迷人，倮倮有着非常多的民间歌谣。"[106]

5. "神话"研究

通过对学会刊物《华西边疆研究学会杂志》的梳理，其中有大量的文章是针对"神话"而展开的论述。综观这些研究，其内涵丰富，涉及民族众多，既有对口传的记录，亦有对文献的查考，显示出综合性的研究视野与方法，是关涉了人类学、民俗学、文献学以及考古学方法的综合研究。如：叶长青《瞻对（新龙）的传说》（*The Story of the Nya-Rong (Chuantui)*）、《〈竹书纪年〉中的神人》（*Some Superman of the Bamboo Books*）、H. G. Brown《中国西部诸神之语》（*What the Gods Say in West China*）、B. E. Bassett《中国神话概论》（*Lecture on Chinese Mythology*）、J. H. Rock《摩梭（纳西）民间文学中有关洪水的传说》（*The Story of the Flood in the Literature of the Mo-so(Na-Khi)*）、葛维汉《四川树神》（*Tree Gods in Szechwan Province*）、《川苗传说》（*Legends of the Ch'uan Miao*）、《关于古代白（僰）人历史记载》（*Historic Notes on the P'o Jen (Beh Ren)*）一文当中有"川苗的僰人传说"（*The Ch'uan Miao Legend about the P'o Jen*）的内容，C. G. Vichert《传说的形成》（*A Study of the Growth of a Legend*）、R. Cunningham《朗格萨传奇》（*Nangsal Obum*）。

中国学人的在地实践

早期的人类学研究以西人为主，这一点在华西边疆研究学会初期成员的国籍构成方面便有体现。其后随着学会影响的逐步扩大，其规模也渐次扩展，

Society），中华书局，2014年，第308页。

[106] 葛维汉：《四川的"倮倮"》（*The Lolos of Szechwan*），载四川大学博物馆整理：《华西边疆研究学会杂志整理影印全本》（*Journal of the West China Border Research Society*），中华书局，2014年，第309页。

会员逐渐增多，其中大部分为中国学者。这些中国学人作为学会成员而与西方学者有许多学术上的往来，不仅如此，他们还努力组建学术机构，为当时的学校教育、人才培养以及学术研究提供了更为集中、有效的平台，比如华西边疆研究所、康藏研究社等，在当时对西南各民族文化与文学发掘、整理与研究的实践中，实际上有许多工作就是基于这些中国学人在四川所设立之机构而完成的。

1. 人类学方法的运用

李安宅先生在《藏族宗教史之实地研究》的出版前言中讲"这是我在抗战期间研究藏族宗教的结果"，"我实践了人类学"，"随所见，即撰文发表，主要根据亲眼观察，其次才是检阅典籍"[107]。毫无疑问，李安宅在其关于藏区研究的方法中实践了人类学，不过他是如何实践的？实践的又是什么样的人类学？为了弄清楚这些问题，需要结合其著述本身展开分析与解读。

在《藏民祭太子山典礼观光记》一文中，李安宅阐述了他对于人的看法[108]，可以视为其关于"人观"的认识。李安宅是在怎样的心境之下讲出这番话的呢？追索上下文发现，是因在朝山的途中遇见了"举世名贵的影片，恐不足以尽其形容"的景象后所发出的一番感慨。此番景象让他回忆起了在墨西哥所见之景，我们知道，李安宅于 1935 年在美国新墨西哥州西部的祖尼人居住区进行过田野调查，并完成了《印第安祖尼的母系社会》。其间他还完成了对马林诺夫斯基著作《巫术科学宗教与神话》的翻译工作，在译序中，李安宅强调他所使用的方法是文化人类学，"我们心目中所要提倡的人类学，便是文化人类学"，这一方法的具体内容即是"除了直接观察以外"，"住在印第安人家里，耳濡目染，启发良多"，"在实地布景中来研究实地理论，也特别亲切而具会心"。而这样的研究实践，又成为李安宅"技术上的训练"以及"国内工作的参考"[109]。由此观照，可以看出李安宅在《藏民祭太子山典礼观光记》当中采

---

107 李安宅：《藏族宗教史之实地研究》，上海人民出版社，2005 年，"出版前言"第 3 页。

108 对此，李安宅慨叹：此地则无花不奇，无木不特；大自然的手笔，正非人工所可摹绘。甚么帝王平民？甚么今生来世？大造化的机构中，只能欣赏，只会与万物冥合，不管你是怎样的行动着。你就是自然，自然就是你；人与牛马以至一切飞潜走跳，都与大自然息息相关，并育而不相害。参见李安宅：《藏民祭太子山典礼观光记》，载李安宅遗著整理委员会：《李安宅藏学文论选》，中国藏学出版社，1992 年，第 62 页。

109 （英）马林诺夫斯基著，李安宅译：《巫术科学宗教与神话》，上海社会科学院出版社，2016 年，"译者序"第 8-9 页。

用的便是此种人类学方法。

在李安宅的这篇观光记中，太子山属甘肃夏河县境，夏河县隶属甘南藏族自治州，从地理位置上来看，此处距离四川的若尔盖县不算太远。开篇李安宅除了对太子山的历史以及地形作了简要的介绍外，便用了较大的篇幅来记录了一则神话，这则神话即解释了太子山神的来历，以及藏民为何要祭祀该山。值得注意的是，这则神话并非来自于文献典籍，而是通过当地人士的口述，对此李安宅在文中交待这则神话的内容来自于参加祭典的黄氏与香客，"黄氏与'香佐'均谈峰甚健，因给我们解释太子山神的来历（本文开端所述，即根据此刻的谈话）"[110]。此外，在整篇行文当中，神话内容间插其中，比如途中经由一位香客口述的太子山三大王的神话；一则有关王姓瞎道士为何失明的神话；以及举行仪式时诵经、"煨桑"与神话的关联等等。

通过对这些神话的记录与分析[111]，李安宅实际上是想说明有关文化接触的问题。梳理材料后发现，李安宅除了将神话直接用作第一重证据外，还将另外两种类型的事物作为第二重证据和第三重证据，一是考古文献材料，即路旁刻石所刻之内容（石碑刻字）；二是城池、寺庙以及梯田的建筑式样与建制[112]。在李安宅看来，城址形貌、建筑式样、梯田遗迹、碑刻以及神话皆可作为研究文化接触、族群历史的有效证据，说明他已经将眼光从传统的文献证史移向了更为广阔的证据空间。

紧接着这次太子山之行，李安宅和于式玉去往了黑错（合作市）、临潭、卓尼一带进行考察，于式玉撰有《黑错、临潭、卓尼一带旅行日记》。文中有

---

110 李安宅：《藏民祭太子山典礼观光记》，载李安宅遗著整理委员会：《李安宅藏学文论选》，中国藏学出版社，1992 年，第 69 页。

111 李安宅指出："然而不管怎样，神话上的证明，已知明朝的势力是曾普及这一地带的……但汉人的神话穿上藏民的外罩，有如本记开端所述，更是研究文化接触的绝好资料。"参见李安宅：《藏民祭太子山典礼观光记》，载李安宅遗著整理委员会：《李安宅藏学文论选》，中国藏学出版社，1992 年，第 64 页。

112 李安宅提出，以此类推，一切喇嘛寺呈现内地建筑的情形，正复不少；或为改建，或系模仿，总于文化接触的历史及其过程，有极丰富重要的启示。除了古城与寺庙以外，再加上梯田的遗迹，片段的碑刻，充分的神话，更足证明西北一带藏民区先有内地文化、政治等势力的深入，以后始有藏民的内迁。藏民文化分布根植以后，再因经济的势力，来了回民的侵注作用；复因政治的势力，非回教的汉人，乃接踵而至了。这便是拉卜楞一带今日的现状。参见李安宅：《藏民祭太子山典礼观光记》，载李安宅遗著整理委员会：《李安宅藏学文论选》，中国藏学出版社，1992 年，第 61 页。

大量内容涉及到对民间文学的关注与记录，比如洮州看戏，既有本地旧戏秦腔班子，亦有由当地学生所组建之伊光剧团所演的新戏。关于学生们所唱的《洮州歌》二首以及《校歌》，从歌词的内容来看，十分具有民间歌谣的意蕴。尤其是两首《洮州歌》，虽然于式玉并未在此处介绍歌词的作者、来源，但其所讲述的内容多半是民间的生活，用语也十分通俗易懂。再如对当地公职人员的一个生活场面的描述中，对他们喝酒猜拳时的唱曲行为以及所唱曲词予以了记录。

此外，于式玉亦在文中表示出对文化接触问题的关注，她除了用一则太子山致祭的神话来说明外，着重对卓尼雷祖山庙会中老男老女唱情歌这一行为的描述来证明文化接触现象。这一段描绘甚是细致，兹录如下：

> 不过这一天有一件事特别，与内地不相同，就是本城的老男老女都趁这个时候，东一堆，西一堆，聚在一块唱情歌。他们午前在庙上唱过之后，午后回到城里，并不回家，就在店里吃些饭，然后就一帮一帮在大街上走来走去地唱，直唱到天亮才散。这种风俗，据说岷县一带都有，不过我们"下边"人并没有见过，恐怕是受了藏人的影响。藏人每于过年之后，在正二月间，必有一天，一般少年男女离开他们的父母，到"公会堂"里大唱情歌。这便是他们讲恋爱的机会。汉人摹仿了来，但应该是一群少男少女做的事，被一群饱有经验的老男老女来代替了……不过藏民歌调清越高亢，汉人歌调曼长低沉，这也许是游牧与农耕两种民族习俗不同。借着这种例证，更不难发现文化接触与独立发生等问题的症结所在。[113]

其实，于式玉在这里谈及的"文化接触与独立发生等问题的症结"是当时学界所普遍关心的一个问题，这与其时救亡图存的时代背景有关，开发边疆、认识边疆、研究边疆，利用一切可资利用之资源，团结一切可供团结之中国人，成为当时学界的普遍共识[114]。

---

113 于式玉：《黑错、临潭、卓尼一带旅行日记》，载李安宅，于式玉：《李安宅、于式玉藏学文论选》，中国藏学出版社，2002年，第464页。

114 对此，顾颉刚曾说："我个人耕作的园地一向在高文典册之中，为什么这几年中要轶出原定的围范而注意到边疆问题，讨论这现实社会？讨论这'民族'名词？这不是我的贪多务得，冒失从事，也不是我的忽发奇想，见异思迁，而完全出于时代的压迫和环境的引导。"参见顾颉刚：《我为什么要写〈中华民族是一个〉》，《西北通讯（南京）》1947年第2期，第1页。

2."藏三国"研究

出于对史地问题的关注，任乃强先生很早就开始了实地考察与研究。如他根据 1929 年的西康考察所撰《西康札记》之中，就有关于"夷戏"的记录，据该书的编者注释，"此处所记之'夷戏'即藏戏"，"此节为汉文献中最早对藏戏作详细介绍之文"[115]。究竟有多详细呢？任乃强自述"详记其排场演法"，分别有"戏场"、"剧情"、"演法"等内容。此外，任乃强还发表了他对于戏剧这一艺术形式的看法，"任何民族皆有自有戏剧，艺术程度，虽有深浅，其大旨不外表演故事，供人娱乐，且资兴感。言者每谓一民族之戏剧，可以代表一民族之文化，此语果信"，可见任乃强认为戏剧对于考察民族文化具有重要的作用，而且他亦指出"西康夷戏，亦有研究价值"[116]，表达了他对民族民间文学与文化的重视。

除《西康札记》外，任乃强还将考察内容当中比较"有谐趣者"录为《西康诡异录》一书，正是在这本书中，他对"格萨尔"作了绍介，如"藏三国"一条，为介绍"藏三国"流行情况，指出其为藏族民间流行的一种有唱词的文学艺术，内容与《三国演义》无关；再如"藏三国举例"一条，模拟说唱者语调，用汉文翻译了一段"格萨尔"，内容取自"格萨尔"中《降伏妖魔》一章。这些记录成为我国最早以汉语介绍"格萨尔"的文章和第一篇"格萨尔"汉译本，具有划时代的意义。[117]

只是后来任乃强不满意《西康诡异录》一书的出版质量，加上朋友的劝说，遂又花费了大力气将其"转写"为《西康图经》。在《西康图经·民俗篇》第一三一条，即开辟的专节"蛮三国"，他进一步论述了发现"格萨尔"的详细经过。起初他在西康听说有"蛮三国"时，惯性以为是讲罗贯中的《三国演义》，只是在甘孜观看藏戏表演时，排戏诸喇嘛皆说没有听过三国故事。后在瞻对借宿之家有书一卷，即为"蛮三国"，此家有女识字，遂为宿者讲说了此书，惜语言不通，仍未能知晓这故事是否与《三国演义》有关。第二次听时请人翻译，遂知此故事是讲仙讲佛，与《三国演义》并无关系。兹录两段任先生对"格萨尔"的叙说，以观中国学人在发现这一民间文学的早期对其的看法与态度：

---

115 任乃强：《民国川边游踪之〈西康札记〉》，中国藏学出版社，2009 年，第 48 页。
116 任乃强：《民国川边游踪之〈西康札记〉》，中国藏学出版社，2009 年，第 48 页。
117 任新建：《任乃强先生与〈格萨尔〉》，载任新建，周源主编：《任乃强先生纪念文集——任乃强与康藏研究》，中国藏学出版社，2011 年，第 127 页。

《边政》第三期所译之《藏王松赞干布迎娶文成公主记》，第二期所载之《修行人贡青和黄鼠狼故事》，皆"蛮三国"之一种，不过二者皆无唱辞，为高级之小说；民间流行之"蛮三国"，皆有唱词，正如汉文之宣卷耳。[118]

此书全部叙述林王为民除妖，只身入穴，备历艰难，卒告成功。处处夸张林王之法力道力与福德智慧。所谓"蛮三国"者，多半是此体裁。[119]

综观上述任乃强对"格萨尔"的认识与介绍，其基本上还停留在印象式的直观感受阶段，其后随着他对藏区实地考察的深入，在"格萨尔"的研究方面亦更为深刻。自 1945 年起，他先后发表了《"藏三国"的初步介绍》《关于"藏三国"》《关于格萨到中国的事》[120]等文章，可以说是对"格萨尔"进行了较为全面的研究。

如在《"藏三国"的初步介绍》中，他为"藏三国"进行了定义："记载林格萨尔事迹之书，汉人叫作'藏三国'，藏语曰'格萨尔郎特'，译为《格萨尔传》，或译《格萨尔诗史》。"[121]在分卷与版本方面，任乃强对当时的研究情况进行了综述，他提及了法国学者大卫·尼尔，中国学人李鉴铭、陈宗祥、庄学本等，可见当时"格萨尔"已经引起了中外学者的注意。此外，任乃强还考证了格萨尔其人的历史，指出："余考格萨尔，确为林葱土司之先祖，即《宋史·吐蕃传》之唃厮罗也。"[122]对于任乃强早期提出的这些观点，任新建教授表示"对后来国内外'格学'研究以很大影响"[123]。

在《关于"藏三国"》一文中，任乃强进一步阐明他认为格萨尔确有其人的观点[124]，对格萨尔从有唐以来，至于清代的历史进行了大致的梳证，认为之

---

118 任乃强：《西康图经（民俗篇）》，南天书局有限公司，1987 年，第 190 页。

119 任乃强：《西康图经（民俗篇）》，南天书局有限公司，1987 年，第 192-193 页。

120 任乃强：《"藏三国"的初步介绍》，《边政公论》1945 年第 4/5/6 期，第 21-33 页；《关于"藏三国"》，《康导月刊》1947 年第 9/10 期，第 38-39 页；《关于格萨到中国的事》，《康藏研究月刊》1947 年第 12 期，第 26-28 页。

121 任乃强：《"藏三国"的初步介绍》，载任乃强：《任乃强民族研究文集》，民族出版社，1990 年，第 181 页。

122 任乃强：《"藏三国"的初步介绍》，载任乃强：《任乃强民族研究文集》，民族出版社，1990 年，第 187 页。

123 任乃强：《任乃强藏学文集》，中国藏学出版社，2009 年，第 104 页。

124 任乃强指出，"大抵格萨尔实有人，曾于金沙江上游建设拥护佛法之国家，而与摧残佛法之胡人部落力战，获得胜利，为西藏民族所称颂。其僧假借其名，影附

所以形成康、藏两地之对立，德格能成为康区文化的中心，"皆为格萨尔功烈之副产品"[125]。此外，他详细介绍了大卫·尼尔的专著《林格萨尔之超人生活》（*The Super Human Life of Gesar of Ling*），并积极宣传陈宗祥将此书译为中文即将刊登于《康导月刊》之信息，可见任乃强在民族民间文学挖掘与研究方面的敏锐与热心。

《关于格萨到中国的事》则是通过对"格萨尔"西康版本与拉达克版本当中对格萨尔到过中原之地的故事对比，进一步说明"格萨是确有其人，到中国亦确有其事"，"唃厮罗为其初兴之祖，他与宋人联合以攻西夏，又曾到过汴京"[126]等历史信息。

应当看到的是，"格萨尔"研究在当时中国学人的在地实践中已经不是某一个人的行为，它已经凭借着当时设置在成都的学术机构，主要是华西边疆研究所以及康藏研究社的平台搭建、人员组织等，成为了一个学术团体的集体行为，如李安宅在《藏族宗教史之实地研究》第十三章"公开聚会"当中，对拉卜楞地区七月举行的戏剧表演、九月神舞等关于藏戏的记载以及陈宗祥对"格萨尔"的翻译与研究；康藏研究社则以《康藏研究月刊》为学术阵地，发表了诸如谢国安、刘立千、戴新三、岭光电、王恩洋、岑仲勉、庄学本、李思纯等人关于康藏研究的论文，其中有彭公侯译《"藏三国"本事》[127]，原文为德国学者弗兰克（A.H.Francke）所撰。可见当时以成都为据点所形成的边地综合考察与研究是如何在四川、西南乃至全国逐步产生规模与影响的。

3. 藏族民间故事、民歌研究

于式玉对藏族民间文学的专门研究，如《西藏大德〈玛尔巴传〉中的"借尸还阳"故事》《拉卜楞藏区民间文学举例——民歌》[128]。

前一篇文章是通过对 11 世纪西藏一位大译师玛尔巴的传记中所记录的

其事，写为宏扬佛法之理想小说"。参见任乃强：《关于"藏三国"》，载任乃强：《任乃强藏学文集》，中国藏学出版社，2009 年，第 117 页。

125 任乃强：《关于"藏三国"》，载任乃强：《任乃强藏学文集》，中国藏学出版社，2009年，第 117 页。

126 任乃强：《关于格萨到中国的事》，参见任乃强：《藏三国》，载四川省《格萨尔》工作领导小组编印，1994 年，第 57-58 页。

127 （德）弗兰克（A. H. Francke）：《"藏三国"本事》，彭公侯译，《康藏研究月刊》1947 年第 4 期，第 28-32 页。

128 两篇文章参见：《李安宅、于式玉藏学文论选》，中国藏学出版社，2002 年，第 344、363 页。

"借尸还阳"的故事摘译，一方面展示"借尸还阳"这一情节的具体情形，另外亦将该故事作为研究西藏宗教的参考。文中，于式玉通过回忆她小时候所亲眼见过的"借尸还阳"之人，以说明"故事中常讲到借尸还阳的事"[129]。虽然该文是对故事的专门记录，但这个故事来源于藏文文献的转译而并非民间流传，再者就是于式玉在文中只对这个故事所涉及的相关背景信息作了简略的说明，并没有对此展开学术层面的探讨。

而《拉卜楞藏区民间文学举例——民歌》则是对藏族民间文学的专门研究。对于藏族文学，于式玉她区分了寺院所藏之文学与民间文学的不同，前者被视为神圣不可侵犯、有巨大威力的经典，一般百姓无从知晓，寺院僧人也将其视为神化物而加以崇拜，并未从其文学性方面加以欣赏；后者又有书写与口头之分，如拉卜楞和西藏的民间文学，则是"在西藏尚有社戏，或旁的通俗文学与民间文学；在拉卜楞，则没有这等写成的东西流行于民间"[130]。由是，她将拉卜楞藏民口传的、歌唱的民间歌谣分为了五类：第一类是过年时男人们所唱的"勒"，即"酒曲"；第二类为青年男女聚集在公会堂所唱的"拉夷"，即"情歌"；第三类是净斋（娘乃）仪式时所唱的"神曲"；第四类是劳作时所唱的"工作曲"；第五类是从康藏地区流行的歌调流传过来的，不同于当地歌调的"游戏曲"。对于这五类民歌分别予以介绍，并将一些民歌记以五线谱的形式，最后从它们的体裁、内容等方面做了简要的分析与总结。

她指出，民间文学不同于贵族文学，也不同于通俗文学，民间文学是"产自民间，用在民间，而为民间所享受的一种艺术，是民间艺术样式之一"[131]，民间文学之于文学和社会科学具有双重意义，即文学家既可通过民间文学本身价值（欣赏），亦可通过参考民间文学的技巧与风格，有益于自身的创作；社会科学家则可通过民间文学分析或综合它所代表的文化。

4. 苗瑶神话、故事及传说研究

关于苗瑶神话、故事及传说的专门研究，此处以两篇影响较大的文章作为案例来分析与论说，一篇为芮逸夫《苗族洪水故事与伏羲女娲的传说》；另一

---

129 于式玉：《西藏大德〈玛尔巴传〉中的"借尸还阳"故事》，载《李安宅、于式玉藏学文论选》，中国藏学出版社，2002年，第344页。

130 于式玉：《拉卜楞藏区民间文学举例——民歌》，载《李安宅、于式玉藏学文论选》，中国藏学出版社，2002年，第366页。

131 于式玉：《拉卜楞藏区民间文学举例——民歌》，载《李安宅、于式玉藏学文论选》，中国藏学出版社，2002年，第363页。

篇则是马长寿《苗瑶之起源神话》。芮文主要是基于他和凌纯声、勇士衡在 1933 年对湖南苗瑶等民族社会与生活的田野考察，从当时的分工来看，芮逸夫主要负责语言、歌谣和故事方面的收集研究。而马文的写就，是基于他 20 世纪 30 年代两次去往川康的田野调查。

芮文发表于 1938 年，马文发表于 1940 年，可以将二者视为同一时期的学术研究成果。通过对两篇文章的分析，可以大致看出当时的学者在民族、民间神话、传说、故事的研究中所共有的一些特征：第一，在民间文学类型的认识方面，可以看到的是"故事"、"神话"、"传说"等概念基本上是作为同义词在交叉使用，没有作界定与区分，唯一有一处区分是芮逸夫在讲"兄妹配偶型的洪水故事起源"时所指出的："虽然这个故事究竟是纯粹的神话，抑或是半神话的传说，现在尚不能断言。"[132]这里，芮逸夫提出的两个说法值得注意，一个是"纯粹的神话"，一个是"半神话的传说"，可知在实践中他认为"神话"与"传说"是有所区分的。第二，在材料的来源与选择方面，两人对克拉克（S. R. Clarke）、H. J. Hewitt（芮文译赫微特，马文译海韦特）以及日本学者鸟居龙藏所收录的材料引用较多。不过，虽皆有引征，但亦有不同，芮文所引故事、传说、歌谣的主体内容来自于湘西当地的苗民；马文的材料则大多来自西人传教士的收集整理。第三，就神话的具体内容来说，都表现出对洪水神话中兄妹二人是否为伏羲女娲，以及伏羲女娲的族属问题的关注与讨论。

最可注意的是二人在研究中所展露的视野以及运用的方法，他们都是通过对多民族文学与文化的比较考察来推衍相关问题。芮逸夫由伏羲女娲族属问题的探讨引出盘瓠神话与瑶、畲二族之关联；对苗、彝、傈僳、景颇、黎、阿美族以及汉族民间文献记载或口传的"兄妹配偶遗传人类的洪水故事"进行对比研究，并将眼光置于整个东亚、东南亚、南亚的多民族语境之中，考察了日本、越南、马来西亚以及印度等地的洪水神话与故事；马长寿则是通过对苗族内部，诸如黑苗、花苗、青苗以及雅雀苗等所传之起源神话、瑶族的盘古神话和澳洲的"盘格"神话、瑶族与畲族的槃瓠神话以及泰国的狗王故事等众多类型的对比，考察民族之迁徙、文化之传播。

在他们的论证过程中，其所用"证据"早已超过了二重，他们不仅做了大量的文献考据工作，还通过大量的语言学材料与知识、存于民间的活态礼俗以

---

132 芮逸夫：《苗族洪水故事与伏羲女娲的传说》，载马昌仪编：《中国神话学百年文论选：全 2 册》，陕西师范大学出版总社有限公司，2018 年，第 214 页。

及考古发现中的图画、图像等多重证据，以说明民族的迁徙、文化的流变问题。由是，他们得出了一些相当有价值的结论，比如芮逸夫由跨民族、跨国家的洪水故事的地理分布，提出"这个区域也许是可以划成一个'文化区'（Culture Area）的，似可称之为'东南亚洲文化区'"，"在所谓东南亚洲文化区的范围以内，从地理上看察，它的文化中心当在中国本部的西南"[133]；马长寿在将神话传说"视为初民之无文书历史"的观点之上，进一步论证指出："故吾人欲明晰中原与西南古代交错之迹者，当自研究西南神话始。"[134]二人均指出在研究中国本身以及东南亚文化时中国西南所具有的重要作用。

通过两位学者的方法革新，可以看见的性质转变是：传统的经学考据时代，文人学士对"蛮野"文化似乎没有多大的兴趣，因此历代文人有相关记录者，也并未得到太多的关注与引证；正是人类学视野与方法进入以后，中国学人对这些所谓的"蛮野"文化的态度及观念日益转变，认为这些民间的、民族的、人民大众的文化是极其有研究价值与意义的。因此，在他们对这些内容的挖掘、梳理与考证过程中，不仅仅运用了人类学、考古学、民俗学等新学新知，亦使得中国经籍史册中大量被前学所忽视的文献材料得以被重新开掘、使用。

5. 羌族的神话、传说及歌舞研究

于式玉在《记黑水旅行》中记录了沿途所听闻的一些故事和传说，比如关于沙坝村索桥的三则故事；关于威州、羊店等地的谚语；刬儿坪的大禹降生传说；芦花"莪塔希"山神的故事；尼加阿尔布"妖精住在树里"的故事。同时也记录了在"紫姑多"山寨所参与的跳锅庄[135]。关于跳锅庄，她在《黑水民风》中辟专节进行了详细介绍，"跳锅庄这个名词，凡到过边疆的人都晓得，因为这是羌、戎、罗罗等族之间共同具有的一种娱乐方式……同是边民，在藏区，他们就不叫跳锅庄，而叫'稻姆'"[136]，为什么会有这种不同，她认为一方面是由于语言不同，另一方面可能与歌舞时的场面布置有关。

133 芮逸夫：《苗族洪水故事与伏羲女娲的传说》，载马昌仪编：《中国神话学百年文论选：全2册》，陕西师范大学出版总社有限公司，2018年，第213-214页。

134 马长寿：《苗瑶之起源神话》，载马昌仪编：《中国神话学百年文论选：全2册》，陕西师范大学出版总社有限公司，2018年，第256、267页。

135 于式玉：《记黑水旅行》，载李安宅，于式玉：《李安宅、于式玉藏学文论选》，中国藏学出版社，2002年，第488-490、511-514页。

136 于式玉：《黑水民风》，载于式玉：《于式玉藏区考察文集》，中国藏学出版社，1990年，第226页。

在黑水，跳锅庄是与吃砸酒连在一起的一种文化活动，在她邀请当地人跳舞时，对方会发出"没有酒怎么跳呢"的疑问便是一个最好的说明。另外，于式玉还就黑水当地人跳锅庄的具体时节、队列、乐器（锣鼓、"鸟珠"）等进行了介绍，并指出跳锅庄的禁忌，即当年家中遭遇了丧事的人不能来跳锅庄。她还对比了"藏民"与"黑水人"[137]的歌唱风格以及舞蹈动作：1）藏民的歌喉高亢，黑水人的歌喉沉着而浑厚；2）藏民歌词精炼，黑水人歌词委婉；3）藏民舞蹈手足并有，步法简单，黑水人脚步变化多，舞法复杂。

另外，她在介绍黑水当地人的饮酒习俗时，用了较多的篇幅记录了一段关于黑水人为何酷爱饮酒的民间故事，这段故事的主要内容是讲三国时期诸葛亮与周仓斗智争地，周仓最终敌不过诸葛亮而退居远山，诸葛亮因同情他们所处之地太过于贫瘠，遂将酿制好的酒送进去，从此便形成了当地酷爱饮酒的风气。最可注意的是，据于式玉介绍，这则故事是源自黑水本地人的讲述。

当时，除了以于式玉为代表的华西边疆研究所等机构前往边区调查边民文化外，1937 年胡鉴民依托四川大学亦开展了有关羌族之调查，其中就有大量关于羌族民间文学与文化的记录。比如在《羌族之信仰与习为》中，胡鉴民指出"凡值岁时祭祀或冠婚丧事，羌族的一切文化宝藏——巫术、仪式、历史传说、民族神话与歌舞"都值得挖掘与书写，又因"羌人是一个只有语言而无文字的民族，因此关于羌人过去的情形，我们只好在歌谣故事与传说中求之"[138]。为此，胡鉴民梳理了大量的有关羌族的神话、传说、歌谣以及故事等内容，比如关于羌人白石神与神林信仰由来的传说、古歌；地方诸神的传说，其中包括水田寨与齐立寨地方神起源传说，佳山、若达、西山地方神起源传说，乾溪地方神起源传说；关于端公的数则传说；唱述羌人习为的古歌；唱述内容秽亵的祈雨歌等等。

通观全文，可以说涉及到羌人文学与文化的内容无处不在，因此可以看到胡鉴民在文章结论中讲道："传说在民族学上的价值，谁也不能否认。"不仅如此，胡鉴民还十分关注仪式与图腾，他进一步指出"羌族与图腾同体化的仪式，

---

137 关于黑水人的族属，于式玉指出："大体上则认为黑水人是羌民。"参见于式玉：《黑水民风》，载于式玉：《于式玉藏区考察文集》，中国藏学出版社，1990 年，第218 页。

138 胡鉴民：《羌族之信仰与习为》，原载金陵大学中国文化研究所《边疆研究论丛》1941 年 12 月版，参见李文海主编：《民国时期社会调查丛编一编少数民族卷》，福建教育出版社，2014 年，第 543-544 页。

尚有比传说更可信的现在尚可以目击的事实为证"，"如图腾非宗教，则与灵气信仰与巫教，根本不致有何抵触，并行不悖，自属可能"[139]。

胡鉴民的这篇《羌族之信仰与习为》的专论，虽然讨论的对象是羌人的神灵信仰体系、巫师传统以及生活习为，但是正如他本人所言，因羌人只有语言而无文字，关于他们的这些历史几乎是靠口耳相传的神话、故事、传说以及古歌的传唱承继下来的，所以他在分析这些事项的同时，羌人的民间文学与文化天然地就与他们的信仰、宗教、习俗以及仪式等内容联系在一起，成为了不可分割的一部分。胡鉴民的这篇文章不同于游记、日记体文章中只单纯地对文学样式、形态或内容予以记录，而是通过对信仰与习为的深入剖析，进一步将嵌入在这一体系内部的羌人文学挖掘深析，不仅展示了其内容的丰富性，更是论证了其在羌人整个社会历史发展进程中的多重功能。

6. 彝族神话、故事及情歌研究

马长寿对西南边区进行了持续性的考察，尤其是对彝族的研究。在多次田野调查的基础上，形成了重要的人类学民族志代表作品《凉山罗彝考察报告》[140]。通观全书，除了以专章专节来讨论彝族民间文学外，在该书的其它部分，亦随处可见对故事、神话、传说等内容的记载，这些民间故事、传说、神话有些来自汉文、彝文等文献记载，有些则是直接来源于沿途所遇、所采访之人的口述。

具体来看，马长寿将第二章"罗彝之起源神话"与第三章"罗彝古史钩沉"以及第四章"罗彝迁徙史"放在一起讨论，将神话这种叙事类型与历史考证联系在一起，一方面体现出他对神话叙事的重视；另一方面也体现了研究方法的革新。第十一章专门介绍与论述"凉山罗彝之故事"，内容极为丰富，且对这些民间文学的内容进行了分类[141]，在这一分类体系中，"人"和"英雄"、"物"和"动物"被划分为了不同的类型。不过，马长寿除了在内容上对这些彝族民间文学作了分类外，没有再从类型方面展开言说，而是各种类型[142]穿插其间。

---

139 胡鉴民：《羌族之信仰与习为》，原载金陵大学中国文化研究所《边疆研究论丛》1941 年 12 月版，参见李文海主编：《民国时期社会调查丛编一编少数民族卷》，福建教育出版社，2014 年，第 562-563 页。

140 马长寿著；李绍明，周伟洲等整理：《凉山罗彝考察报告》（上、下册），巴蜀书社，2006 年。

141 基本上是将其分为"创世"、"鬼神"、"人"、"物"、"现实"、"社会"、"动物"、"英雄"这样几个类别。

142 诸如"故事"、"谜"、"珍闻"、"奇闻"、"趣闻"、"笑料"、"传说"、"轶闻"、"传闻"等。

其中这一章第八类的"英雄故事之传说",即为"故事"和"传说"同时出现,且二者之间并非并列关系,而以偏正关系呈现;再如第九类标题为"几个真实之传闻",此处他将"真实"与"传闻"二词置于一处,并且以此将第九类与前面八类区分开来,这样的分类表述模式显示出该时期学者对于民间文学,尤其是少数民族民间文学应如何分类这个问题的思考和摸索,也从侧面反映出人类学者所必须面对和思索的民族志书写中如何处理材料的问题。

此外,1941 年由川省教育厅出版的《雷马屏峨纪略》一书中有一篇徐益棠的调查报告《雷波小凉山倮族调查》,在讲精神生活的部分,他将其分为宗教和艺术两类,在艺术一类,有一段关于彝族文学的见解:

> 文学方面,如诗歌传说等,颇多蕴义,而大都为勉励个人努力
> 上佳著,故当多为英雄传说变迁而来,惟流传已极少,大概一般笔
> 母已不能负保存传布之责矣。戏剧则绝无所见,大概倮族对于此道,
> 不甚擅长。但好勇斗狠,为其族特性表演英雄本迹的历史剧,常如
> 康藏人之表演宗教的戏剧,不在少数,只有待将来之搜集耳。[143]

徐益棠的这段话非常的简短,但还是可以解读出一些信息:第一,他对于文学的分类是按照所谓的纯文学的,即小说、诗歌、散文及戏剧这样的划分标准;第二,他已经注意到彝族文学与毕摩(他写作笔母)有着密切的关系;第三,在戏剧表演方面将彝与康藏对比。因时代发展,徐益棠的一些做法与观念在今天看来已经不怎么适宜,但在当时来说,他所关注的这几个点还是非常有学术意义的。只是他没有就此展开,也无法看到他对于这些文学现象的进一步分析。1944 年徐益棠出版了《雷波小凉山之倮民》一书,可以说是对此前这篇考察报告的补充扩展,但书中并未对彝族民间文学做专门的研究,只是在最后的附录"倮民文献丛辑"中写录了歌谣"约加尼"[144]。

再则关于彝族情歌研究,陈宗祥在《倮倮的情歌》当中对其予以了记录和介绍,如情歌歌唱环境、阶层以及音调等内容。在陈宗祥看来,这些情歌即是"值得人类学者研究的材料",所谓"礼失求诸野",中国古代的歌舞,除了在一些文献当中略有记载,在近来的日常生活中已经很难寻觅其痕迹。而流传在

---

143 徐益棠:《雷波小凉山倮族调查》,载李文海主编:《民国时期社会调查丛编一编少数民族卷》,福建教育出版社,2014 年,第 370 页。

144 此处徐益棠为其注释为:此为一孤儿幼时孤苦伶仃,发奋自强后感伤咏叹之歌,正可反映倮民特性与其历史的传训之影响。参见徐益棠:《雷波小凉山之倮民》,私立金陵大学中国文化研究所,1944 年,第 95-96 页。

西南、西北广大的原始民族日常生活中的歌舞，不仅普遍流行，且与古书的记载十分相似。要考察民族之迁徙、文化之流变，则需要对这些流行在众多民族民间中的文化予以深切的调查与研究。在这些歌舞民族中，陈宗祥认识到彝族"歌唱种类甚多"，其中有一类"阿萨忸"，即情歌，与彝民的生活息息相关。这些情歌不只是涉及男女爱情，更是以自然界一切生物来作比拟，"自然环境对于生活影响甚大……他们利用这些自然资料来推想宇宙哲学，进一步，亦利用这些资料来表达自己的情境，美丽的诗歌也跟着产生了"[145]。

通过对此一时期中国学人在地实践情况的整理与分析，由他们对西南多民族文学与文化调查、记录、研究以及呈现的不同方式，可以将其分为两种类型：第一类是在综合性调查报告、游记或日记等文本中所涉及与记录的文学内容，其中包括的文学类型非常复杂，有神话、故事、传说、谚语、民歌、戏曲、歌舞等，它们往往是学者在考察相关民族的祭祀、宗教、生活、习俗等情形的时候，伴随着一同出现，二者往往是紧密联系在一起的，因此学者们予以一并关注与研究；第二类则是对西南多民族文学，或者说是民间文学的专门研究，比如史诗、神话、传说、故事、民歌以及情歌等。

从中我们可以总结和解读的是：其一，在方法上，除了对民族民间文学与文化的收集、记录、翻译以及整理外，最为关键的是对人类学等新知识、新方法的广泛运用。人类学视野与方法的进入，不仅使以往被视为"落后"与"野蛮"的边民社会和文化成为了学者们关注与研究的重要内容，而且通过学者们广泛地走访与考察并和边民社会建立起直接的接触和联系后，更是将这些文化视为中国文化乃至世界文化的重要组成，其价值与意义进一步凸显。这体现在当时中国学人对于民族民间文学的态度转变当中，认为这些广泛散布在众多民族、人民大众中间的，被人们喜闻乐见的民间文学与文化，是极其丰富的，极其重要的，应该而且值得被挖掘、整理出来，让更多的人可以接触到边地人民独具特色的社会生活与精神世界，增强各民族的交流与沟通，以适应当时的国家需要以及应对国际局势的变化。其二，对后续研究的影响，此一时期中国学人对西部民族民间文学的研究，已经具有了"藏彝走廊"乃至"藏羌彝走廊"这一民族地域文化类型分布格局的雏形，为其后学者们的研究提供了极为丰富且具有较高历史价值的参考和镜鉴。

---

145 陈宗祥：《保伲的情歌》，《中国边疆》1948 年第 11 期，第 21-22 页。

二、边地行走与川边影像民族志

据徐益棠回顾[146]，20 世纪初期至 30 年代，有关中国边疆民族的研究正逐渐兴起，这既与当时中国面临之边疆现实问题有关，又与民族学、人类学等新兴学科在中国学术界的萌芽相关。初时，有关边疆的研究集中于自然科学领域，"是时关于边区民族之知识，大都为各自然科学家自边区附带而来"，这样附带而来的知识对于了解以及解决边疆之实际问题，"不足以供参考"；另外当时人类学、民族学在中国虽有所发展，但许多研究属"纯粹的学术著作"，对于边疆实际问题的解决并未有联系。20 年代起，随着边疆问题的加重，除政治上的愈加重视外，学术机构、教育机构"亦渐知边教之重要而力加推动"，"民族学家已于此时期内尽其最大之努力，一方面撰述通俗之文字，以引起一般人之兴趣；一方面发表学术的研究，以奠定民族学之基础"，正是在这样的社会环境与学术研究动向之下，出现了一系列新闻记者去往边区收集关于民族方面之新闻资料的行动，如天津《大公报》之长江的《中国之西北角》；南京《中央日报》之庄学本《羌戎考察记》；上海《申报》之顾执中、陆诒《到青海去》；西安《西京日报》之徐弋吾《新疆印象记》等。

在徐益棠看来，他并未将这种由"新闻记者"收集整理之资料视为学术研究的成果，而是将其作用定性为"贡献于一般读者"，可能正是基于这样的社会普遍认识，这些由新闻记者收集而来的资料并未引起学术界的重视。就如庄学本的摄影作品，亦是进入 21 世纪以后，才又一次走进人们的视野，并引起关注。就在学界不断挖掘这段历史的过程中，学人逐渐意识到庄学本的摄影作品不仅仅是为中国摄影史留下了 20 世纪 30、40 年代中国西部地区民族生产生活及其精神风貌的珍贵的影像记录，更随着影视人类学、影像民族志等学科及方法在中国的发展，使其超越了摄影作品意义本身，而具有了从历史学、人类学、民俗学等学科进行综合理解与阐释的功能与意义。[147]

在 2000 年版的《影视人类学概论》书中，著者介绍了上个世纪 30 年代中国职业民族学工作者在田野调查中将电影手段加以结合用以收集资料，比如凌纯声、芮逸夫、勇士衡等人对湘西苗、瑶等民族的考察，即携带电影摄影机

---

146 徐益棠：《十年来中国边疆民族研究之回顾与前瞻——为边政公论出版及中国民族学会七周纪念而作》，载潘蛟主编：《中国社会文化人类学民族学百年文选上》，知识产权出版社，2009 年，第 361-368 页。

147 吴雯：《民族志记录和边疆形象——庄学本民国时期的边疆考察和摄影》，四川大学硕士学位论文，2006 年，第 1 页。

在田野点照相、绘图、拍摄影片等[148]。实际上从这里可以看出，虽然著者强调的是影视人类学中的"影片"，但田野作业显示的依然是多种方法的同时使用，比如绘画、照相，尤其是摄影技术，它与"影片"一样，是影视人类学的重要构成。这一点不仅体现在上个世纪 30 年代的专业人类学家的田野方法中，亦为后世学者所沿用。

以此观之，即便庄学本没有接受过系统的人类学训练，没有被视为职业的人类学者，但他在川边行走过程中所拍摄的大量照片，就其形式与内容来看，确为田野调查过程中对调查对象的一种"主位"显现，且具有人类学文化描述特征与阐释价值，应当被视为中国学人对"影像民族志"方法的早期实践。况且，通过考察庄学本的经历与交游，如在葛维汉的介绍下认识了嘉绒人索囊仁清作为其向导；又如他作为护送九世班禅入藏专使行署的随行摄影师，受中研院、中山博物馆委托做体质测量以及收集边区民族物品，使其有机会在甘肃、青海等地长时间从事民族考察与摄影活动。由此看来，庄学本并非对人类学、民族学完全没有了解与经验，因此若把他完全视为边疆研究的业余爱好者也并不妥当。

考察庄学本的求学背景发现，尽管他连中学也未念完，但在上海的成长与工作经历使他有机会接触到世界的最新事物与信息，不得不说这为他其后在边地的摄影事业奠定了一定的基础。从他的人生经历来看，在他边地摄影、文字记录以及物品收集中所体现出来的人类学、民族学眼光与知识，正是建立在他长期"行走"的经验之中，"十年西行"就算是对一个专业的人类学者来说亦颇为不易，庄学本对"行走"的坚持不啻为人类学者之鼓舞与激励。

1930 年，庄学本参加了"全国步行团"，由上海前往北京，行至北京后，因战事兴起，遂返回上海。1934 年，他本想借十三世达赖喇嘛土登嘉措圆寂之际，跟随致祭专使行署前往西藏，但因其身份来历不明，遭到了致祭专使黄慕松的拒绝。庄学本并未因此放弃，他在好友的帮助之下，最终顺利展开了他在四川、青海的考察行程。据其自述，在无缘西藏以后，他选择了一处前人鲜少涉猎的"白地"[149]——"廓落克"，亦称"俄洛"、"果洛"，位于川、甘、青、

---

148 张江华等著：《影视人类学概论》，社会科学文献出版社，2000 年，第 193 页。
149 庄学本介绍，"现在地图上对于四川的西北部、甘肃的西南部、青海的南部、西康的北部"，即便是"民族学的研究者，关于这个地带所得到的报告也是奇缺"。参见庄学本著；马骦辉，王昭武，庄文骏主编：《羌戎考察记：摄影大师庄学本 20世纪 30 年代的西部人文探访》，四川民族出版社，2006 年，第 4-5 页。

康之边境。由此看来，庄学本在田野点的选择方面已经带有了专业人类学者的眼光。而这种专业的人类学眼光，在他所使用的田野调查方法[150]中体现得更为明显。有关此次川青之行的记录，从其原本的安排来看，是要出一本《西北边荒旅行记》，又分《羌戎考察记》《廓落克探险记》《岷江流域旅行记》三编。其后《羌戎考察记》[151]先是在南京《中央日报》连载，后由上海良友图书公司出版，《廓落克探险记》[152]则发表在《道路月刊》，至于《岷江流域旅行记》，暂未找到其原文发表处。此外，考察途中所拍摄的照片亦在南京举办了个人影展，《良友》《中华画报》《申报》等刊物亦对考察文字与图片进行了刊载，可以说这次的川青之行，奠定了庄学本"十年西行"之事业基础。[153]

　　1935 年，庄学本受当时政府之邀请，作为九世班禅回藏专使行署的专门摄影师。此行庄学本亦受中研院委托进行边区民族体质测量以及中山文化教育馆委托收集边区民族器物标本。遗憾的是，因为各种原因庄学本进藏之愿望再次落空，但在跟随回藏队伍的这两年，使得他有大量的机会与时间在甘肃、青海等地开展考察与摄影活动。在此期间，庄学本拍摄了班禅在塔尔寺和拉卜楞寺举行的盛大法会现场；在青海进行了四次短途游历，考察了互助、乐都一带的土族；贵德、共和的藏族；三角城群科滩的蒙古族以及循化的撒拉族。关于此次考察经历，庄先生发表了《西游记》，连载于《良友》画报；以及《青海旅行记》，于上海《申报》连载。[154]

　　从庄学本这两次的边地行走经验来看，此时的他对边地民族，尤其是川、青、甘等地的民族情况已经有了较为深入的接触与认识。早在《羌戎考察记》

---

150 据庄学本自述，"我这游记式的文章，都在茶寮、村店、鞍马、帐幕中写成，当时材料的搜集，以社会调查和传闻神话并重，所以在文中已打成一片。我在途中除写有文字以外，并摄有照片越约一千张，预备辅助文字的不足。又有简略的地图，预备作文字以外的补充"。参见庄学本著；马骕辉，王昭武，庄文骏主编：《羌戎考察记：摄影大师庄学本 20 世纪 30 年代的西部人文探访》，四川民族出版社，2006 年，第 4-5 页。

151 庄学本：《羌戎考察记》，良友图书印刷公司，1937 年。

152 庄学本：《廓落克探险记》，《道路月刊》1935 年第 2 期，第 129-131 页。

153 吴雯：《民族志记录和边疆形象——庄学本民国时期的边疆考察和摄影》，四川大学硕士学位论文，2006 年，第 24 页。

154 庄学本著；马骕辉，王昭武，庄文骏主编：《羌戎考察记：摄影大师庄学本 20 世纪 30 年代的西部人文探访》，四川民族出版社，2006 年，第 2 页；吴雯：《民族志记录和边疆形象——庄学本民国时期的边疆考察和摄影》，四川大学硕士学位论文，2006 年，第 25-26 页。

中，陈志良就分别从"民族"、"历史"、"地理"、"宗教"、"风俗"以及"考古"六个方面阐述了庄学本考察之意义[155]。从这样的前期积累来看庄学本其后在西康考察所取得的成功和影响也就不足为怪。

1938 年，因时局与际遇之困，庄学本又重返"羌戎"故地游历月余；又从打箭炉（康定）翻越大炮山前往丹巴，考察大金川流域的嘉绒，撰有《西康丹巴调查》[156]一文，文中配有照片四幅、地图两幅；此后又前往木雅贡嘎山；年底赴越西田坝考察彝族，正巧遇见当地的婚丧大典，拍摄了完整的场面。1939 年适逢西康建省，当局需要各种技术人才，聘任庄学本为西康省政府参议顾问，遂有机会留在边地继续从事民族考察与摄影事业[157]。其时因"甘孜事变"，致使去往德格考察的计划搁浅，遂留驻巴塘，得以拍摄到春节期间的喇嘛寺跳神舞、晒大佛、送瘟神等活动场面。[158]1940 年由巴塘返回康定，期间亦继续对西康各民族展开调查与拍摄。对于庄学本该时期的考察成果，无论是文字的还是照片的，"都堪称庄学本边疆事业之巅峰"[159]。

其中，当时影响最大的还要数 1941 年在西康省主席刘文辉的直接支持下，西康省政府举办的"西康摄影展"。据庄学本介绍，此次影展共选出照片 285 幅，展览面积约 400 英尺，所搜集材料来自于 23 县，费时 3 年，参展地包括重庆、成都以及雅安 3 处，会场 8 处，陈列 9 次，共展览 37 天，参观人数约 20 万，是当时"规模比较宏大的影展"。在重庆，展览先是作为卫聚贤等先生筹备的"古物展览会"预展，其后正式展览，取得了很好的效应；在成都办展时，时任四川博物馆馆长的冯汉骥为其提供了条件较佳的场地；其后华西大学

155 陈志良认为，"庄君考察所得之文字与照片，实为人类学、历史学、民俗学、语言学、考古学、地理学界之大好园地，珍贵资源，随处都是，故非等闲游记可比也"。参见庄学本著；马鼐辉，王昭武，庄文骏主编：《羌戎考察记：摄影大师庄学本 20 世纪 30 年代的西部人文探访》，四川民族出版社，2006 年，第 7-8 页。

156 庄学本：《西康丹巴调查（附图）》，《西南边疆》1939 年第 6 期，第 10-24 页。

157 具体行程为：是年初，庄先生一行由冕宁、西昌进入大凉山，装扮成邮差伙计，得以进入昭觉城；经盐源、盐边进入"喇嘛王国木里"；南行到永宁泸沽湖；返程经九龙回康定，休整一月后，继续西行，经理塘到达巴塘，在当地拍摄藏戏；随后沿金沙江南行到得荣，由白松折返后经义敦返回巴塘。

158 庄学本著；马鼐辉，王昭武，庄文骏主编：《羌戎考察记：摄影大师庄学本 20 世纪 30 年代的西部人文探访》，四川民族出版社，2006 年，第 3 页。

159 此一时期的调查成果有《西康彝族调查报告》《新西康专号》《康藏猎奇记》以及《康藏民间故事》等。参见吴雯：《民族志记录和边疆形象——庄学本民国时期的边疆考察和摄影》，四川大学硕士学位论文，2006 年，第 27 页。

边疆研究会以及边区社会研究室邀请至学校内展览两天，地点设在体育馆，参观者多为当时华西坝上联合办学的五大学的师生，庄学本亦应边区社会研究室邀请做了题为《在西康三年考察经过》之讲演。[160]当时许多政界、文化界的知名人士均对该展览做了回应，一批文化界人士亲临展览现场参观；顾颉刚、姜蕴刚、徐益棠诸先生亦为展览撰文宣传；任乃强亦为影展的举办给予扶助鼓励。

由此看来，"西康摄影展"在当时的确引起了社会的轰动效应，这种影响并非局限于影展本身，而是在当时的社会环境之下，让边疆建设之重要性更加深入人心，亦促使川内华西大学博物馆与其它机构合作，陆续推出了多次关于边疆的展览，如1943年华西大学博物馆与华西边疆研究学会、中华基督教会边疆服务部在华西大学联合举办羌民文化演讲会与展览会；1944年华西大学在体育馆举办边疆文物展览会；1948年国立四川大学边疆研究学会在成都举办"边疆风物展览"等，由此形成了以展览的形式集中向大众展示西南边疆的"集合体"[161]，产生了更为广大的社会效应。

庄学本除了介绍影展的举办经过外，还陈述了他对于"摄影"以及照片"说明"的理解与观点，他认为"照片的功能比文字为大众化而实际"[162]；"说明是照片的补白，极关重要，一张平淡的作品，可以用说明的渲染，使它生动，照片中未曾摄出的部分，或作者尚有未尽之意，亦能用说明来挽救或补充"[163]。从他的论述中可以发现他对于"摄影"的多重阐释：艺术的美感、学术的价值以及照片固有的缺陷（对此用"说明"以补白）。由是这也是为何当代摄影评论界认为能够从庄学本的摄影作品中解读出"影视人类学"之旨趣，庄学本于20世纪30、40年代在中国边地行走中所从事的事业，是与西方人类学家约瑟夫·洛克（Joseph Rock）等人比肩的影像民族志实践，尤其是当时当地一些不为外界所知，又为庄学本所亲历与见证的事项，如法会、婚丧、神舞等，即具有人类学研究意义上的长远价值。[164]

160 庄学本：《筹办西康影展经过》，《康导月刊》1942年第10/11期，第80-83页。

161 安琪：《博物馆民族志中国西南地区的物象叙事与族群历史》，民族出版社，2014年，第89页。

162 庄学本认为，"摄影是艺术，所以每一幅照片须要有成功的技巧，换言之照片的画面必须美化，方能引起阅览者的欣赏；同时尤须注意照片的内容要有丰富的学术价值"。参见庄学本：《筹办西康影展经过》，《康导月刊》1942年第10/11期，第80-83页。

163 庄学本：《筹办西康影展经过》，《康导月刊》1942年第10/11期，第80-83页。

164 马鼎辉等编：《尘封的历史瞬间：摄影大师庄学本20世纪30年代的西部人文探访》，四川民族出版社，2005年，第10页。

第四章 学科简史与体制演变

作为交叉学科的文学人类学在四川大学确立之经过，既是对时代学术发展的一种显示和反映，同时也在历史承传、时代契机以及学科建设诸方面展现出地区学术传统的影响和川大文学人类学的践行风格与学理特征。

一时代有一时代之学术发展，在 19 到 20 世纪这一迭换的时代语境中，中国学术由传统的经、史、子、集走向了院系与分科，这一体制的演变进程不仅成为现在诸学科追溯其学科史起源的重要场域，更是在一定程度上解释了交叉学科形成与产生的历史原因。作为交叉学科的文学人类学，便可视为这一"中西"交往、"东西"互动的学术思潮发展与教育体制演变的催生之物。它既是对学科体制在近代中国的确立的一种反映，同时也是反思。这种反映和反思以历史为基础，既承接历史，又求新求变。

文学人类学在四川大学的确立与发展进程，显示为文学观念之变革与西方人类学视野的交融与打通。无论是对从尊经书院到中文系，民间文学与文化研究以及多民族田野实践这一历史脉络的承传，还是催生跨学科研究到交叉学科确立的"比较"方法与比较文学学科以及四川大学中国俗文化研究所共同构成的时代契机，都可以被认为是将中国传统与西学方法在历史的叠代中互为借鉴与不断融合的探索与实践。基于这样的历史与现下语境，川大文学人类学运用跨学科的视野与方法将文学与人类学相互打通，并最终确立为一门交叉学科，亦不断获得发展。

第一节 历史承传

四川大学文学人类学这一交叉学科的确立与发展离不开川大文学院的历

史语境。接下来的内容主要围绕着历史的承接而多视角展开，在关注时代语境变迁的同时，亦对教学模式、治学理念、研究领域、问题方法等予以检视。

一、迭换的时代语境

当下追溯学科制度在中国的兴起，一般将之溯源至 19、20 世纪之交西方学科知识与分科概念的进入与影响。就当时的四川大学来说，作为其源头的四川中西学堂设立的办学理念即为"中学为体，西学为用"，其课程设置呈现为华文、西文、算学等中西并举的结构。其后 1908 年在四川通省师范学堂的课程设置中这种中西之学并举的程度更为明显，其主要课程如下：国文（包括习字、作文）、外国文（日语、英语）、算学（几何、博物、物理、化学、中外历史、中外舆地）、心理学、教育学、人伦道德、经济法制、体操、图画等。1923 年国立成都高等师范学校文史部的课程则分为公共课和专业课，其中公共课有伦理学、论理学、英语讲读、哲学概论、心理学、教育学、教育史、教授法、社会学等；专业课有国文、国史、文学论、文字学、经学通论、诸子、文学史、讲经等。[1]

另外，其时由西方人创办的华西协和大学的办学模式同样体现为中西之学并举，同时经历着欧西之学的本土化。在其早期文科科系设置方面，分为了哲学、教育、英文、西洋史学、综合文科诸类；1918 年调整为语言文学组（国文系、法文系、英文系）、社会经济历史组（历史系、社会学系、经济学系）、哲学心理学宗教学伦理学组（哲学系）。[2]

值得注意的是，虽然国人和西方人在成都创立之学校皆在专业教育方面显示出中、西学的交叉与并举，但实际情况更为复杂，西学的介入与传播在两种类型的学校教育体系中的渗透力并不相同。对此，一段郭沫若关于他在四川省城高等学堂附设中学堂的求学回忆表明，当时的传统学问并未因变革而失去社会影响，西学也并未如想象般影响之深。据其回忆，当时他因一件小事遭到嘉定中学的斥退，于是来到成都的分设中学考取插班生资格，入学试题即是一道国文题，题目是"士先器识而后文艺"，限二小时完卷。因其对此题的作答比较符合学校对招考学生的水平要求，他顺利获取了插班生资格。正是郭沫若自小接受过的传统学问教育，使他能在被原学校斥退的情形下顺利在成都

---

1 谢和平主编：《世纪弦歌百年传响：四川大学校史展》，四川大学出版社，2007 年，第 32、47、65 页。

2 谢和平主编：《世纪弦歌百年传响：四川大学校史展》，四川大学出版社，2007 年，第 60 页。

获得入学机会，可见当时传统学问依然具备着特定的社会功能。对于就读成都学校后所授之新学知识，郭沫若亦指出其存在着很大的问题[3]。

　　这样，中、西之学在当时迭换的时代语境中呈现出不同的事物在交叉与融合时所体现出来的磨合、互适与调整。一方面确实存在着如郭沫若所言的问题；但反而观之，也正是在交叉与融合中体现出来的求新与求变，不仅给当时蔽塞的传统之学注入了新的活力，同时也促成了中国学者新学风的形成以及本土化学术特征的凸显。正如李绍明先生在《略论中国人类学的华西学派》当中所言，正是由于中国人类学华西学者"中、西"并举贯通[4]的学术背景，使得在他们的学术研究中体现出了"在学术理论上的兼收并蓄"，"在研究方法中的史志结合"以及"在研究领域中注重康藏"[5]等学理特征。

　　1952 年，随着高校院系大调整的展开，华西大学取消了社会学系，但保留了民族学专业，民族学专业的师生被调整到四川大学置于历史系当中，成为其中的一个专业，这成为四川大学历史系发展过程中一段值得特别关注的院系史。此外，历史系在很长一段时期和中文系同属于川大文学院。1958 至 1966 年期间，中文系设有语言、文学两个专业；历史系则设有历史学、民族学专业。正是文学院院系史中各专业、各学科的并置分合，在某种程度上为这些下设系别及学科的交流与合作提供了更多的途径和机会。

　　十年动乱期间，整个中国教育都受到了严重的影响，社会学、人类学等学科不仅在前期的院系调整中被取消，更是因此一时期的停顿而几乎出现了学术研究的断裂。十年动乱结束以后，四川大学于 1972 年开始恢复教学和科研工作；1976 年以后，川大的整体工作重心逐渐转移[6]。其中，1994 年文学院建

3　如"讲理化、数学的教员们连照本宣科的能力都没有，讲浅显的教科书都读不断句"；"我们读的是 Chamberlain 的《二十世纪读本》，我记得是卷二，那开始的一课是《一条 Newfoundland 的狗》。我们那位英文科长，他竟不知道这'Newfoundland'是一个海岛的名字，他竟拿出我们中国人的望文生义的本事出来，把它直译成为'新大陆'"。参见郭沫若著作编辑出版委员会编：《郭沫若全集文学编第十一卷》，人民文学出版社，1992 年，第 178、181 页。

4　李绍明先生指出，他们"不仅有着欧美的人类学训练，而且有着深厚的中国传统学术底蕴，尤其是历史学功底的深厚以及对历史资料的充分熟悉与掌握……加以在当时的社会传统中，国学尚有很大影响"。参见李绍明：《略论中国人类学的华西学派》，《广西民族研究》2007 年第 3 期，第 50 页。

5　李绍明：《略论中国人类学的华西学派》，《广西民族研究》2007 年第 3 期，第 50-51 页。

6　谢和平主编：《世纪弦歌百年传响：四川大学校史展》，四川大学出版社，2007 年，

制得以恢复，设中文系、历史系等；1997 至 1998 年期间，中文系设有汉语言文学专业，历史系设有历史学、考古学专业；博士点有中国文学批评史、中国古典文献学、汉语史、考古学、中国古代史、中国地方史等专业。其后，1998 年的学院调整中，历史系从文学院分离出去，中文系和新闻学院、新闻系合并为文学与新闻学院，一直沿用至今。

长久以来，四川大学在历史学、语言学、文学、宗教学一系列人文社科领域方面有着较为悠久的历史以及较为显著的优势。尤其是中文系，"从清代康熙时期创建的锦江书院到同治时期新办的尊经书院，再到光绪年间（1896）成立的四川中西学堂，有一条尊国学、尚经典、博学求实的文脉绵延其间，而后四川高等学堂的文科正科一部及至国立成都高等师范学院的国文部都完好地承续了这一优良传统，文科当之无愧地成为当时学堂里的支柱，中文系则向来是文科中的翘楚"[7]。此外中文系还有一个十分显著的治学特征即"中西结合"。这两条学术之脉构成了川大文学院或者说中文系的治学理念与学风。

随着 1978 年十一届三中全会"改革开放"政策的出台，国家在发展战略部署以及对外关系方面不断进行着调整，中国社会从此进入了发展的转型期。其中，对西部地区影响较大的有新世纪初开始正式实施的"西部大开发"政策以及其后的"新丝绸之路经济带"与"21 世纪海上丝绸之路"等合作倡议的提出，亦有《关于新时代推进西部大开发形成新格局的指导意见》的出台以及"成渝地区双城经济圈"建设的布局安排。策略的变革、时代的发展、科技的推动，使得世界各国的"距离"在快速缩短，全球化已经成为不可逆转的发展趋势。这一新的时空语境便催生出一系列新的文化形态与互动模式。

面对 21 世纪的全球化浪潮，四川大学结合自身的属性与功能定位，不断探索新的发展路径，与国际接轨，参与全球合作与对话[8]。作为与四川大学"源

第 173 页。

7　曹顺庆等编：《濯锦录：名宿与旧事中的百年川大第二卷》，四川大学出版社，2016年，第 263 页。

8　对此，四川大学提出以下发展规划与目标：到 2020 年，学校核心指标的师均量进入全国高校前列，成为国家自主创新的前沿、拔尖人才培养的基地、学术大师汇聚的高地、高层决策咨询的智囊、国家和地区经济社会发展的支撑，10 个左右学科达到世界先进水平，成为国内一流、国际知名的高水平研究型综合大学；到建国100 周年，学校力争跻身世界一流大学行列。四川大学将为科教兴国和西部大开发战略的实施，为实现建设高水平研究综合大学的宏伟目标，为中华民族的伟大复兴做出应有的贡献。参见谢和平主编：《世纪弦歌百年传响：四川大学校史展》，四川大学出版社，2007 年，第 272 页。

起同步"的文学院，亦在长久的磨砺与积淀中形成了一种"尚学、求实、创新"之精神，"把握契机、开阔视野、激流勇进"之品格[9]。综观今日该学院之目标，无论是在筑稳学科建设、带动学科群发展，还是在参与全球对话、奋进世界一流学科等方面，皆显示出要将其构建成为具有"川大风格和中国特色的国际学术高地"[10]的志向与宏愿。

二、从"尊经书院"到"中文系"

考察从"尊经书院"到"中文系"这一历史进程，其不仅体现了学校教学体制、教学场所的转变，同时在对于"文"、"学"、"艺"等概念的认识方面体现出了治学理念、认知观念上的承传与转变。

追溯四川大学的校史，可以溯源至1896年创办的四川中西学堂，1902年四川中西学堂与尊经书院合并，组建为四川通省大学堂。1903年四川通省大学堂改名四川省城高等学堂，其后将锦江书院并入。至此，原四川中西学堂经过与两大书院组建合并以后，以四川省城高等学堂的名称行之于世，成为四川近代第一所文理科兼备的综合性高等学校，是当时四川的最高学府、新式学堂的典范。通过这段校史可知，四川大学与尊经书院、锦江书院在学校起源上的关联。不过，那时锦江书院已经呈现出一种衰颓之势，真正对四川近代学术产生影响的其实是尊经书院。张之洞、王闿运、廖平、宋育人、杨锐、张澜……这些在近代四川影响较大的人物都与尊经书院有着密切的关联，可以说"在清末民初四川历史舞台上到处都能见到尊经书院学生的身影"[11]。

在当时的时代背景中，一方面西学在不断地输入，另一方面四川又因其特殊的历史、地理环境，在西学的接受方面呈现出不同于中国其它地区的一些特征，这种特征正体现在尊经书院这种介于旧式学堂与新式学校相过渡的教育体制当中。尊经书院作为当时四川的高等学府，既承载了蜀地自古以来的文化传统，又体现出时代赋予的新意涵。以此为转折，蜀地的传统文化、文人学士的治学模式都发生了深刻的变化，如经史子集的传统学术分类逐渐被新的"学科"体系所取代，开始出现文学、史学等新型的学科分类。

9　曹顺庆等编：《濯锦录：名宿与旧事中的百年川大第二卷》，四川大学出版社，2016年，第264页。

10　参见四川大学文学与新闻学院"学院概况"，http://lj.scu.edu.cn/xygk/xygk.htm。

11　何一民，王毅主编：《成都简史》，四川人民出版社，2018年，第296页。

"文"与"学"的观念转变

四川的文人学士一方面承继传统，另一方面又接受新知，在文化与学术领域，显示出方法的更新与观念的转变。比如对四川近代学术产生了较大影响的廖平，他在今文经学方面的著述与撰说不仅在四川地区影响很大，甚至延伸到其它地区。梁启超将有清一代的学术思潮概括为"对于宋明理学之一大反动，而以'复古'为其职志者也。其动机及其内容，皆与欧洲之'文艺复兴'绝相类"，"在前半期为'考证学'，在后半期为'今文学'"[12]。在梁启超看来，今文学运动的中心是在他的老师康有为处，但是他也不可否认地指出康有为的治学思想确是受到了川人廖平的影响。

学界多将廖平视为王闿运之后，且"名尤著"，但实际上廖平"师王闿运而欲以自名一家"，对此王闿运表示认同，"廖登廷者，王代功类也，思外我以立名……故康、廖犹能自立"[13]。考察廖平经学，其明显受到当时学风变化的影响，表现出对"新学"的接受，其学术更是融入了大量西学元素。廖氏撰有《治学大纲》一文，提出"学者必先知圣而后可以治学，必先知经而后可以治中西各学"[14]，并将治学之道分为"六门"，即渊源门、世界门、政事门、言语门、文学门、子学门。其中"文学门"下写道：

> 骚赋发源《诗》《易》，神游六合，为道家宗旨，列庄比肩，为皇帝之学之嫡派，故《楚辞》称述全出《山海道经》《诗》《易》之博学士也，旧失此旨，故解说《诗》《易》无一完美之书，又兼圣门文学、言语两科之事。[15]

结合上下文，"门"在此处为"门类"，即"类别"，与文中的"科"应属同义替用。"言语门"第一句说得更为清楚，"圣门之言语专科，是今日之外务、外交主义"[16]，由此"六门"也可谓"六科"。同时代《清议报》有文章云："大学堂者，专以研究国家需用学艺之蕴奥为业，分为政法、文学、格致、工艺、

---

12 梁启超：《清代学术概论》，四川人民出版社，2018年，第2、8页。

13 钱基博：《现代中国文学史》，岳麓书社，1986年，第61、64页。

14 廖平：《治学大纲》，参见廖平：《六译馆丛书52 四益馆杂著》，四川存古书局，1918年。

15 廖平：《治学大纲》，参见廖平：《六译馆丛书52 四益馆杂著》，四川存古书局，1918年。

16 廖平：《治学大纲》，参见廖平：《六译馆丛书52 四益馆杂著》，四川存古书局，1918年。

农务、医术、商务七门。"[17]这里的"文学"指的是"人文学科"、"文科",与廖平的"文学门"进行比较,有相近之处,但廖平的"文学"所指范围更小,且已将"言语门"单独列出。

不过,廖平对西学的研究,其目的不是真正地了解西学,而是将西学纳入中学范畴,用中学解释西学,以"经典"建构一个"文化"的世界地理图像。[18]正如他在《蜀学报》刊发的文章《改文从质说》中提出的那样"中取丌形下之器,西取乎形上之道,二者相交,得所而退,文质彬彬,合乎君子"[19],以此观点和方法表达他的维新主张。

在以义理与考据为宗的时代,治经者往往不甚看重词章之学,对于这一点钱基博认为廖平"不屑意为词章"[20]。尽管在廖平这类经学家眼中词章之学不足与经学比肩,然而历史上巴蜀文章之学恰恰又是蜀士所引以为傲的,古有魏颢"自盘古划天地,天地之气艮于西南。剑门上断,横江下绝,岷峨之曲,别为锦川。蜀之人无闻则已,闻则杰出"[21]之论断,今有袁行霈论蜀中"这些文学家都是生长于蜀中,而驰骋其才能于蜀地之外。他们不出夔门则已,一出夔门则雄踞文坛霸主的地位"[22]。更甚者如赵熙,他则评价巴蜀文章为天下第一[23]。吴伯揭则"熟精选理,尤好诵说司马相如、扬子云之文",认为"吾蜀人,当为蜀文尔"[24]。

因此,到骆成骧这里已经可以看到将诗文与汉学打通的尝试,他提出"文章尔雅本经艺"、"蜀士多才富根柢",既将四川的文学传统与"朴学"传统相联系,又道出蜀士文才背后植根于"经艺"的厚重[25]。而在吴虞处,则有了新

17 汪武雄:《清国两江学政方案私议》,《清议报》1901年第100期,第2页。

18 参见杨世文:《廖平与西学》,《地方文化研究辑刊》2013年第6辑,第124-127页;魏怡昱:《孔子、经典与诸子——廖平大统学说的世界图像之建构》,《儒藏论坛》2007年,第471-510页。

19 廖平:《改文从质说》,《蜀学报》1898年第2期,第13页。

20 钱基博:《现代中国文学史》,岳麓书社,1986年,第66、67页。

21 (唐)魏颢:《李翰林集序》,载丁稚鸿等编著:《李白与巴蜀资料汇编》,巴蜀书社,2011年,第123页。

22 袁行霈:《中国文学概论》,高等教育出版社,1990年,第45页。

23 赵熙指出,"巴蜀以文章胜,谈者谓司马相如后,文学彬彬比齐鲁,此或经术然耳;若其文章,则楚骚外无伦比也。二千年夏声,至于今而寂,今之世又自奴于海外之言。惟荣也为穷乡,今求学于斯,而为举世所不为者,诗其一也"。参见赵熙:《〈唐歌行〉叙》,载王仲镛主编:《赵熙集》,巴蜀书社,1996年,第1222页。

24 钱基博:《现代中国文学史》,岳麓书社,1986年,第67页。

25 王东杰:《国中的"异乡"近代四川的文化、社会与地方认同》,北京师范大学出

的"颠覆"，吴虞虽师从吴伯朅，但其自述"戊戌以后，兼求新学；乙巳东游，习其政法。廿年来所讲学术，划然悬绝。即为诗文亦取达意而止，非复当年谨守师法，刻意为文苦心矜练矣"[26]，吴虞此处所讲的"达意"，正是与梁启超倡行文界革命时所指出的"辞达"[27]以及胡适论文学改良时所说的"言文合一"[28]相谋相合。值得注意的是，在骆成骧与吴虞的尝试之间，还有一种折中的取径，即章太炎的文学论，其与传统的"宗经征圣"派有别，如他评说"汉武以后，定一尊于孔子，虽欲放言高论，犹必以无碍孔氏为宗，强相援引，妄为皮傅，愈调和者愈失其本真"[29]；但他又固守古代文体之"法式"，以此贬斥近代文体之变革。

"艺"与"文学"的论说

先由《游于艺说》一文入手，从文章作者的视角出发，解读作者对于"学"、"艺"等字词的看法。《游于艺说》为四川灌邑（今都江堰）学者徐昱所撰，刊载于宋育仁主办的《蜀学报》。

徐昱认为"学"、"艺"二词有本质上的差别，通过他的论述，可以看出当时一些川人对以"学"为后缀的外来词或译词的看法及态度，其背后涉及的是19世纪末20世纪初汉语语词变革这一更宏大的话题。1854年，英国医生合信（Benjamin Hobson）写过《博物新编》一书，该书共三部分，即"科学"、"天文学"、"自然史"。"科学"部分由以下各章组成："地气论"、"热论"、"水质论"、"光论"、"电气论"，这些以"论"为后缀的词都是来自英语的意译词。[30]1868年，美国传教士、同文馆教习丁韪良出版《格物入门》一书，该书分七卷："水学"、"气学"、"火学"、"电学"、"力学"、"化学"及一篇有关科学领

版社，2016年，第101页。

26 吴虞：《邓守瑕〈荃察余斋诗文存〉序》，载赵清，郑城编：《吴虞集》，四川人民出版社，1985年，第141页。

27 梁启超：《湖南时务学堂学约》，载梁启超：《梁启超论教育》，商务印书馆，2017年，第95页。原文为："学者以觉天下为任，则文未能舍弃也。传世之文，或务渊懿古茂，或务沉博绝丽，或务瑰奇奥诡，无之不可；觉世之文，则辞达而已矣，当以条理细备，词笔锐达为上，不必求工也。"该文写于1897年。

28 胡适：《文学改良刍议》，载胡适著，欧阳哲生编：《胡适文集2·胡适文存二集》，北京大学出版社，1998年，第14页。

29 章太炎：《论诸子学》，载陈柱，蒋伯潜，章太炎著：《诸子启蒙》，江西教育出版社，2014年，第557页。

30 （意）马西尼：《现代汉语词汇的形成——十九世纪汉语外来词研究》，黄河清译，汉语大词典出版社，1997年，第42-43页。

域中运算制和度量制的简论。[31]可以说至 19 世纪 80 年代，无论是用汉语撰写还是翻译西文的著作大多涉及西方的地理、技术与科学。其后，中国学者的关注范围逐渐扩大，开始对西方国家的教育、机构、政治制度给予关注。如康有为于 1885 至 1887 年写的《人类公理》与《实理公法全书》，表现出他对西方政治的强烈关注；1896 年梁启超在《时务报》上发表文章《变法通议》，此外他还编写了《西学书目表》，将书目中的内容分为"学"（technical）、"政"（political）、"教"（religious）三类。

可以看到，17 至 19 世纪下半叶，汉语中出现了以"学"为后缀的诸多词汇，它们被用来翻译与表达西方某些学科名称。正如徐昱在《游于艺说》中指出的那样，"然今日士大夫之所以推崇西制者，曰机器、曰格致、曰电、曰光、曰声、曰化、曰重、曰矿、曰植、曰动、曰医、曰算，一切皆以学归之"[32]。但是，对于这种作法，徐昱给出了不同的意见：

> 愚谓其实则是而其名则非也，何也？学也者，学为人伦也，三代之学皆以明人伦。王者之起，必取法焉。西人不言人伦，但习为艺术，以规财利而争雄于海上，其取义自不同。而当日译以华文者，不曰艺而曰学，盖未思学也者。帝王之所以扶世翼教，大无不包，远无不届，而不可以一节言者也。一艺之微而假之曰学，此人心之所以疑忌也。不如仍以艺归之，庠序之士知其无他深意，不致生畏难之心，渐得其肯綮而有以造于极焉。[33]

徐昱将"学"视为人伦、道德，认为西法用"艺"即可概而论之，开篇就明确他的观点即"道德本也，艺术末也"[34]，其依据便是圣人之言，"夫子之言曰：'志于道，据于德，依于仁，游于艺'"[35]。《荀子·大略》有言："人之于文学也，犹玉之于琢磨也。《诗》曰：'如切如磋，如琢如磨。'谓学问也。"[36]徐昱作为同治举人、四川会理州学正，自然还是信奉儒家圣孔之道，但是他并非完全排斥西学，"骤举西法，语俗陋之，夫固宜其骇且怪也"道出了他的疑

---

31 （意）马西尼：《现代汉语词汇的形成——十九世纪汉语外来词研究》，黄河清译，汉语大词典出版社，1997 年，第 55 页。

32 徐昱：《游于艺说》，《蜀学报》1898 年第 12 期，第 32 页。

33 徐昱：《游于艺说》，《蜀学报》1898 年第 12 期，第 32 页。

34 徐昱：《游于艺说》，《蜀学报》1898 年第 12 期，第 31 页。

35 《论语·述而》，载（春秋）孔丘著，杨伯峻，杨逢彬注译：《论语》，岳麓书社，2000 年，第 59 页。

36 《荀子·大略》，载张觉校注：《荀子校注》，岳麓书社，2006 年，第 376 页。

虑与担忧，因此他提出解决之法，即"及徐通其门径，渐达其堂阶，渐摩之久而慧悟日启"[37]，提供了他对西学传播的建议，也从侧面反映出当时地方社会对学习西方的态度和认识。

如果说徐昱还是从"艺"与"学"的释义来讨论中西之学的差异，那么龚道耕撰写的《中国文学史略论》则直接涉及蜀学之士对文学新旧义的评价与看法。虽然这部书正式问世于"乙丑十有二月"，即1925年，但是据其自序"壬子之岁，承乏成都高等师范讲席，仪征刘君申叔主任文科，以中国文学史相属，因与商榷条例，从事编纂，未半而辍。越七年再至斯校，乃卒成之"，可见他初时的构想是从1912年便开始了。书中，龚道耕对"文学"有一段较为客观的论述：

> 仲尼之门，考以四科，言氏习《礼》，卜子传经，文学之称，兹其薖藸。刘勰著书，备论《文心》，而上溯经纬，旁罗子史，下逮谐譃杂笔，明文学之域至恢廓已。近世言文学者，或以诗歌、戏曲、小说为干，而摈经、史、诸子，以为非类，原其恉趣，放据远西。窃疑殊域译言，胥由况拟，以吾所谓文学，迻译彼义，或不相中。亦犹身毒大秦，拼音之书，中夏亦曰文字，非依类象形，孳乳相益之义也……无以近世所谓文学相格。[38]

从叙述的内容来看，龚道耕认为讨论中国文学史的问题，还是应当遵循中国传统对于"文学"范围与意义的界定。而对于他称之为"近世文学"的文学新义的出现与流行，他也并未急于贬斥或打击，而是指出产生这种现象的原因可能是由于语言体系的差异而导致的翻译问题。这种态度的形成可能与他的治学风格有关，舒大刚教授对其的评价是："不趋新以炫世，不随众而媚俗。"[39]

对此，谢无量在《蜀学会叙》一文中亦作了精辟的论述与总结。他指出："蜀学会之所以立者三，曰捷，曰通，曰礼。守其固有之学，谓之捷；明其未有之学，谓之通；成捷成通而致于极者，谓之礼。"[40]进一步来看，所谓"固有之学"，即"儒"、"释"、"道"以及"文章"，其中在讲"文章"之部时，谢无

---

37 徐昱：《游于艺说》，《蜀学报》1898年第12期，第32页。

38 龚道耕：《中国文学史略论》，载李冬梅选编：《龚道耕儒学论集》，四川大学出版社，2010年，"自序"第57页。

39 舒大刚：《龚道耕学术成就刍议》，《社会科学研究》2008年第2期，第154页。

40 谢无量：《蜀学会叙》，载舒大刚主编：《巴蜀文献第四辑》，四川大学出版社，2017年，第1页。

量称"文章唯蜀士独盛";而"未有之学",从其表述的内容来看,实际上可以将其大约等同为"西学",分而有三:第一,中庸之学(Common Science),有文学(Literature)、历史(History)、地理(Geography)、物理(Natural history)、数学(Mathematics)等;第二,形而上学(Metaphysics),有神学(Theological)、哲学(Philosophy)、政治学(Politic)、群学(Sociology)、计学(Economics)、法学(Law)等;第三,形而下学(Matctial Science),化学(Chemistry)、机械学(Engineering)、电学(Electricity)等。

通过谢无量的论说,他将"文章"视为"固有之学",而将"文学"视为"未有之学"。不过,以此处论说的主题来看,是从形式以及分类上进行的划分。事实上,在谢无量的另外一部撰述《中国大文学史》中,他则从更多的面向来讨论了"文学"以及"大文学"的问题。首先,在"文学"的定义方面,他将其分为"中国古来文学之定义"和"外国学者论文学之定义"两个部分。在前者看来,"自《论语》始有文学之科,其余或谓之文,或曰文章,其义一也";而就后者来说,"欧美皆以文学属于艺(Art)"[41]。不过,就中国传统语境来说,"文学"之意涵演变也并非如此简单,其经历着"由广及狭"、"由狭及广"的内涵流变过程。对此,谢无量通过对清人阮元和南朝刘勰论"文"的观点,对此作出了阐述:

> 文之广义,实包天地万物之象,及庖牺始肇字形,仲尼独彰美制,而后人文大成。文言多用偶语,为齐梁声律所宗,齐梁文士,并主美形,切响浮声,著为定则,文之为义愈狭而入乎艺矣。唐世声病之弊益甚,学者渐陋狭境,更趣乎广义,论文必本于道,而以词为末。至宋以下,其风弥盛,周元公曰:"文所以载道也。"又曰:"文辞艺也,道德实也。"不知务道德而第以文辞为能者,艺焉而已。且又以治化为文,王荆公曰:"礼乐刑政,先王之所谓文也,书之策,引而被之天下之民一也。"于是文学复反于广义,超乎艺之上矣。[42]

以此来看,谢无量认为"文学"是一个经历了"广"与"狭"、"内"与"外"以及"道"与"艺"等多重意涵流变的复杂综合体,既有漫长的历史性,又有基于现实的时代性,由此提出了他的文学观,即"今以文学为施于文章著述之

---

41 谢无量:《中国大文学史:全2册》,朝华出版社,2018年,第1、3页。
42 谢无量:《中国大文学史:全2册》,朝华出版社,2018年,第2-3页。

通称"[43]。

"中文系"的承与传

上述为何要对谢无量的文学观进行一番爬梳，是因为这个问题不仅是涉及到文学的语词演变，更是因为他的这部洋洋大观之作《中国大文学史》对其后四川大学中文系课程教学乃至四川学人所形成的影响。这部出版于 1918 年的文学专论，既连接着清季民初维新思潮之下四川学人对于传统文学的"承与继"和对于新文学观念的"接与受"，这是一个动态的、多层级的思潮发展之经过。从宽泛的意义上来说，可以将之视为 20 世纪 20 年代"文学"在四川学人心目中的"转与变"。不仅如此，它还连通着接下来的一百年，随着时代的不断发展，对不同时期的学人产生着不同的影响，顺着这一条线索，实际上就可以大致厘清四川学人承转之具体情形。

在一篇采访稿中，原川大文学院的陶道恕回忆了他们当年在川大中文系学习时的情景：

> 当时的川大中文系一个年级不到 10 个人，下面设有文学和语言文字两个组，相当于今天的"专业"。大一学文学史，大二学习文字学、音韵学、《昭明文选》、外国文学等课程。除了外国文学，其他课程都用的是古文教程，比如文学史教材是用谢无量著的《中国文学史》[44]。大二还有很多专业课程，主要是自己进行创作，比如学习诗歌的就自己创作诗歌，学习词的就自己写词。当时程千帆教授给我们讲《八代诗选》，讲诗歌创作，潘重规老师给我们讲《诗经》。[45]

陶道恕是于 20 世纪 40 年代初求学于四川大学，结合着他这里的讲述来看，至少在上个世纪 30、40 年代，川大中文系在文学史课程教学方面，是比

---

43 谢无量指出"虽天地万物、礼乐刑政，无不寓于其中，而终以属辞比事为体，声律美之外在者也，道德美之内在者也，含内外之美，斯其至乎"；"自欧学东来，言文学者，或分知之文、情之文二种，或用创作文学与评论文学对立，或以实用文学与美文学并举"；"文学之工，亦有主知而情深，利用而致美者，其区别至微，难以强定，近人有以有句读文、无句读文分类者，辄采其意"，"大抵无句读文，及有句读文中之无韵文，多主于知与实用，而有句读文中之有韵文，及无韵文中之小说等，多主于情与美，此其辨也"。参见谢无量：《中国大文学史：全 2 册》，朝华出版社，2018 年，第 1、3、6、9 页。

44 此处原文有误，应为《中国大文学史》。

45 包彩云：《敬业之师，绩学之士——访陶道恕老师》，参见曹顺庆等编：《濯锦录：名宿与旧事中的百年川大第二卷》，四川大学出版社，2016 年，第 69 页。

较重视谢无量的这部《中国大文学史》的。

历史向前发展，当年在川大求学的陶道恕从学生身份转变为了老师身份，并且自 20 世纪 50 年代起，他开始在课程教学的内容和形式上进行变革，将目光转向民间文学与文化并在课堂上讲授相关知识和组织现场表演。据一篇采访文章讲述，陶道恕 1950 年给川大中文系一年级学生开设有国文课、写作实习以及人民口头创作课程。据其自述，"人民口头创作也就是民间文学，民间文学这门课是新开的，我当时专门邀请了成都民间曲艺演员来给同学们演唱" [46]。龚翰熊、周先慎、吴庚舜诸位都是陶道恕 1955 级的学生，他们对学生时代民间文学课程学习的记忆颇深，龚翰熊教授对此有一段回忆文字，"在这些课程里我还记得陶道恕老师人民口头创作课的一堂'实习'，在化学馆阶梯教室里，李月秋、邹忠新、盖兰芳等当时成都曲艺界的顶尖人物都应邀而来，他们的演出或如长河东去，或如莺啼燕啭。他们的表演本身就构成了民间艺术的殿堂，在我心中展开了一个陌生的艺术世界" [47]。

另外，近年来川大文新学院李怡教授一直在倡导"大文学"观，对此他已经发表了许多的论述 [48]。在 2020 年 12 月举办的"四川大学'纪录片与大文学'专题研讨会"上，李怡教授指出："20 世纪初中国文学界受西方'纯文学'观念的影响来研究中国文学，而谢无量先生发现'纯文学'的局限后发展了近代转自日本的'大文学'概念。今后将进一步讨论'大文学'应如何应对中国复杂多样的文学实践，并借助文学人类学的研究，重新阐释'大文学'的内涵。" [49]可见，直至当下，谢无量的大文学观依然在某种意义上影响着川大学人在文

---

46 曹顺庆等编：《濯锦录：名宿与旧事中的百年川大第二卷》，四川大学出版社，2016 年，第 70 页。

47 龚翰熊：《我们这个"方阵"》，内容转引自曹顺庆等编：《濯锦录：名宿与旧事中的百年川大第二卷》，四川大学出版社，2016 年，第 70 页。

48 如：《战时复杂生态与中国现代文学的成熟——现代大文学史观之一》，《北京师范大学学报（社会科学版）》2014 年第 3 期，第 44-50 页；《开拓中国"革命文学"研究的新空间：建构现代大文学史观》，《探索与争鸣》2015 年第 2 期，第 69-74 页；《大文学视野下的近现代中国文学》，《社会科学研究》2016 年第 5 期，第 36-37 页；《"大文学"需要"大史料"——再谈"在民国发现史料"》，《当代文坛》2016 年第 5 期，第 10-12 页；《从"纯文学"到"大文学"：重述我们的"文学"传统——从一个角度看"五四"的文学取向》，《文艺争鸣》2019 年第 5 期，第 53-59 页。

49 丁柳柳，梁昭：《四川大学"纪录片与大文学"专题研讨会在我院召开》，参见四川大学文学与新闻学院"学院新闻"，2020 年 12 月 28 日，http://lj.scu.edu.cn/info/1039/5473.htm。

学观念以及学术实践上的转变与动向。

综上所述，通过对廖平、骆成骧、吴虞、徐昱、龚道耕、谢无量、庞石帚、陶道恕诸位学人的学说或事迹的回顾与分析，基本上勾勒出从尊经书院时代到川大中文系时代，传统的文学概念是如何在近代传统之变和西方新学之兴的多重影响下，而呈现出古义与新义、广义与狭义、西方与本土的新讨论。在这场关于"文"、"学"、"艺"的持久讨论中，一方面显示出不同时期四川学人对于西方新学的态度和接受程度的不同，另外一方面可以看到从西方传入的文学观念在与中国古已有之的文学观念的碰撞之下，大文学观和广义文学是如何被继续言说和承续的。

三、民间文学与文化的研究

四川大学对民间文学和文化的关注开始得很早，可以说是具有较为悠久的历史。通过前文对四川大学校史的追溯，建立于清康熙四十三年（1704 年）的锦江书院即为川大之历史组成，四川文人李调元即为锦江书院学生，与当时其他五位学友"以文字相高，号锦江六杰"[50]。由于李调元在学术上的突出贡献，关于他的研究很多，其中非常重要的一部分内容即为他对民间文化的搜集与撰录，尤其是在民歌、民间故事、民间戏曲等方面，有过相当丰富的撰述和实践[51]，对当时蜀中学人产生了不小的影响。及至今日，他对于地方乡土的关注以及民间文艺的发掘，依然具有重要的历史价值与现实意义。

具体而言，四川大学民间文化研究传统的特征表现有三：其一是对古籍文献的检阅考稽；其二是对民间活态的田野调查；其三是将二者相结合，即文献与田野互为补充。这个"互为补充"不是一个对另一个的辅助与佐证，而是在论证与解决问题的过程中，将二者视为同等重要的参照。

在实践层面，川大中文系有诸如陶道恕、吴蓉章、毛建华等学者那样从不同角度与方法展开的对民间文学、民间文化、民俗等领域的关注与研究。他们的研究视野与方法既体现出因时代变迁而与其它地区所持有的"共性"，亦有

---

50 （清）李调元著，吴熙贵评注：《李调元诗话评注》，重庆出版社，1989 年，第 204 页。

51 关于这些撰述与实践的具体情形，在黎本初的《李调元对民间文艺的重大贡献》以及李祥林的《从民间立场看李调元的文化贡献》等文章中有详细论述，参见四川省民俗学会，罗江县人民政府编：《李调元研究》，巴蜀书社，2007 年，第 194 页；第 201 页。

因四川地域历史与文化、地区学术传统的不同而标举出的"个性"。正是基于此种"共性"与"个性"的结合，川大中文系在相关学科发展进程中的影响与作用得以彰显，具体关涉到学理方法、学术生产、学科建制、课程教学以及田野实践等诸多方面。

川大陶道恕先生可谓是受蜀学传统影响甚深，他从少年时期起便师从蜀中大家赵熙和杨庶堪，其舅父亦为川大文学院著名教授向楚。从小的耳濡目染使他建立起了对中国古典文学的兴趣，"我早年即爱阅读和研讨中国古代文学作品。十一届三中全会后，因为给本科生和研究生讲授魏晋南北朝、隋唐五代时期《中国文学史》，有机会参加学术活动，于是写了一些谈论诗艺的文章，大体上分为研究与鉴赏两部分"[52]。结合前文所述，陶道恕在川大求学时期所用的文学史教材为谢无量的《中国大文学史》，另外还有程千帆讲授的《八代诗选》以及潘重规所讲的《诗经》等课程内容。因此，在陶道恕有关中国古代文学理论研究与作品鉴赏的文集《古诗探艺》当中，可以看到他对于"诗"以及"文学"的理解与界定，并非完全框定在"作家文学"以及"文字文本"之中，而是在更宽泛的意义层面去研究古代诗歌与文学。

比如在《鲁迅与唐诗》一文中，陶道恕对于鲁迅将"民谣、山歌、渔歌等"民间文学作品视为影响唐诗创作的灵感源泉与新的养料，并为人民大众所创作的文学作品的原真样态未能留存于世而感到遗憾这类观点是十分认同的，陶道恕将其评论为"这无疑是正确的"，同时他也看到了事物的一体多面，从而进一步指出："但我们在惋惜之余，却要为唐代诗人从'无名氏'的创作中'吸入''养料'，使唐诗增色，而表示高兴。"[53]再如文章《边塞诗漫谈》则是通过对边塞诗史的回顾，对汉代民歌《匈奴歌》、北朝乐府民歌予以关注，并注意到边塞诗反映边塞生活的社会功能，以及边塞诗尤具民族特色的文学特征。其意义在于，一方面纠正了传统意义上对"作家文学"的刻板印象；一方面又切实地开掘了边塞诗这一类型中的民歌传统与文化历史。

如果说上述两篇文章还只是在谈论唐诗这一宏大命题时旁及了民间文学、民族文化等议题，那么陶道恕在另外一篇文章《唐代民间习俗的艺术再现——薛涛诗〈咏八十一颗〉试解》当中所关注与讨论的主题，便是直接与民间文化相关。陶道恕从薛涛的一首咏物六绝入手，不仅追溯了与"八十一颗"相

---

52 陶道恕：《古诗探艺》，巴蜀书社，2012年，"前言"第1页。

53 陶道恕：《鲁迅与唐诗》，载陶道恕：《古诗探艺》，巴蜀书社，2012年，第2-3页。

关的民间古俗"数九"以及由这一习俗所派生出的民间文娱活动"九九消寒图"，更为了证明其间的历史演变关系，而对民间流传的"数九"谣谚进行了一番考察，尤其是通过对近代河北和四川两地以及南宋时期所流行的不同的"数九"谣谚的对比，用以说明谣谚的时代性与地域性特征。此外，亦通过对"九九消寒图"与"管城春色图"的比较，说明古代文艺是如何在宫廷与民间之间流转影响，"有通过某种渠道转向民间的可能性，因为社会习俗本来就是相互渗透的"[54]。从陶道恕的论述来看，他在谈论"作家文学"时已经没有囿限于传统的说辞与方法之中，而是将眼光左右打通，充分肯定了民间文化、民俗活动对作家创作的影响与意义，并由此展开作家文学与民间文学双向互动历史的梳理与解读。

值得注意的是，20世纪50年代无论是在高校普遍开设的人民口头创作课程，还是有关人民口头创作的理论研究，都受到当时苏联学术界的影响，这在当时表现得十分明显，据吴蓉章评述，"五十年代由于受苏联人民口头创作理论的影响，只从文学的角度去研究，即只分析其作品的思想性、艺术性等等，结果与一般文学没有多大区别，研究也进行不下去"[55]。其后，由于国际局势与政治环境的改变，这种学习苏联的模式在六十年代又完全取消。正因为此，其后在吴蓉章教授的关于民间文化和多民族文学研究中便可见到她对于历史上华西坝的人类学研究的回顾和参考。

四、"多"民族的田野实践

进入新时期之初，川大中文系在民间文学的课程教学、学术研究等方面着力较多的要数吴蓉章教授。她于1956年进入四川大学中文系学习，毕业后在中国人民大学继续学习文艺理论，1963年任教于川大中文系，直至1992年退休，其间一直从事文艺理论教学工作，进入新时期以后，她同时开设了民间文学课程并从事调查研究。[56]从上个世纪80年代起，中国大陆开展了可以说是民间文学发展史上的一项大工程，即由国家层面施行的文化工程——"民间文学三套集成"。关于这一国家文化工程的起因，据段宝林教授回顾，是源于鲁

---

54 陶道恕：《唐代民间习俗的艺术再现——薛涛诗〈咏八十一颗〉试解》，载陶道恕：《古诗探艺》，巴蜀书社，2012年，第274页。

55 吴蓉章：《民间文学理论基础》，四川大学出版社，1988年，第12页。

56 中国民间文艺家协会编：《中国民间文艺家大辞典》，中国文联出版社，2004年，第231页。

迅艺术学院一众音乐家在"20 世纪 60 年代发起了一场伟大的民间音乐普查、搜集活动"[57]，这一活动因文革十年动乱而中止，在改革开放以后逐步得以恢复，最终发展成为"民间文艺十套集成"的文化大工程，"民间文学三套集成"即其重要组成部分，该项工作于 1984 年启动，包括了《中国民间故事集成》《中国歌谣集成》《中国谚语集成》。

这项由国家层面统筹规划并安排实施的文化大工程，具有跨越时间长、涉及地域广、参与人数多等特性，其对中国民间文学的整体发展产生了强力的推动作用，无论是田野中的收集、记录与整理；还是课程教学与专业设置；抑或是理论研究与学理推进等方面，都显示出一种全国性的整体布局与总体提升。在这一工作中，作为四川地区的参与者，吴蓉章教授是中国"民间文学三套集成"四川卷编委，因在该项工作中表现突出，1991 年被评选为"在中国民间文学集成的编纂工作中成绩突出的先进工作者"[58]。而吴教授所任教的四川大学中文系作为这一国家文化工程的组成部分，在此一时期的民间文学实践中亦体现出这一全国性的整体布局与总体提升中所具有的历史共性。不过，值得注意的是，在这种普遍性经验之外，川大中文系在民间文学的课程教学、考察研究方面亦展示出不同的特点，可以将之归纳为三个方面：其一，学术传统的延续性；其二，观念的超越性，即"民间"是蕴含着"多民族"意蕴的民间；其三，实践的超前性。

关于四川民间文学研究，从现代学科意义上来讲，可以溯源至华西协和大学社会学系的建立以及华西边疆研究学会工作的开展。此一时期的研究成果颇丰且产生了较大影响，不过由于新中国成立后的院系大调整以及文革等历史原因，这一段学术发展史产生了历史断裂并导致一些重要的有关于学理延续性的问题被"尘封"，但这并不代表影响的彻底消失和历史的完全失忆，因为通过对吴蓉章教授相关撰述的爬梳，发现此一时期的研究成果对其在民间文学理论研究方面的影响是明显可见的。在文章《成都的大石遗迹及其传说探》当中，吴蓉章指出："这一奇特现象，曾经引起有的考古学者和人类学者的注目，但迄今为止，它的奥秘仍然没有完全揭开。"[59]详阅论文内容后发现，

---

57 段宝林：《冼星海与民间文艺十套集成》，《中国艺术报》2011 年 5 月 18 日。

58 中国民间文艺家协会编：《中国民间文艺家大辞典》，中国文联出版社，2004 年，第 231 页。

59 吴蓉章：《成都的大石遗迹及其传说探》，载孟燕主编：《四川民间文艺 60 年论文集》，四川大学出版社，2010 年，第 112 页。

吴教授这里所讲的考古学者和人类学者实际上就包括了郑德坤、冯汉骥、童恩正、冉光荣等诸位具有"华大"学术背景的学者。

至于如何理解这一"民间"是带有"多民族"意蕴的民间，可以从以下几个方面展开：首先是吴蓉章师生团队对"多民族"这一说法的多次直接使用，如在《平武白马藏区采风报告》中，吴蓉章提到这次实地考察的多重意义，一方面"这次利用暑假出外采风，是川大中文系民间文学教学活动的重要一环"；另一方面则是"激发了同学们热爱祖国的文化宝藏，热爱我们这个多民族的社会主义祖国的思想感情"[60]。

虽然吴蓉章教授并未直接使用"多民族文学"这一说法，但她是在讨论中国民间文艺问题时直接使用了"多民族"一词，在80年代初期有这样的认识其实是非常难能可贵的。为什么这样说呢？在徐新建教授发表于2011年的一篇论文《表述与被表述——多民族文学的视野与目标》指出，"在过去很长的时间里，其实人们是不怎么用'多民族'这个用语的，往往用的是'少数民族'、'兄弟民族'或'非汉民族'"[61]这类的称谓。

回顾历史，在50年代的院系大调整中，社会学、人类学等系别专业遭到了调整、合并甚至是取消；"文革"时期，传统的优秀民间文学同样被视为"封"、"资"、"修"等物，民俗学、社会学、人类学则被认为是资产阶级的学派，其直接导致"在民间文学的搜集整理和研究工作中，牵强附会，捕风捉影，以今代古，以今反古"[62]的现象时有发生，给民间文学的发展造成了十分严重的后果。而吴蓉章教授能够在80年代学科重建期刚刚起步时，就认识到"多民族"文学与艺术的多样性与统一性，则颇显难能可贵。

"民间"中的"多民族"意蕴还体现在另外三个方面：一是田野点的选取，从80年代开始，吴蓉章教授所在的四川大学中文系与多个部门展开合作，组织选课学生们先后去往四川平武白马藏区、南坪九寨沟藏区、甘孜州藏区、筠连县苗区以及大足石刻地区进行田野作业；二是在学术研究中，用"多民族"文学来论证相关理论命题，如在文章《招魂词的比较研究》中，吴教授以招魂

---

60 吴蓉章：《平武白马藏区采风报告》，载四川大学中文系编：《四川白马藏族民间文学资料集》，内部印行，1982年，第10页。

61 徐新建：《表述与被表述——多民族文学的视野与目标》，《民族文学研究》2011年第2期，第52页。

62 吴蓉章：《学习何其芳同志关于民间文学的论述》，《四川大学学报（哲学社会科学版）》1981年第3期，第26页。

词为研究对象，以比较研究为方法导向，将各民族典籍与民间活态文化相关联，将彝、傣、苗、瑶、汉、白马藏族、古楚濮僚等串联为一个多元一体的跨时空文化整体；再者，还体现在其时川大文学院中文系和历史系在学术交流上的关联与互动，据《平武白马藏区采风报告》记载显示，"报名后，我们又专门邀请了本校历史系曾参加过白马族属问题调查并写过专题文章的老师作报告，介绍该族的历史、现状、风俗习惯以及如何对待困难等，并借来《白马藏人族属问题讨论集》，供大家学习参考"[63]。

将时间延伸至今，吴蓉章教授在新时期的民间文学研究中所使用的"多民族"概念与川大文学人类学徐新建教授团队提出并表述的"多民族文学"概念既有所同，亦有所不同。说他们有相同之处，是因为二者皆对"汉与非汉"的二元对立模式有所超越，都对"多民族"的概念加以自觉使用并进行阐释，但很明显的是这种超越和阐释又在观念、程度以及论域等诸多方面显现出较大的差别。究其原因，时代、社会、政治、经济、国家政策、国际形势等诸多条件和环境的改变，都是造成方法、观念、理论前后不同的影响因素。这与 20 世纪上半叶和改革开放新时期四川民间文学研究呈现出差别的原因具有内在一致性。

在实践的超前性方面，体现为三个方面：一是时间的超前性；二是方法的超前性；三是内容与理论的超前性。时间方面可以看到的是，在"民间文学三套集成"工作开始的前几年，暨 1981 年，四川大学中文系就联合中国民间文艺研究会四川分会、平武县文化馆对聚居于平武县白马乡的白马藏族进行了考察，并于次年结集为《四川白马藏族民间文学资料集》内部印行。在方法上，提出研究的原则为"我们这次的搜集，完全是原始资料的忠实记录，没有经过加工整理"[64]，这与其后在"民间文学三套集成"工作中由总编委制定的《中国民间文学三套集成总方案及细则》的要求一致，即不是要"纯粹的文学本"，而是要"向全社会提供全面的、完整的、真实的民间文学资料"[65]。由是，在收集、记录以及整理时要时刻注意保持民间文学的原始样态，不能改变其语

---

63 吴蓉章：《平武白马藏区采风报告》，载四川大学中文系编：《四川白马藏族民间文学资料集》，内部印行，1982 年，第 12 页。

64 吴蓉章：《平武白马藏区采风报告》，载四川大学中文系编：《四川白马藏族民间文学资料集》，内部印行，1982 年，第 2 页。

65 简阳县民间文学三套集成办公室：《中国民间文学三套集成四川省简阳县卷》，内部印行，1986 年，第 166 页。

言、情节、结构等内容，更不能根据收集者的主观意志随意发挥和创作。

在调查白马藏族民间文学的过程中，同样体现了内容和理论的超前性。吴教授团队并没有将考察对象限定在民间文学这一范畴之中，而是注意到民间文学的发生与形成密切关联着白马藏人的历史、社会、生活、信仰、风俗等众多方面。如果仅仅从当时流行的以艺术性和审美性特征解读与分析"纯文学"的模式来套白马藏人的民间文学是根本不够的，也是不适用、不契合的。因此在调查过程中，吴教授不仅强调对民间文学本身的关注，也十分注意对与之相关的另外两项内容的考察，即族属与民俗。可以说，这一"民间"的概念，是文学、民俗与民族的互为交叉和补充。

> 我们搜集的民俗资料，这些资料对于确定这个民族的族属问题，更好地理解和研究这个民族的民间文学，都会有一定帮助。[66]

> 在民间故事或诗歌中不少涉及民俗，比如服饰歌、烟袋歌、防火歌以及许多地方风物传说，只有深入了解民俗，才能判断这些歌翻译得是否准确，以及它所反映的思想内容和社会风貌，因此，最好把调查民间文学和调查民俗的工作结合起来进行。[67]

可见这一理念经由此一时期的实践，包括课程教学、田野考察、学术座谈、论文写作等等，影响着新一代川大中文系师生在民间文学、多民族文学以及民俗学等领域中的实践模式与学理推进。

如与吴蓉章教授一起组织参与了大足石刻民间传说收集以及"民间文学三套集成"四川卷编纂工作的毛建华教授，他既是新时期以来至新世纪之初川大文学院发展的"亲历者"，亦是主要的"谋划者"[68]。在他早期与吴蓉章教授合作出版的专书《大足石刻之乡的传说》当中，他不仅从当时普遍流行的艺术性、审美性的观点来解读这些传说，还注意到了它们的其它特征与功能，这些依托于四川地域历史与文化而产生并流传的传说，具有十分明显的"民族特色"和"地方特色"，正因为此，"它还具有了解古代人民的风俗习惯、道德风貌、宗教信仰以及愿望要求等多种功能，是研究民俗学、宗教学、历史学的第

---

66 吴蓉章：《平武白马藏区采风报告》，载四川大学中文系编：《四川白马藏族民间文学资料集》，内部印行，1982年，第10页。

67 吴蓉章：《平武白马藏区采风报告》，载四川大学中文系编：《四川白马藏族民间文学资料集》，内部印行，1982年，第15页。

68 曹顺庆等编：《濯锦录：名宿与旧事中的百年川大第二卷》，四川大学出版社，2016年，第257页。

一手材料"[69]。这一早期在学习与田野经历中所累积的经验以及形成的学理观念，对毛建华教授此后在民间文艺学、民俗学等领域的研究产生了很大的影响。不仅如此，这种影响还涉及到新世纪之初川大文学院在学科调整、专业设置方面的变化，比如在中国语言文学这一国家重点一级学科之下新设文学人类学等新学科。

第二节　时代契机

2004年，四川大学文新学院正式以"文学人类学"学科名称招收硕士生与博士生，成为全国率先确认文学人类学为博士研究生招生方向的高校之一。其作为中国文学人类学之重要组成，在学科的形成和确立方面亦受到新时期以后中国比较文学发展的影响和推动，与其它地区和高校的文学人类学不同的是，除了比较文学平台以外，川大文学人类学同时依托四川大学中国俗文化研究所，表现出与川大俗文化研究在学理上的内在一致及学风上的"川派"特征。

一、"比较"与比较文学

回溯历史，"中国比较文学学会文学人类学研究分会"的组建与中国比较文学学会有着非常紧密的关联。具体而言，该"研究分会"是作为中国比较文学一级学会下设的二级学会。目前，中国比较文学一级学会共下设九个二级学会（2021年11月27日成立的跨学科研究分会即第九个分会），现任会长叶舒宪教授。此前，叶舒宪教授为"中国比较文学学会文学人类学研究分会"会长。可以说，文学人类学在中国的确立和成长与比较文学有着千丝万缕的直接关系。正如《文学人类学新论》一书在梳理新时期文学人类学在中国的发展情形时指出，随着比较文学的勃兴，"比较"成为继"国别文学"和"世界文学"以后一种愈显重要的研究方法，它不仅是对西方话语霸权以及"失语症"等现象的反思，同时也为重建中国文论话语提供了重要路径。文学人类学交叉学科的形成不仅是在学理上将"比较文学"和"比较文化"的学科界限打通[70]，而

---

69 吴蓉章，毛建华编：《大足石刻之乡的传说》，重庆出版社，1986年，"前言"第3页。

70 唐启翠，叶舒宪：《文学人类学新论——学科交叉的两大转向》，复旦大学出版社，2019年，第145页。

且"文学人类学研究分会"体制本就诞生在中国比较文学一级学会之下，可以说是"在新时期比较文学的学科建制中成型"[71]。

就四川大学文学人类学来看，据前文所述，其学科的确立和发展亦遵循着新时期在比较文学与世界文学学科中建制成型的路径。其间，四川大学比较文学的曹顺庆教授不仅是叶舒宪、彭兆荣、徐新建三位教授的博士论文指导老师，同时他也担任了中国比较文学学会的会长。对于四川大学文学人类学与比较文学之间的关联，徐新建教授指出："在改革开放后的中国学术进程中，文学人类学可谓比较文学催生的产物，对于地处四川的地方团队而言更是如此。正是在比较文学平台的推动下，文学人类学作为新成长的分支之一进行了长期的跨学科尝试。"[72]

接下来便从四川大学比较文学学科简史入手，通过对其早期历史情形的大致梳理，从中来看"本土传统"与"世界眼光"这一时代命题的发生与展开，并对其中所强调和运用的"比较"视野与方法进行言说。对文学人类学来说，比较的方法以及跨学科的实践正是学科安身立命之关键，无论是关于人类整体性的讨论，还是世界文化整体视野下的中国文化探源，其学理的建构、学术的反思以及观念的形成皆以此为基、由此而来。

1982 年川大开始了比较文学研究；1984 年建立起比较文学研究室，开设了比较文学课程；1998 年成立了比较文学研究所，后更名比较文学与比较文化研究所，研究领域涉及比较诗学、比较文学与世界文学学科理论以及中外文学关系等。在学科体系建设与人才培养方面，自 1994 年起招收比较诗学博士生；2000 年创建比较文学系；自 2001 年起招收本科生；同年，比较文学与世界文学学科升格为国家级重点学科；2002 年启动了比较文学博士后流动站工作，至此"形成从本科到博士后的完整的比较文学人才培养体系"[73]。此外，在创办学术刊物方面，1989 年创办了《比较文学报》，属全国第一份；1995 年，创办了丛刊《中外文化与文论》；2001 年全国首创了英文比较文学集刊 *Comparative Literature: East and West*。

---

71 谭佳：《整合与创新：中国文学人类学研究七十年》，《中国文学批评》2019 年第 3 期，第 23 页。

72 徐新建：《文学人类学："反身转向"的新趋势》，《中外文化与文论》2020 年第 2 期，第 41 页。

73 邹涛：《以四川大学为龙头的四川省比较文学研究发展回眸》，《中外文化与文论》2017 年第 2 期，第 41 页。

　　四川大学比较文学与世界文学，其学理特征表现为：承本土之传统，具世界之眼光。展开来说，关于川大比较文学与世界文学，准确来说是比较诗学专业的兴起，是与研究《文心雕龙》的泰斗级学者杨明照先生有关。据曹顺庆教授回忆，他之所以走上比较文学的学术之路，这与杨明照先生有直接的关联，"杨先生对我的比较文学研究有相当的启发意义"[74]。其时，随着时代的变迁，作为从小接受中国传统书塾式教育成长起来的杨明照先生，他深切地感知到因时、因世而异的治学方法的转变，新的学校教育体系已经无法再培养出像他以及他的前辈们那样熟谙经史、擅于考据校勘的深厚的文献工夫，再就是随着国门的又一次打开，传统的治学方法也因其较为封闭的体系而在新的世界格局中显示出较多的缺陷与不足，已经无法满足与适应新时期建立对外交往、交流的迫切需要。因之，杨明照先生给曹顺庆教授的建议是"发挥优势，把中国古代文论与西方比较"[75]。顺此建议，曹顺庆教授的博士毕业论文做的就是比较诗学研究，其研究成果为《中西比较诗学》（1987）。

　　关于曹顺庆教授的这一研究成果，杨明照先生在两个地方对其做了较为系统的介绍与点评，一个是《对博士研究生曹顺庆毕业论文〈中西比较诗学〉的评审意见》；另一个是该论文出版时杨明照先生为该书所作的序《运用比较的方法研究中国古代文论》。在这两篇评论式撰述中，可以较为明晰地看到杨明照先生对于中西诗学比较这一在当时来说新兴的方法或者说学科意识的积极关注与大力提倡。对于为何要在传统的中国古代文论研究中开辟出一条新的道路，杨明照先生提出了他的看法，可以将其概括为"我们有"、"人不知"、"长与短"三个方面。

　　"我们有"是指中国古代文论本身是历史悠久、积累深厚的，杨明照先生将其形容为"卷帙浩瀚"、"灿如繁星"[76]。这实际上体现了新时期以后学者们开始反思自20世纪上半叶新文化运动以来，至60、70年代"文革"这段历史时期，其间所显示出来的对于中国传统文化认识与定位的偏离所带来的影响。进而想要改变此种影响并形成看待中国传统文化的公允态度，通过对自身文

74　曹顺庆等编：《濯锦录：名宿与旧事中的百年川大第二卷》，四川大学出版社，2016年，第49页。

75　曹顺庆等编：《濯锦录：名宿与旧事中的百年川大第二卷》，四川大学出版社，2016年，第49-50页。

76　杨明照：《序：运用比较的方法研究中国古代文论》，载曹顺庆：《中西比较诗学》，北京出版社，1988年，第1页。

化的重新审视而达至文化自觉与自立之目标。

"人不知"是说中国古代文论长期封闭在自身的圈子里而限制了其视野的开拓，长此以往的后果是无法平等地参与国际学术交流与对话，阻碍学术的发展与推进[77]。杨明照先生对于"学术互知"的强调，正说明新时期以后中国学者在文化自觉过程中所体现出来的学术担当，从需要被认识、被承认到要建立起一套"我们自己的文艺理论体系"[78]，其话语背后显示出中国学者想要在知识全球化的时代新局中寻求一种新的治学方法并开辟出新的学术道路，这既是时代发展提出的要求，也是中国学者的学术愿景和前进方向。

"长与短"是杨明照先生指出无论是中还是西，其文论体系皆有"长"有"短"，只有通过比较才能辨明其中的关系。

至于如何将"比较"这一方法落地，杨明照先生提出了他的看法，"从古今比较中察演变，在中外比较中辨异同"[79]。具体来说，要做比较研究，就必须既要有中国古代文论的坚实基础，又要对西方的古典文艺理论非常熟悉。换句话说，比较是建立在传统基础之上，而并非对传统方法[80]的扬弃。

值得注意的是，在传统研究方法的内部，还可以再作区分，即是说中国历史上长期存在着因地域文化差异而形成的学术派别分野。杨明照先生在此处所讲的传统方法，便带有明显的蜀学特色，近代蜀学的特点在于"以中国典籍为研究对象，以乾嘉朴学传统方法、深厚的学术功底为根基，校注典籍，阐发新意"[81]，杨明照先生正是以其深厚的朴学功底以及对近代蜀学之风的继承，

---

77 杨明照先生指出，"中国古代文论的巨大理论价值与崇高的历史地位，至今尚未得到世界（特别是西方）的认识和承认。许多西方学者，动辄以西方文论的模式来衡量一切。对中国古代文论，不但所知甚少，而且还无端地加以轻视。极少数人也许出于偏见，绝大多数人则囿于旧习，习惯于欧洲中心那一套做法，或多或少，有意无意，抹煞中国古代文论的应有地位"。参见杨明照：《序：运用比较的方法研究中国古代文论》，载曹顺庆：《中西比较诗学》，北京出版社，1988 年，第 1-2 页。

78 杨明照：《序：运用比较的方法研究中国古代文论》，载曹顺庆：《中西比较诗学》，北京出版社，1988 年，第 1 页。

79 杨明照：《对博士研究生曹顺庆毕业论文〈中西比较诗学〉的评审意见》，载杨明照：《余心有寄：杨明照先生未刊论著选编》，四川大学出版社，2019 年，第 348 页。

80 传统的研究方法是指"古代文论资料的收集、整理、校勘、注释、翻译及其理论内涵的研讨"。参见杨明照：《序：运用比较的方法研究中国古代文论》，载曹顺庆：《中西比较诗学》，北京出版社，1988 年，第 4 页。

81 曹顺庆等编：《濯锦录：名宿与旧事中的百年川大第二卷》，四川大学出版社，2016 年，第 47-48 页。

被世人称为"近代蜀学的最后一位大师"。对他想要将蜀学之风发扬光大的努力，曹顺庆教授曾谈到："杨明照先生在川大中文系工作期间，下决心要把中国古代文学、蜀学搞好，把民国以来的学术传统继承并发扬。"[82]为此，杨明照先生做了大量工作，在人才引进方面，便引进了在敦煌俗文学与俗文化研究方面蜚声海内外的大家项楚先生。据项楚先生回忆：

> 从杨先生那最受益的一点，是这种踏实严谨的精神。因为我原来从南开大学来，我感到南开大学与四川大学的学风不一样。在南开大学，学生们比较关注现实，注重理论。在川大，学风非常保守，注重传统功底，打基础，文献工夫，文字、音韵、训诂工夫。我感到两个学校完全不一样，从那边过来我也不太习惯，但慢慢也就同化了。[83]

综上，杨明照先生对中西比较诗学新方法的倡导，既得益于他在经年累月的中国古代文论研究中所形成的独到眼光，又承继了近代四川学人的地方心态，虽偏处一隅，有较为保守之处，但亦"聪慧趋新"[84]。值得注意的是，杨明照先生对比较方法的提倡，其终极目标是在于"我"，他说："正确的态度还是应当立足于我，兼收并蓄，结合中国文学实际，取人之长，补己之短，建立起我们的文艺理论体系。"[85]就当时来说，杨明照先生的这一看法是比较符合中国现实语境的。但就其后的发展来看，这并非"比较"的全部意义和终极目的，其中还留有许多的空白与空间，这也正是在中西比较诗学、比较文学之后，又出现了众多的交叉学科[86]的重要原因。

82　曹顺庆等编：《濯锦录：名宿与旧事中的百年川大第二卷》，四川大学出版社，2016年，第50页。

83　曹顺庆等编：《濯锦录：名宿与旧事中的百年川大第二卷》，四川大学出版社，2016年，第49页。

84　王东杰：《国中的"异乡"近代四川的文化、社会与地方认同》，北京师范大学出版社，2016年，第80页。

85　杨明照：《序：运用比较的方法研究中国古代文论》，载曹顺庆：《中西比较诗学》，北京出版社，1988年，第5页。

86　对此，徐新建教授指出："幸好比较文学成为川大文学院重点发展的学科之一，才使我们的非正统研究闯出一条生路。借助在中国比较文学学会里成长出来的文学人类学二级学会之力，我们对民间口头传统及少数民族歌谣、仪式等的研究在川大取得了一席之地。尽管不一定获得普遍认同，至少能借学科的合法地位慢慢推进。"参见徐新建：《文学人类学新人新著简评》，载徐新建主编：《文化遗产研究第十辑》，四川大学出版社，2018年，第152页。

川大文新学院在杨明照先生倡导中西比较诗学以来，无论是紧随其后创建的比较文学，还是稍晚一些出现的文学人类学，从倡建者们的观念与实践来看，他们皆以"本土传统"为基，并从全球视野出发，运用新的"比较"方法。不仅如此，还将这种治学观念和实践模式继续向前推进。从后续的发展来看，其学术理想不仅仅是要建立起一套中国的文艺理论体系，而是将目光移向全球，进入现实和虚拟的多维时空，以构筑一套关于"人类"及"后人类"、"现实世界"与"虚拟空间"的整体认知这一目标而努力迈进。

二、四川大学中国俗文化研究所

四川大学中国俗文化研究所[87]是川大文学与人类学研究所、文学人类学团队发展的支撑平台之一，是"2011 计划"中国多民族文化凝聚与国家认同协同创新中心（以下简称"中心"）的主要依托机构。该研究所成立于新世纪开局之年，由四川大学杰出教授项楚先生领衔创建。

目前，该研究所下设四个研究方向：即成立之初便确定的"俗文学"、"俗语言"和"俗信仰"三个研究方向以及在其后的发展中增加的"民俗人类学"研究方向。研究领域涵括了语言学、文学、史学、宗教学、民俗学、人类学等多个学科，尤其是近十年来学人致力开拓的民间信仰研究领域发展较快，取得了不少的成果。此外，研究所还主办了《中国俗文化研究》《汉语史研究集刊》《新国学》和《文学人类学研究》四种学术刊物，成为学界同仁互通互进的重要学术平台，影响范围较广。

在研究对象和方法层面，俗文化研究所"以历时性的俗文化为对象，以传世和出土的文献为依据，""构建了中国俗文化研究的另一种学术方法新体系，在多个学科领域处于前沿地位，已成为享誉中外的中国俗文化研究的重镇和高地"[88]，有力地推动了跨学科的方法实践和学科建设。尤其是在发展中增设的"民俗人类学"这一研究方向，"立足民俗学与人类学的交叉整合，注重从

---

87 该研究所同样是四川大学及四川省委宣传部共建的中华文化研究院的主要依托机构，是四川大学"中国语言文学与中华文化全球传播"一流学科（群）建设项目的重要组成部分，研究所于 2000 年 9 月被批准为教育部人文社会科学重点研究基地，是"211 工程"重点学科建设项目，"985 工程"文化遗产与文化互动创新基地。参见中国俗文化研究网：《研究所概况》，http://zgswh.scu.edu.cn/yjsgk/gk.htm，2020-10-16。

88 中国俗文化研究网：《研究所概况》，http://zgswh.scu.edu.cn/yjsgk/gk.htm，2020-10-16。

人类学角度展开俗文化的实证考察和研究，关注中国多民族的活态民俗及其文化传统，开展跨族际与跨学科的比较研究，力图从民族遗产与身份认同的互补角度提升俗文化研究的理论与实践意义"[89]。

在项楚先生谈他的治学理念的一段视频内容中，他不仅言及自身的治学领域包括敦煌学、语言学、文献学、文学史和佛教学，治学理念为传统的根柢、跨学科的方法和现代的眼光；同时他也谈到了成立研究所的愿景和目标，"为了更全面的弘扬中国传统的文化，我们建立了中国俗文化研究所，希望在传统的雅文化之外，开拓中国俗文化研究的广阔的空间"[90]。

通过项楚先生的这番叙述，一方面可以看到俗文化研究所体现的治学模式和学理特征，另外一方面可以看到川大文学人类学团队在观念表述与理论创建方面和其具有学理上的内在一致性。文学人类学学科本身便是由跨学科实践到最终确立为交叉学科，跨学科的方法是该学科的显著特征。不仅如此，文学人类学亦致力于探寻文化的整体，力图将历史上被遮蔽的文化类型和文学样态重新呈现出来，并且运用比较的方法将中国文化与世界文化关联互动。换言之，文学人类学是把世界文化视为一个整体并以此建立起讨论"人类"、"文学"、"文化"等命题的研究路径和学理空间。

实际上，无论是俗文化研究想要在"雅文化"之外开辟出"俗文化"的更为广阔的学术空间，还是文学人类学研究想要在传统的"中心"和"主流"之外关注被遮蔽的多样表述和多元文化，都可以被认为是对中国长久以来学术研究以及教育体制当中存在着的"以汉语为中心"、"以文字为中心"[91]等倾向的反思和超越。

值得注意的是，这种倾向虽居于主流地位，但并非全部。在主流倾向之外，

---

89 中国俗文化研究网：《民俗人类学方向》，http://zgswh.scu.edu.cn/info/1051/1312. htm，2020-10-16。

90 "中国俗文化研究"微信公众号：《项楚|谈我的治学理念》，https://mp.weixin.qq. com/s/TYwzsuCtujW3LXLuxjlDvw，2021-12-07。

91 据徐新建教授回忆，新世纪之初，"那时的中文系仍有名无实，'中国语言文学'的外壳里依然仅填充着单一的汉语文学专业，其中的教研环境被正统的文学观念笼罩着，一切以中原华夏的汉语叙事为中心，不是偏重从先秦到明清的古代经典，便是突出现当代的大家名流，除此之外仿佛皆不是学问。若讨论文学，也非得以现代性话语圈定的诗歌、小说等体裁为准，民间口头传统或非汉民族的民俗仪式被统统排除在外，难登中国文学的大雅之堂"。参见徐新建：《文学人类学新人新著简评》，载徐新建主编：《文化遗产研究第十辑》，四川大学出版社，2017年，第152页。

正如前文所述，四川大学中文系的发展承继了古之巴蜀与近代四川的本土传统，即在传统的雅文化之外，亦关注民间、重视民俗、留心各民族文化。较久远的，有汉代学者扬雄的《輶轩使者绝代语释别国方言》《蜀王本纪》[92]，明代学者杨慎编集了《风雅逸篇》《古今风谣》《古今谚》三书；稍近一点，清代学者李调元辑有《粤风》《南越笔记》等书，顾颉刚评论《粤风》是"从民众口中写录出来"、"分了民族去搜辑"、"不因言语的隔膜而束手"[93]。不仅如此，项楚先生还指出："四川大学是近代蜀学的中心，对文史哲的研究名家辈出，在京派和海派之外，独树一帜。四川大学培养了我的学术精神，而对敦煌文化、佛教文化的研究，则是体现了我的追求。"[94]由是可说，四川大学中国俗文化研究所"融汇雅俗、贯通古今"，"固本培元、守正创新"[95]之特点与精神也正体现了四川大学之"川派"学风。

承接前文，在机构设置与平台建设方面，俗文化研究所为"2011 计划"中国多民族文化凝聚与国家认同协同创新中心提供了依托。关于该"中心"的历史发展情形梳理如下：2013 年，"中华多民族文化遗产与文化凝聚协同创新中心"[96]在四川大学成立；2014 年，"中心"被批准为四川大学校级"2011 计划"培育项目；2015 年，"中心"正式更名为"中国多民族文化凝聚与国家认同协同创新中心"；2020 年，"中心"升级为"中华多民族文化凝聚与全球传播省部共建协同创新中心"，成为四川省第一个文科省部共建协同创新中心，该中心"以凝聚中华民族共同体意识为旨归，在新的理论起点上研究、阐释中华多民族优秀传统文化的历史和现实意义"[97]。

---

92 对于《蜀王本纪》的成书年代及作者，徐中舒先生提出了不同的看法，他认为《蜀王本纪》出于来敏的《本蜀论》以及秦宓之后，经他考证，《蜀王本纪》的作者是蜀汉时期的谯周。相关论述参见徐中舒：《论〈蜀王本纪〉成书年代及其作者》，《社会科学研究》1979 年第 1 期，第 99-103 页。

93 （清）李调元编，钟敬文整理：《粤风》，朴社出版经理部，1927 年，"序"第 5-6 页。

94 "中国俗文化研究"微信公众号：《项楚|谈我的治学理念》，https://mp.weixin.qq.com/s/TYwzsuCtujW3LXLuxjlDvw，2021-12-07。

95 中国俗文化研究网：《研究所概况》，http://zgswh.scu.edu.cn/yjsgk/gk.htm，2020-10-16。

96 该中心旨在协同国内外各相关学科的创新力量，解决在国际国内社会形势急剧变化的背景下如何增强中华多民族团结与凝聚的理论及现实问题。

97 四川大学文学与新闻学院网：《中华多民族文化凝聚与全球传播省部共建协同创新中心揭牌仪式暨领导班子换届工作会议举行》，http://lj.scu.edu.cn/info/1039/5507.htm，2021-1-26。

当下，"中心"与中国俗文化研究所关联更为紧密，二者不仅在机构设置方面密切合作，同时也在各项学术活动中展开协作，如"巴蜀非遗传承人口述史"研讨会的组织以及"蜀锦影像民族志"项目的开展等。

第三节　学科建设

从跨学科研究到交叉学科的确立，从文学与人类学到文学人类学，其间的"跨"与"立"、"与"字的取消便是中国文学人类学学科产生与建立的过程之关键和进程之缩影。四川大学由文学与人类学研究所的成立，再到文学人类学专业的设立与对外招生，作为学科的文学人类学逐渐在川大文新学院建立与成长起来。无论是在多方位的平台建设，还是在田野与理论的同步展开，皆呈现出文学人类学学科点在川大发展十多年来所形成的践行方式与学理特征，成为推动中国文学人类学学术发展的重要力量。

一、"与"字的由来和取消

四川大学文学与新闻学院于 2000 年成立文学与人类学研究所，于 2004 年开始以"文学人类学"为正式的学科名称对外招生。当下，文学与人类学研究所和文学人类学学科依然并置于川大文新学院，作为国内文学人类学研究的学术阵地，在学科建设和理论创建方面发挥着重要作用。

结合上述背景，"与"字的由来和取消实际上关涉到的是文学人类学学科界定的问题。对于文学人类学学科而言，"与"字的由来和取消既是一个学科史问题，又是该学科当下所面临的现实问题。

正如前述所言，在新世纪之初的时代背景之下，即便"文学人类学"一词已经在中国出现了很多年，据《文学人类学新论》一书介绍，关于"文学人类学"一词在中国的首次出现，是 1986 年叶舒宪教授提到弗莱研究的"文学人类学"[98]，但是四川大学文学与人类学研究所并未直接使用"文学人类学"而是使用了"文学与人类学"一词来命名。其中的原因是什么呢？

其实对"文学与人类学"和"文学人类学"这两个不同名称的选择和使用并不单单是称谓的问题，其背后指涉的是作为交叉学科的文学人类学的学科

---

98 唐启翠，叶舒宪：《文学人类学新论——学科交叉的两大转向》，复旦大学出版社，2019 年，第 218 页。

定位问题，这个问题是历时性和共时性的一个聚合。

就历时性来看，2003 年叶舒宪教授在他的博士论文后记中明确指出论文题目为何使用"文学与人类学"而不是"文学人类学"，原因主要在于两方面：1.经验与理论还有待于积累、完善；2."文学与人类学"的问题认识是迈向"文学人类学"的基础，但关于这一问题的认识还不足够、充分。[99]2012 年徐新建教授在文章中指出"文学与人类学的问题"表现在两个方面，一是通过人类学来认识文学，一是通过文学来反观人类学，将二者结合起来，或许将产生新的可能，推出新的文学人类学交叉学科[100]。2020 年徐新建教授在重述文学人类学的四个问题时再次强调："用'与'连接后产生新问题，最后把连接词'与'去掉，才成为真正的学科问题。"[101]

就共时性来看，"文学与人类学"和"文学人类学"不是一个简单的谁取代谁的问题，即二者之间的关系并不是线性的递进关系，在很长一段历史时期以及当下的时代语境中，二者都显示为一种共生与互动之关系，即：1."文学问题"与"人类学问题"的变化和发展；2."文学与人类学问题"的发现和提出；3."文学人类学问题"的思考和推进共同构成了一个学术互文的广阔空间，这使得相关问题处于流动演变状态之中。因此，直至当下，依然存在着徐新建教授所说的"有关文学人类学的学科定位问题尚难结论"[102]。

由此可见，即便 2004 年川大文新学院正式以"文学人类学"学科名称对外招生，但其中隐含着的"与"字问题并未完全消失，"与"字代表的学科定位问题依然存在，并且一直是整个中国文学人类学研究界重点关注和努力解决的问题。正如徐新建教授所言，为了去掉"文学与人类学"中间的这个"与"字，为了将二者之间的界限打通，研究者们一直在努力探索和积极思考，并就

---

99 叶舒宪教授谈道，"我以为这个跨学科的探讨领域正在发展变化之中，似乎过早地把它定名成一个独立的学科的条件还不够成熟，还有待于进一步的研究实践和更丰富的经验积累和理论积累"；"如果'文学与人类学'的相关性问题得不到充分的认识，文学人类学的基础也就会显得不那么坚实"。参见叶舒宪：《文学与人类学——知识全球化时代的文学研究》，四川大学博士学位论文，2003 年，第 190 页。

100 徐新建：《文学人类学的中国历程》，《西南民族大学学报（人文社会科学版）》2012 年第 12 期，第 183 页。

101 徐新建：《文学人类学："反身转向"的新趋势》，《中外文化与文论》2020 年第 2 期，第 43 页。

102 徐新建：《文学人类学："反身转向"的新趋势》，《中外文化与文论》2020 年第 2 期，第 42 页。

此问题展开了大量的论述，为文学人类学交叉学科的发展提供了具有跨学科属性的对象域及问题域等立论之基础。

然而，"与"字的取消并非一蹴而就，需要经历一个较为漫长的探索过程。经过梳理，"与"字所代表的文学人类学学科定位问题指向两个方面，即文学人类学研究既是"文学的人类学研究"，又是"人类学的文学研究"。

在较为早期的文学人类学研究中，其研究层面集中于"文学的人类学研究"，即是说研究的"主人公"是"文学"，而"人类学"是一种可以用于研究"文学"的视野或方法。如彭兆荣教授在其博士论文的摘要中指出，将文化人类学和比较文学二者作为整合性研究的实践便是一种"文学的人类学研究"，它产生的一个重要原因是对"传统西方学术伦理的彻底反思"，即"西方文学"当中显示出来的"想象性"和"制造性"[103]。叶舒宪教授在《文学人类学探索》一书的序言中提出该书是他运用"人类学的角度、方法和材料研究文学的结果"[104]。

但"文学的人类学研究"并不是"文学人类学研究"。文学人类学研究需要同时把"文学人类学"和"人类学文学"都作为研究的"主人公"，其中不仅包括方法上的互通互用，更是要在学理意识上形成"在人类学中重新认识文学"，并"在人类学文学中重新认识人类"。

如果说"文学的人类学研究"要求研究者熟悉精通"文学"更甚于"人类学"的话，那么"人类学文学的人类研究"就对研究者的"人类学"素养提出了更高的要求。正如徐新建教授指出，其后由于一方面有专业的人类学研究者开始关注文学问题，同时也有很多人类学者转向文学创作和研究的情形出现，另一方面文学研究者也在不断地进行人类学知识的学习和充电，同时还将社会学、民族学、历史学、美学、艺术学等领域命题及方法吸收进来，以此为基础，从文学视野出发，将文学转化为人类学命题。[105]不仅如此，徐新建教授还指出，近来文学人类学团队正在建立一个新的谱系，即"科学的人类学"和"文学的人类学"，科学的人类学研究的是理性之人、逻辑之人；而文学的人类学

---

103 彭兆荣：《仪式谱系：文学人类学的一个视野——酒神及其祭祀仪式的发生学原理》，四川大学博士学位论文，2002 年，摘要第 1 页。

104 叶舒宪：《文学人类学探索》，陕西师范大学出版总社有限公司，2018 年，序言第 2 页。

105 徐新建：《文学人类学："反身转向"的新趋势》，《中外文化与文论》2020 年第 2 期，第 44 页。

研究的是感性的人、诗性的人、灵性的人。[106]

需要注意的是，这亦并非终点，文学人类学的发展还将继续。有关于此，后面章节会谈到正如研究者们已经为去掉"文学与人类学"的"与"字而努力多年，在新的谱系中如何去掉"科学与文学"之间的"与"字，是一个值得继续关注和探讨的重要议题。

可见，"与"字的取消并非易事，需要文学人类学研究者们共同为之努力。就四川大学文学人类学学科点而言，无论是新世纪开局之年设立的文学与人类学研究所，还是 2004 年以"文学人类学"学科之名对外招生，名称的改易可能会涉及到一些体制的原因，但更为重要的是其背后所彰显的学科意识和定位问题。经过多年的努力，现阶段已经有了较为显著的推进，"文学人类学正逐渐迈出最后一步"[107]的过程当中，不过问题依然存在且不容小觑，文学人类学的学科界定以及现实处境依然是文学人类学研究界需要继续致力的未来命题。

二、多方位的平台建设

自 1997 年徐新建教授在四川大学文新学院开设文学人类学相关课程，2000 年四川大学文学与人类学研究所成立，2004 年四川大学开始以"文学人类学"作为专业名称对外招生以来，文学人类学学科点在四川大学已经走过了 20 多年的光景。多年来，四川大学文学人类学团队辛勤耕耘、积极探索，在学科点的建设与推动方面进行了大量工作、展开了多方努力。

本节内容围绕"多方位的平台建设"，从 1.人才培养；2.机构建设；3.学术活动；4.刊物创建；5.媒介延伸；6.跨界合作等六个方面具体展开论述。

人才培养

"文学人类学"作为上个世纪 80 年代以后逐步由跨学科实践发展而来的

---

106 徐新建教授在多篇论文中对"科学的人类学"和"文学的人类学"这一划分进行了阐释，参见徐新建：《一己之见：中国文学人类学的四十年和一百年》，《文学人类学研究》2018 年第 1 辑，第 28 页；徐新建：《文学人类学："反身转向"的新趋势》，《中外文化与文论》2020 年第 2 期，第 49 页；王杰，方李莉，徐新建：《边界与融合：审美人类学、艺术人类学与文学人类学的交叉对话》，《贵州大学学报（艺术版）》2021 年第 5 期，第 14 页。

107 徐新建：《文学人类学："反身转向"的新趋势》，《中外文化与文论》2020 年第 2 期，第 43 页。

交叉学科，该领域的研究者们一直在"何为交叉"以及"如何交叉"等关键问题上展开了大量的讨论与研究。四川大学文学人类学团队以学科定位等重大问题为基础，以此探索和创新人才培养模式，在1.培养体系；2.课程设计；3.多方合作等方面显示出团队的设计用心与思考深度，并由此体现出文学人类学人才培养模式的川大特色。

在培养体系方面，徐新建教授将之总结为"本、硕、博一体的培养体系"，就目前中国高校文学人类学人才培养模式而言，这一体系开实践之先，为文学人类学的本科专业教育应如何开展与实践提供了借鉴。在《2018 年秋季学期文学人类学和中国少数民族语言文学教研室课程综合安排》的表格中可以看到，有面向本科生开设的《文化人类学》《新生研讨课》，有面向硕士生开设的《文化人类学概论》《民间文学》《民族志专题研究》《口头传统专题研究》《田野考察》，有面向博士生开设的《文学人类学研究》[108]。需要说明的是，这些课程虽然在"学生级别"上有分类设置，但在实际的教学过程中，课程是向不同阶段、所有年级的学生开放。

除了课程设置的"本、硕、博一体"外，这一体系还体现在学科点的多项学术活动当中，本科生同学们和硕、博士学生们一起展开田野调查、撰写调查报告以及进行发言汇报等。比如 2014 年由时名"中华多民族文化遗产与文化凝聚协同创新中心"（以下简称"中心"）与四川大学、西南民族大学共同举办的"家园·田野·记忆——四川大学·西南民族大学本科生民族文化实践交流会"上，本科学生与硕、博学生齐聚一堂，主持、展示、评议相互协作[109]；再如 2016 年由四川大学城市人类学学社组织发起的《西南民族当代文化展示及地区调查交流会》，会上四川大学 2014 级本科生郭一臻、周贝迪、秦蔚文做了《传统与现代化的冲突之鉴——5·12 地震灾后受灾地区田野调查汇报》，西南民族大学硕士生孙阿木则带来了《碎片与症候：彝族现代实验影像》的展示。[110]这不仅体现了川大文学人类学"本、硕、博一体"的培养模式，更显示出川

---

108 城市人类学学社：《2018 年秋季学科点课程安排》，https://mp.weixin.qq.com/s/_35Hqe6q8R_n_LpCkGrsZg，2018-09-20。

109 《简报第 61 期：川大—西南民大本科生多民族文化实践交流会召开》，http://www.ccni2011.net/ReadNews.asp?NewsID=818&BigClassName=%D6%D0%D0%C4%C8%D5%B3%A3%B9%A4%D7%F7&SmallClassName=%D6%D0%D0%C4%BC%F2%B1%A8&SpecialID=0，2015-3-17。

110 艺城志：《西南民族当代文化展示及地区调查交流会》，https://mp.weixin.qq.com/s/nMZGZ5zFSb5ABD0h4vzW4Q，2016-07-05。

大文学人类学团队对于校际交流与合作的重视。

在课程设计方面，徐新建教授将之总结为"内与外结合的三个课堂"，体现了四川大学文学人类学学科点较为特别的课程模式与教学风格。就笔者的理解来看，此处的"内与外"显示为"课内与课外"（课前、课中、课后）；"院内与院外"；"校内与校外"；"个体与整体"；"主体内外"；"理论与实践"等诸多层面共同构成的一个较为完整的"教与学"的互动结构。在这个结构当中，学生与老师之间的关系不再是老师讲、学生记，而显示为师生共同参与设计、多向互动的结构形式。

这一结构形式被徐新建教授称为"工作坊"（workshop），在工作坊这一学术交流与知识生产空间当中，每个参与其中的人都有自己的"角色"或"任务"。以徐教授的《文学人类学研究》课程为例，在角色方面一般设有"主持人"、"引言人"、"发言人"、"评议人"；在具体环节方面，分为课前、课中、课后三个阶段，"课前"一般由徐新建教授给出讨论的主题、聚焦的问题以及参考书目，徐教授会根据学生们作业提交情况合理或巧妙地安排其"角色"；"课中"主持人展开具体流程并把控时间节奏，一般先由徐新建教授作引言，接着由发言人依次发言、评议人评议、发言人回应与讨论，上、下半场中间休息5-10分钟，接着会有开放讨论时间，最后是徐教授总结。视情况而定还会设置"嘉宾发言"环节，嘉宾一般由徐教授特别邀请，嘉宾们往往来自不同行业、多个领域。

此外，课堂的空间形态丰富多样，如有会议室、实验室、音乐厅、书吧、电影院、公园、博物馆、互联网等等，不仅体现了作为交叉学科的文学人类学的田野观和田野性，同时将课程设计与田野考察关联融合，体现了川大文学人类学在如何将"理论与实践"互为结合这一至关重要的学理命题上的思考与践行。作为课堂参与者之一的刘维邦曾撰文将文学人类学工作坊的操演形式总结为"从剧场设计到学术空间"，"剧场设计"处理的是剧本、导演、演员、舞台、灯光等的编排布置，既作为"剧本"又作为"剧场"的"课程"，是一个"由不同议题、不同主体、不同角色、不同立场建构的空间"[111]。这一"空间"当中，课堂既是田野，田野也是课堂。

---

111 刘维邦：《从"剧场设计"到学术空间——四川大学"文学人类学工作坊"的参与观察》，内容来自"文学人类学"微信订阅号，https://mp.weixin.qq.com/s/u1g3Q84MKRUQRil9RL4DKQ，2018-08-05。

可见，"工作坊"的课程组织模式让每一位学生提前得到学术试炼，不仅在组织与表达各项能力上得到训练和提升，同时在"内与外"相结合的学术空间中获得学理上广阔的视野和学术生活中的生命体验。

另外，人才培养方面还有一个显著的特征为"多方合作"，具体表现在校际合作、联合培养、国际交流、出国访问、合作项目等诸多方面。可以说，协同培养、联合教学是多年来川大文学人类学学科点所秉持和追求的目标。在硕士研究生培养方面，2014年四川大学文学与新闻学院正式启动了由"中心"各协同单位共同参与的人才联合培养计划。"中心"聘请了协同单位中国社会科学院、北京大学、西南民族大学、复旦大学、内蒙古大学、南京大学、中央民族大学等多所高校的专家教授担任联合培养计划的第一导师，四川大学文学人类学团队的诸位老师担任第二导师，共同完成联合培养计划[112]；并开设2014级联合培养计划平台课程《文化遗产与文化凝聚》[113]。2015年启动第二期人才联合培养计划[114]；2017年首届联合培养硕士研究生顺利毕业[115]。

在国际间的交流与合作方面，2017年与意大利佩鲁贾大学展开合作，具体内容包括两校"在文学、文化人类学、文化遗产等领域开展学术交流合作，并进行研究生联合培养、暑期培训等合作事宜"[116]；2018年佩鲁贾大学哲学、社会学和教育系硕士生 Eleonor A Battilocchi 在四川大学访学期间，为学科群师生

---

112 《简报第55期：中心人才培养协同创新计划正式启动》，http://www.ccni2011.net/ReadNews.asp?NewsID=799&BigClassName=%D6%D0%D0%C4%C8%D5%B3%A3%B9%A4%D7%F7&SmallClassName=%D6%D0%D0%C4%BC%F2%B1%A8&SpecialID=0，2014-9-17。

113 《简报第56期：协同创新中心联合培养计划的团队课开讲》，http://www.ccni2011.net/ReadNews.asp?NewsID=800&BigClassName=%D6%D0%D0%C4%C8%D5%B3%A3%B9%A4%D7%F7&SmallClassName=%D6%D0%D0%C4%BC%F2%B1%A8&SpecialID=0，2014-9-19。

114 《简报第105期：中心第二期人才培养工作开始实施》，http://www.ccni2011.net/ReadNews.asp?NewsID=1038&BigClassName=%D6%D0%D0%C4%C8%D5%B3%A3%B9%A4%D7%F7&SmallClassName=%D6%D0%D0%C4%BC%F2%B1%A8&SpecialID=0，2015-9-12。

115 《简报第159期：中心首届联合培养硕士研究生顺利毕业》，http://www.ccni2011.net/ReadNews.asp?NewsID=1161&BigClassName=%D6%D0%D0%C4%C8%D5%B3%A3%B9%A4%D7%F7&SmallClassName=%D6%D0%D0%C4%BC%F2%B1%A8&SpecialID=0，2017-6-13。

116 《简报第155期：四川大学与意大利佩鲁贾大学合作签约仪式举行》，http://www.ccni2011.net/ReadNews.asp?NewsID=1152&BigClassName=%D6%D0%D0%C4%C8%D5%B3%A3%B9%A4%D7%F7&SmallClassName=%D6%D0%D0%C4%BC%F2%B1%A8&SpecialID=0，2017-4-18。

免费开设意语培训课程，体现了两校合作的实证性展开和创新性活动。[117]另外，文学人类学学科点多年来也吸引和培养了一批外国留学生，他们来自泰国、越南、哈萨克斯坦等国家，推动与促进了川大"一带一路"留学生培养计划。[118]

机构建设

多年来，川大文学人类学学科点依托学院与学校等各方支持协作，在机构建设方面展开了大量工作，主要包括：1. "中心"建设；2. "研究所"建设；3. "学会"建设；4. "基地"建设。

在"中心"建设方面，2013 年四川大学"非物质文化遗产与中华多民族认同"协同创新中心开始筹建工作并于当年 11 月 25 日以"中华多民族文化遗产与文化凝聚协同创新中心"作为名称正式成立[119]。川大文学人类学团队作为"中心"的主要构成，从"中心"的组建与筹备开始，再到其后在人才培养、学术研究、智库建设、项目立项、平台搭建、学科建设以及各单位协同等多项事务内容中进行了大量工作，发挥着重要作用。2015 年"中心"更名为"中国多民族文化凝聚与国家认同协同创新中心"并获准进入第三批"四川 2011 协同创新中心"[120]。2020 年，"中心"获教育部批准认定为省部共建协同创新中心，名称为"中华多民族文化凝聚与全球传播省部共建协同创新中心"[121]。川大文学人类学团队继续作为"中心"的构成而参与到"中心"的各项建设工作中。

---

117 《简报第 202 期：双一流学科群意大利语培训课程顺利开展》，http://www.ccni2011. net/ReadNews.asp?NewsID=1256&BigClassName=%D6%D0%D0%C4%C8%D5%B3%A3%B9%A4%D7%F7&SmallClassName=%D6%D0%D0%C4%BC%F2%B1%A8&SpecialID=0，2018-12-27。

118 《简报第 161 期：四川大学文学与新闻学院录取四名文学人类学专业留学生》，http://www.ccni2011.net/ReadNews.asp?NewsID=1169&BigClassName=%D6%D0%D0%C4%C8%D5%B3%A3%B9%A4%D7%F7&SmallClassName=%D6%D0%D0%D0%C4%BC%F2%B1%A8&SpecialID=0，2017-10-16。

119 《简报第 21 期：中心成立大会会议简讯》，http://www.ccni2011.net/ReadNews.asp?NewsID=606&BigClassName=%D6%D0%D0%C4%C8%D5%B3%A3%B9%A4%D7%F7&SmallClassName=%D6%D0%D0%C4%BC%F2%B1%A8&SpecialID=63，2013-11-25。

120 《简报第 112 期：四川省第三批 2011 协同创新中心名单公布》，http://www.ccni2011.net/ReadNews.asp?NewsID=1053&BigClassName=%D6%D0%D0%C4%C8%D5%B3%A3%B9%A4%D7%F7&SmallClassName=%D6%D0%D0%C4%BC%F2%B1%A8&SpecialID=0，2015-12-3。

121 四川大学文学与新闻学院网：《中华多民族文化凝聚与全球传播省部共建协同创新中心揭牌仪式暨领导班子换届工作会议举行》，http://lj.scu.edu.cn/info/1039/5507. htm，2021-1-26。

　　"中心"的建设工作与川大文学人类学学科点的建设工作相辅相成、互促互进。可以看到，"中心"从 2013 年发展至今，文学人类学团队成员在学生的联合培养、各学校之间的交流互动、学术科研上的对话协作等各方面得到了长足的发展和显著的提升。川大文学人类学从自身学科定位出发，将跨学科、跨文化、跨国界的学术理念带入实际的"产—学—研"一体的体制创新实践当中，是在机构建设和机制创建方面将"理论与实践"相结合的有益探索。

　　在"研究所"建设方面，自 2000 年四川大学文学与人类学研究所成立以来，对内不断凝聚文学人类学研究力量，叶舒宪教授、彭兆荣教授等人与"研究所"关联密切。据叶教授回忆，他 2000 年来到川大攻读博士学位时便已经在该"研究所"任兼职，并屡次与各位成员交流切磋，这对他博士论文的命题起到了促进作用[122]。不仅如此，"研究所"所长徐新建教授一直以来秉持对话合作、跨界互通的建所精神，不断与各界展开交往协作，并将之与课程教学、学术讲座、会议论坛、田野实践等各项事务并置关联，如 2019 年"研究所"与电子科技大学数字文化与传媒研究基地主办的"网络·科幻·传媒：数智时代的文学与人类学"跨学科工作坊便是对"跨界交往"、"多界互动"的建所精神在现实行动上的真切体现。当下，"研究所"在与文学人类学学科点教学科研工作、"中华多民族文化凝聚与全球传播省部共建协同创新中心"建设工作以及四川大学中国俗文化研究所多项工作的结合与交融中继续推进。

　　在"学会建设"方面，自 1997 年在厦门大学召开了首届中国文学人类学学术研讨会以来，"中国比较文学学会文学人类学研究分会"作为中国比较文学一级学会下设的二级分会已经走过了 25 年的发展历程。四川大学文学人类学团队作为该"研究分会"的重要组成，一直以来无论是在学会体制建设、年会组织召开、青年学人培养以及学会内外各界联络诸多方面充当着重要角色、发挥着重要作用。当下，作为学会会长的徐新建教授联合各方力量，深入探索文学人类学学科定位、交叉学科未来发展方向等重大命题。对此，无论是第十三届中国比较文学年会文学人类学分论坛所聚焦的"新文科背景下的文学人类学"[123]，还是即将计划召开的中国文学人类学主题为"新文科、新方法、新

122 叶舒宪：《文学与人类学——知识全球化时代的文学研究》，四川大学博士学位论文，2003 年，第 190 页。

123 "文学人类学"：《新文科背景下的文学人类学——第十三届中国比较文学年会文学人类学分论坛综述》，https://mp.weixin.qq.com/s/ErvJ2G3FNe7Yo82Y_q-m6g，2021-08-02。

理论：文学人类学的多向选择"[124]的第九届年会，以及在南方科技大学举办的"科技人文时代的跨学科研究——中国比较文学学会跨学科研究分会成立暨首届学术研讨会"[125]和第二十届人类学高级论坛"迈向人类未来的人类学"[126]，皆显示出中国文学人类学研究的新理念和新动向。

在"基地"建设方面，2016 年"中心"与平武县签署了关于创建"中国多民族文化凝聚与国家认同协同创新中心科创基地"的合作框架协议[127]，2018 年"中心"举办的"黔北地方文化发展"主题座谈会可以被视为继平武基地建设实践后的又一次新探索。2019 年，文学与人类学研究所、四川大学中国俗文化研究所与成都大邑县三加二读书荟、成都十方乡创文化创意有限公司联合成立了四川大学—大邑乡村研究院。[128]2020 年"中心"与中国俗文化研究所课题组成员参与并开展了四川大学—庙湾乡村研究院"四姑娘山地工作室"挂牌仪式暨山地文化研习营[129]。"基地"的确立与建设不仅将田野实践的渠道拓宽，关键在于能够在较为稳定的场域中进行持续、深入的考察与研究。体现了川大文学人类学团队一直以来秉持"理论与实践"结合、"学理与应用"并举的培养模式与治学理念的探索成果。

学术活动

学术活动是川大文学人类学团队建设的常规工作，在对其历年的学术活动展开梳理后发现，这些活动既有常规性，亦有特别之处。接下来将从 1.会议；2.项目；3.讲座；4.讲读会；5.诗会五个方面具体展开。

---

124 "文学人类学"：《中国比较文学学会文学人类学研究分会第九届学术年会通知（第 1 号）》，https://mp.weixin.qq.com/s/zD0rfIExdJGYPSG8gn2CkA，2021-09-24。

125 "南科人文"：《科技人文时代的跨学科研究——中国比较文学学会跨学科研究分会成立暨首届学术研讨会》，https://mp.weixin.qq.com/s/Byww6Jr945k1mu56KF6CDQ，2021-11-25。

126 "人类学乾坤"：《211209 徐新建丨迈向生命实践的人类学——福州年会侧记》，https://mp.weixin.qq.com/s/47d8heEbo3mk0MhDBpCRKg，2021-12-09。

127 《简报第 149 期：中国多民族文化凝聚与国家认同协同创新中心科创基地在平武县成立》，http://www.ccni2011.net/ReadNews.asp?NewsID=1137&BigClassName=%D6%D0%D0%C4%C8%D5%B3%A3%B9%A4%D7%F7&SmallClassName=%D6%D0%D0%C4%BC%F2%B1%A8&SpecialID=0，2016-12-8。

128 内容来自《同门通讯》第 12 期。

129 《简报第 235 期：促进乡村发展的"山地工作室"在天台山镇挂牌成立》，http://www.ccni2011.net/ReadNews.asp?NewsID=1325&BigClassName=%D6%D0%D0%C4%C8%D5%B3%A3%B9%A4%D7%F7&SmallClassName=%D6%D0%D0%D0%C4%BC%F2%B1%A8&SpecialID=0，2020-6-9。

关于"会议"的梳理，内容较为繁杂。为了使主体更聚焦于川大文学人类学团队，便将"会议"主要设定在一些与之密切相关且有延续性的会议类型上予以介绍和展陈，比如"文学人类学研究分会"年会、人类学高级论坛、中国比较文学年会以及一些影响力较大的国际性大会。

有关"文学人类学研究分会"年会的内容在前文的"年会聚焦"部分已经展开了详细的介绍和阐述，从第一届到即将召开的第九届年会，无论是在学科建设、学理研究、学人凝聚、青年培养、学界影响等诸多方面，"年会"都起到了相当重要的纽带与连接作用。对于川大文学人类学团队而言，既是"年会"平台的搭建者，同时也是每届年会的参与者，"年会"这一平台的建设对于川大文学人类学学科点的发展是一个相互促进、共生共长的长期关系。

在人类学高级论坛（Advanced Forum of Anthropology）方面，川大文学人类学团队成员长期与人类学高级论坛携手合作，共同推动该论坛的发展。2018年，徐新建教授入选人类学高级论坛学术委员会主席团主席，2020年度学术委员会执行主席；李菲教授担任人类学高级论坛青年学术委员会副主席之一。回顾川大文学人类学与人类学高级论坛的合作历史，2013年双方就《中国人类学家口述史文库·总序》组织讨论会并展开深入探讨；2015年徐新建教授、李菲教授等应邀参加"人类学与中国研究"学术研讨会；共同组织发起"黄土文明与地方发展"研讨会、"黄土文明与多民族文化的人类学研究"学术研讨活动。2016年"黄土文明研究系列丛书"出版，其中就包括了徐新建教授主持的《民族文化与多元传承：黄土文明的人类学考察》一书。此后历届人类学高级论坛的会议现场，都能够看到川大文学人类学师生团队的积极组织和参与。

截止目前，人类学高级论坛已经连续举办至第二十届，经过多年努力，人类学高级论坛发展成为两岸三地具有重要影响力和号召力的学术交流平台。在2021年12月福州召开的"迈向人类未来的人类学"第二十届人类学高级论坛暨20周年庆会议中，徐新建教授作了题为《迈向生命实践的人类学——福州年会侧记》的发言和文章，其中徐教授提到的"人类学"新整体，即1.迈向人类未来的人类学；2.迈向社会整体的人类学；3.迈向生命实践的人类学[130]，这一新提法值得注意，是在传统人类学"体质"、"语言"、"文化"、"考古"，以及其后提出的人类学三分法"生物体质"、"社会文化"、"哲学（神学）"；二

---

130 "人类学乾坤"：《211209徐新建丨迈向生命实践的人类学——福州年会侧记》，
https://mp.weixin.qq.com/s/47d8heEbo3mk0MhDBpCRKg，2021-12-09。

分法"科学的人类学"和"文学的人类学"之后，再一次从"理论的人类学"和"实践的人类学"对未来人类以及人类学未来的思考和探索。

此外，"文学人类学研究分会"作为中国比较文学一级学会下设的二级学会，一直有在比较文学年会上召集圆桌论坛的传统。中国比较文学学会成立于1985年，是经国务院批准的国家一级学会，也是国内目前规模最大的文科学会，首任会长为季羡林教授，第二任为杨周翰教授，第三任由北京大学乐黛云教授、中国人民大学杨慧林教授共同担任。2014年9月，在中国比较文学学会第11届年会上，时任"中心"常务副理事长曹顺庆教授被推选为中国比较文学学会新一任会长。该届年会上，"中国文学人类学研究会"和"中国多民族文学研究会"共同发起了"多民族国家的比较文学疆界与研究范式"的圆桌专题。第12届年会上，"中心"罗庆春教授、梁昭副教授在"文学人类学小组"展开了关于世界少数族裔文学的讨论。在2021年7月召开的第十三届中国比较文学年会上，叶舒宪教授被推选为新一任会长。其中，徐新建教授和陈跃红教授共同组织发起了"从神话到科幻：文学想象与科技人文"圆桌论坛，另外文学人类学研究分会设有小组论坛"从神话历史到跨媒介研究"。[131]

在国际会议交流方面，川大文学人类学团队历年来也展开了多方对话与合作。如2015年"中心"专家出席由法国人文之家基金会和比利时鲁汶大学主办的"反思'社会变迁'"人类学国际研讨会；2016年徐新建教授访问巴黎第七大学并参加了该校博士论文答辩；"中心"专家应加拿大滑铁卢大学邀请参加"中国多民族和加拿大原住民文化的比较探索对话"；李菲教授在美国加州大学伯克利分校作学术报告；2018年"中心"组织中美学术交流活动，邀请到普林斯顿大学高等研究院法桑教授（Didier Fassin）作报告与演讲；同年举办了"四川大学·意大利佩鲁贾大学·巴西帕苏丰杜大学国际合作交流工作会与跨学科对话会"，2019年又组织两校学者一起展开对成都蒲江、邛崃两地的田野考察，就"城乡发展的路径比较"这一问题展开讨论。同年文学人类学团队成员应邀参加由联合国教科文组织主办的"文化2030|城乡发展：历史村镇的未来"国际会议以及澳门国际比较文学学会第22届年会。

在科研立项方面，川大文学人类学团队申报并承担了多项国家级课题。如

---

131 "文学人类学"：《新文科背景下的文学人类学——第十三届中国比较文学年会文学人类学分论坛综述》，https://mp.weixin.qq.com/s/ErvJ2G3FNe7Yo82Y_q-m6g，2021-08-02。

2011 年 11 月由徐新建教授主持立项的国家社科基金重大招标项目《中国多民族文学的共同发展研究》，该项目集合了四川大学、中国社科院民族文学研究所、中央民族大学、西南民族大学、内蒙古大学、青海民族大学、喀什大学等多所高校科研力量。据统计，该项目举办专题讨论会 10 余场，发表阶段性研究论文 40 多篇，推出多部考察报告。2017 年 8 月，经过全国哲学社会科学规划办公室审核，该项目通过审核顺利结项。

又如 2017 年徐新建教授申报《西南多民族生死观与民俗考察研究》获得"2017 年度教育部人文社会科学重点基地重大项目"立项，其中"中心"专家、西南民族大学罗庆春教授，"学科点"李菲教授、梁昭副教授、银浩博士为子课题负责人，邱硕、完德加为项目组成员。以该项目为基础，川大文学人类学团队展开了大量田野调查与实践，如 2018 年"中心"组织主办的"西南多民族生死观与民俗考察研究田野工作坊"去到云南蒙自、建水、玉溪等地，并邀请到北京大学、中国社会科学院、中山大学、北京语言大学、西南民族大学、西北民族大学、云南财经大学、广西民族大学、红河学院、玉溪学院、宜宾学院等多所高校学者共同参与。

此类课题还有诸如川大文学人类学团队参与的 2013 年国家社科基金重大项目《甘青川藏族口传文化汇典》；2014 年李菲教授主持的国家社科基金年度项目《人类学视域下嘉绒地区少数民族文学生活研究》；2017 年邱硕副研究员主持的教育部人文社会科学研究青年基金项目《新媒体时代的城市形象与民间叙事：以成都为个案的民俗学考察》；2019 年梁昭副教授主持的国家社科基金项目《媒介融合视域下的中国少数民族文学转型研究》；完德加研究员主持的国家社科基金一般项目《凉山培米藏族苯教古籍收集、整理研究》、教育部一般项目《凉山木里藏族宗教文化调查研究》；以及 2019 年度四川大学中央高校基本科研项目《神话与科幻专题工作坊》等。

讲座方面，经过笔者的梳理，大致将其分为以下几种类型：1.邀请世界各地的学者到"学科点"进行讲座（信息概览见下表）；2."多民族文化遗产"论坛系列讲座，第一期北京大学蔡华教授《民族志：淡写与浓描》，第二期北京大学杨煦生教授《人类学视野中的世界伦理》，第三期复旦大学纳日碧力戈教授《人类学谱系中的"民族"与"族群"》；3."中国多民族文学研究"学术讲座，如中国社科院《民族文学研究》前任主编汤晓青研究员《从自在到自觉：民族文学研究发展趋势漫谈》；4.中外少数族裔文学专题讲座，如喀什大学教授姑丽娜尔·吾甫力《喀什：维吾尔族的文学生活与民间记忆》以及美国佛罗里达州立大学教授加莱亚诺（Juan Carlos Galeano）《有情众生的诗学：亚马逊民间故事解读》（*The Poetics of a Sentient Earth in Folktales of the Amazon*）；5.人类学民族志电影专题讲座，如北京大学蔡华教授《民族志电影的意义及其知识论准则》；6.“中国俗文化研究”专题讲座，如上海市博物馆范明三研究员《羌是汉藏之源》；7.“2020：云端锦江·中国俗文化”系列讲座，如北京师范大学文学院杨利慧教授《当代中国电子媒介中的神话主义》；8.其它（按时间顺序），如广西民族大学陆晓芹教授、澳大利亚国立大学朱煜杰、北京大学龚鹏程教授、中国综合开发研究院龙隆教授、中国社科院刘大先研究员、中国社会科学院朝戈金研究员、中国社会科学院易华研究员、台湾“中研院”院士王明珂教授等皆来到“学科点”交流，分别针对田野与歌唱、文化与遗产、时代与国学、世界与中国经济、人类学亲属制度、历史与文学知识生产、少数民族文学研究、中华文明探源、“科学”与“学科”、文本与文化等跨学科与跨文化的时代议题展开了论说和阐述。9.川大文学人类学团队成员在本校和校外、国内和国外展开的多场学术讲座。如徐新建教授在复旦大学进行了题为《横断走廊与多民族史观》《地理空间、表述空间、信仰空间》专题讲座；展开“四川大学比较文学国际讲座第九讲”《从语词、语义到语用：现代中国的“文学”词变》；应西南民族大学民族语言文学研究院之邀，主讲“西南大讲堂”首讲《文学人类学——基础与前沿》等。

表 3　世界各地学者讲座信息概览（不完全统计）

时　间	学　者	讲座主题
2013 年 9 月	日本关西外语大学真锅昌弘教授	《歌谣研究的基础方法》
2014 年 5 月	美国俄亥俄州立大学马克·本德尔（Mark Bender）教授	《中国当代少数民族作家作品在美国的翻译》
2015 年 6 月	美国俄亥俄州州立大学马克·本德尔（Mark Bender）教授	《生态文学与民族诗歌在东亚》
2015 年 9 月	联合国教科文组织亚太地区非物质文化遗产培训师及专家拉胡尔·高斯瓦米（Rahul Goswami）教授	《文化及可持续发展之未来》

2016 年 5 月	美国俄亥俄州州立大学马克·本德尔（Mark Bender）教授	《蝴蝶和龙鹰：中国西南的过程史诗》（*Butterfly and Dragon-Eagles: Processing Epic from Southwest China*）
2016 年 6 月	新西兰惠灵顿维多利亚大学王一燕教授	《日常生活的文化形式——凌叔华短篇小说中民国时期家庭现代性初探》
2016 年 10 月	德国图宾根大学卡琳（Karin Moser von Filseck）女士	《中国的世界遗产——全球化世界的文化记忆》（*World Heritage Monuments in China-Cultural Memory in the Globalized World*）
2017 年 4 月	意大利佩鲁贾大学潘丹意（Daniele Parbuono）教授	《意大利普拉托的佛教寺庙和中国春节》（*The Buddhist Temple and the Chinese New Yearin Prato (Italy)*）
2017 年 9 月	加拿大萨斯卡切温大学基思·托尔·卡尔森（Keith Thor Carlson）教授	《加拿大大不列颠哥伦比亚印第安人及移住民殖民主义》（*Indigenous People and Settler Colonialism in British Columbia Canada*）
2017 年 12 月	维也纳大学吉萨·贾妮珍（Gisa Jähnichen）教授	《社会交流视角中的音乐选择》（*Musical Choice from the Perspective of Social Communication*）
2018 年 5 月	普林斯顿大学法桑（Didier Fassin）教授	《道德情感的政治与伦理》专题报告以及《现代生活的诸种方式》（*Contemporary Forms of Life*）专题演讲
2018 年 9 月	意大利佩鲁贾大学 Ester Bianchi（黄晓星）副教授	《西藏佛教在汉地的传播》
2019 年 9 月	法国社会科学高等研究院高级研究员让—皮埃尔·多松（Jean-Pierre Dozon）教授	《社会文化人类学田野存疑之未来》
2019 年 11 月	美国著名科幻作家凯文·安德森（Kevin. J Anderson）和丽贝卡·莫斯塔（Rebecca Mosta）夫妇	"科幻文学的洲际传播与跨媒介改编"学术对话会

另外，四川大学文学人类学团队在学术活动方面既可以称之为传统又可以称之为特征的内容展现在"工作坊"、"讲读会"以及"诗会"三类学术活动当中。

1. 在"工作坊"的开展与建设方面，可以将之特点总结为"形式与内容的多样化"以及"理论与实践的相结合"。历年来，"学科点"以"工作坊"的形式展开了大量学术研究与实践活动，如 2017 年"遗产思辨研究工作坊"，

2018年"多民族国家的文化与文学"课程工作坊，2018年四川大学—重庆文理学院"博物馆与文化传承国际研习营"，该"研习营"在2019年以"博物馆与文化遗产研习营"继续开展，相关的"研习营"活动还有2019年四川大学—澳洲国立大学"跨文化交流：遗产与博物馆暑期研习营"。另外还有诸如：文学人类学写作工作坊（2018）、西南多民族生死观与民俗考察研究田野工作坊（2018）、神话与科幻专题工作坊（2019）、文学与人类学跨学科方法工作坊，邀请到王明珂教授现场交流（2019）、技术伦理与后人类幻想微课程工作坊（2019）、身体、生死与生命：跨学科生死观研究工作坊（2019）等。

2. 在"讲读会"的组织与发展方面，这不仅是川大文学人类学团队一直以来坚持的学术传统，依托各地高校组织建立起来的"读书会"还是中国文学人类学凝聚学术研究力量、组织学人开展学术活动的连接平台和交往阵地。多年来，川大文学人类学"读书会"除了在大的框架设计方面由徐新建教授指导，由学科点各位老师支持外，其余活动流程和会务工作均由学生们自行组织与完成，对于提高学生们学术活动组织能力，现场发言、评议以及讨论的学术素养等收到了显著的成效。不仅如此，"讲读会"在主讲人的邀请方面，除了"学科点"的本、硕、博学生外，还经常会邀请到来自世界各地的留学生，如2017年秋季第5次讲读会邀请到美国埃默里大学博士留学生杨莹秋（Kaitlin Banfill），她结合其关于凉山的田野实践，阐述了有关"新亲属关系研究"的内容；同时也会邀请到知名专家学者到现场演讲与指导，如邀请到四川师范大学王川教授主讲《历史文献的种类及其使用》等。在场地安排方面，"讲读会"不设限于教室或校内，而广泛地开展于各类书吧、公园、展厅等地，如2021年12月的"科幻不设限"主题讲读会的地点就在"近未来美术馆旅社一层艺术展厅"。

3. 在"诗会"的筹备与展演方面，川大文学人类学团队一直秉持"课堂与田野"相结合的理念，不仅将文学生活视为被讨论的学术对象，更将之作为在场的生活和生命的体验，成为"学科点"学术活动的重要组成，并产生了较好的社会影响。目前，已经举办了五届"诗会"，分别是：第一届"诗·母语·我们的时代"（2012）；第二届"中国文学人类学春季诗会"（2014）；第三届"与AlesStager共度诗歌之夜"（2015）；第四届"世界少数族裔诗会：跨越时空的相遇"（2016）；第五届"文学人类学诗会暨少数民族语言诗歌朗诵会'母语之歌'"（2019）。"诗会"不仅成为多元文化展示的舞台，更是对"理论研究"和"课堂教学"的必要结合和彼此呼应，使文化间的相互碰触、学人间的互相交流在生活实践与生命体验的层面得到更好的交汇与融洽。这一点在 2020 年 9 月举办的"新凉山民族志·彝人歌声的校园互动"学术交流活动中得到了生动的展现，这既是一场理论与学术的交流会议，同时也是关于"彝族口传传统"的活态文化展演。用徐新建教授的话来说，这不仅是四川大学扶贫报告文学课题组有关"新凉山民族志"的成果展示，更是对"校园彝人"的"多声部表述"的具体呈现[132]。

刊物创建

四川大学文学人类学学科点自确立以来就十分重视刊物的建设工作。接下来主要围绕"学科点"发展过程中创办的两种刊物：1.前期的《文化遗产研究》；2.现下的《文学人类学研究》在刊物创建历史、创办初衷、发展情况几个方面展开叙述。

《文化遗产研究》创刊于 2011 年[133]，由徐新建教授担任主编，至 2018 年刊物改组时，共推出了 10 辑。为了更加清晰地显示刊物每一辑的具体情形，列表如下：

表 4 《文化遗产研究》概览

辑　　期	出版社	出版年	栏目设置
《文化遗产研究第 1 辑》	巴蜀书社	2011	1.发刊词 2.专论 3.世界眼光 4.笔谈 5.田野实证 6.区域与历史 7.访谈

---

132 《简报第 240 期：中心举办彝人歌声的校园互动学术交流会》，http://www.ccni2011. net/ReadNews.asp?NewsID=1336&BigClassName=%D6%D0%D0%C4%C8%D5%B 3%A3%B9%A4%D7%F7&SmallClassName=%D6%D0%D0%C4%BC%F2%B1%A 8&SpecialID=0，2020-10-6。

133 在"第 1 辑"的发刊词《历史的责任与担当》中，曹顺庆教授对该刊物的创办缘由和宗旨进行了阐发，"《文化遗产研究》由四川大学国家 985'文化遗产与文化互动'创新基地与西华大学'地方文化资源保护与开发研究中心'联合主办，致力于打造国内文化遗产研究领域的高品质学术平台，坚持以理论与实践相结合为导向，以前沿理论探索为坐标，以促进海内外学术交流为宗旨，推动中国文化遗产研究与保护工作的深入开展"。参见曹顺庆：《发刊词历史的责任与担当》，载徐新建主编：《文化遗产研究第 1 辑》，巴蜀书社，2011 年，第 2 页。

《文化遗产研究2辑》	蓝天出版社	2013	1.多民族国家的文学遗产 2.田野考察 3.历史书写 4."非遗"视界 5.个案专题：易经遗产 6.对话与访谈
《文化遗产研究第3辑》	巴蜀书社	2014	1.专论 2.民族、地域与文化 3.对话与访谈 4.遗产与田野 5.口述历史 6.学术交流
《文化遗产研究第4辑》	巴蜀书社	2014	上编：理论专题 1.文化传承 2.民族·地域·文学 3.专题演讲 4.田野个案 下编：文化遗产与文化认同国际研讨会备忘录 1.会议实录 2.相关链接
《文化遗产研究第5辑》	巴蜀书社	2015	1.跨境研究 2.黄土文明的地域遗产 3.遗产与认同 4.多民族文学与文论 5.学术交流
《文化遗产研究第6辑》	四川大学出版社	2015	1.专题对话 2.世界文化遗产 3.神话和巴西文学 4.文学与人类学研究 5.学术讲坛 6.民族母语研究专栏
《文化遗产研究第7辑》	四川大学出版社	2016	1.城市与遗产 2.丝路遗产 3.文学人类学 4.文学生活

《文化遗产研究第 8 辑》	四川大学出版社	2016	1.非遗论坛 2.东西方思想遗产 3.文学与人类学视野 4.多民族文化与文学 5.书评专栏
《文化遗产研究第 9 辑》	四川大学出版社	2017	1.遗产保护与开发 2.西南生死观专题 3.民族文化研究 4.交流与访谈 5.域外视野 6.讲座/书评
《文化遗产研究第 10 辑》	四川大学出版社	2018	1.会议专稿 2.遗产专题 3.田野考察 4.多民族文学 5."一带一路"专题 6.新书评介

经由表格所显示的每一辑的"栏目设置"可以看到《文化遗产研究》多年来在研究论域、学术对象以及理论探索方面的趋势演变和发展动向，呈现出从实证到理论，再由理论返回实证这样一种理论与实践互生互动、往复交融的表现和特征。从非物质文化遗产田野实践、"一带一路"实地考察到讨论区域与文化、族群与认同、物与思等理论命题；从多民族文学与文化的田野实证、个案考察到文学与生活、文学与文化、文学与生命的体认与反思，皆显示出将生活与学术相互打通、理论与实践紧密贴合的探索理念。

在《文化遗产研究第 10 辑》出版的同一年，也就是 2018 年《文学人类学研究》创刊号出版。据刊物"征稿启事"介绍，该刊物是由四川大学中国多民族文化凝聚与国家认同协同创新中心和中国比较文学学会文学人类学研究分会联合主办，为"文学人类学研究分会"会刊，由国家级出版机构社会科学文献出版社（北京）公开出版。目前该刊已经出版至第五辑，第六辑将于 2022 年上半年推出。其栏目设置基本固定如下：

1. 文学人类学理论与批评

2. 文学人类学田野考察

3. 多民族文学与文化研究

4. 口头传统与非物质文化遗产研究

5. 世界少数族裔文学研究

6. 神话与历史

7. 社会记忆与身份认同

8. 跨文化比较

在第四辑的征稿启事当中，栏目设置稍有变动，将"神话与历史"改为了"神话、历史与科幻"；此外，在 2020 年 2 月，刊物发起了一期特别征文，面对突如其来的新冠疫情，面向读者征集相关文章，其议题包括：1.疫情中的民族志；2.文学救灾与文学治疗；3.跨文化比较中的灾难表述；4.世界文学艺术中的灾难作品分析；5.文学反应机制及其社会影响；6.灾难经历的个案报告[134]。

作为"文学人类学研究分会"会刊，《文学人类学研究》的宗旨和意义，正如叶舒宪、彭兆荣、徐新建三位教授在"创刊号"的《发刊词》当中所说的那样，"是这个伴随改革开放而来的学术新潮逐渐发展成熟的标志"[135]，作为由跨学科研究而兴的文学人类学，不应胶着于学科定位或边界的裁定，而应该聚焦于"问题意识、学术史意识、理论素养"，并呼吁学者尤其是青年学者去关注"理论建构问题和新方法论的完善"，期待"凝聚研究群体能量"，使文学人类学成为"学术史上真正具有引领时代变革的先锋性力量"[136]。

媒介延伸

信息技术的发展使人们进入了"融媒体"时代，无论是日常生活还是学术研究，都越来越倾向于电子化、数字化、媒介化的形态和趋势。这些年来，四川大学文学人类学团队在学术活动与实践研究的"融媒体"建设方面做出了许多尝试，比如：1."中心"网站的运营与维护；2."中心"简报与《同门通讯》的信息收集与平台搭建；3.微信公众平台的运营与管理。

关于"中心"网站的运营与维护，随着 2013 年"中心"正式成立以来，"中心"创建了"中国多民族文化凝聚与国家认同协同创新中心"的网站（http://www.ccni2011.net/）。其中设置有"中心动态"、"中心简报"、"图文传

---

134 "文学人类学"：《〈文学人类学研究〉征文通知》，https://mp.weixin.qq.com/s/SsM_ _8qNSDT1PKKuJtv-_g，2020-02-03。

135 "文学人类学"：《叶舒宪徐新建彭兆荣：〈文学人类学研究〉发刊词》，https://mp. weixin.qq.com/s/H0G2op8aHZAauoFtksDS4A，2018-08-05。

136 "文学人类学"：《叶舒宪徐新建彭兆荣：〈文学人类学研究〉发刊词》，https://mp. weixin.qq.com/s/H0G2op8aHZAauoFtksDS4A，2018-08-05。

真"、"重大成果"、"学科建设与人才培养"等多个内容版块，是"中心"信息汇集、对外展示、多方交流、宣传互动的重要平台。历届文学人类学学科点的硕博士生在运营和维护"中心"网站方面起到了积极作用。

作为关于"中心"、"学科点"、"研究所"以及"研究分会"等的重要学术"过程"与"经历"的记录与保存，"中心"简报和《同门通讯》发挥了重要的功能。文学人类学学科点历届硕、博士学生均参与到简报撰写、信息收集以及平台搭建等工作中。网络通讯技术的发展、编辑工具的不断优化，使该平台成为联络学界同仁、搭建学术互动空间、了解最新讯息的一个重要通道。

在微信公众号的平台搭建方面，近年来川大文学人类学团队成功开通并运营了"文学人类学"、"艺城志"、"城市人类学学社"等多个微信公众号。作为时下较为通用和流行的一种信息交互渠道，微信公众号不仅有着即时性的便利，也成为记录学术发展历程的重要工具。浏览公众号可以看到，像"艺城志"、"城市人类学学社"这样主要由"学科点"学生组建、运营起来的公众号，其内容丰富、视野开拓、气氛活跃，呈现出青年学子多样化的学术风格与兴趣追求。

跨界合作

作为跨学科研究而兴的文学人类学，"跨"既是一个过程，同时也是一种"知行"的体现。川大文学人类学团队自"文学与人类学研究所"、"学科点"的建立起，到"中心"的组建与最终的成立，都显示出了在"跨界合作"以及跨界平台搭建方面的努力与用心。这里的"跨界"体现为不同内涵的多个层面：

1. 就学术机构而言，跨界指的是"跨越校界"、"跨越机构界"。长期以来，川大文学人类学学科点与西南民族大学、重庆文理学院、西北民族大学、北京大学、上海交通大学、厦门大学、中国社科院文学研究所、四川省社科院、电子科技大学、南方科技大学人文科学中心等高校和科研机构保持密切联系与多项合作，在学生培养、机构共建、资源共享、观念交流、项目协作等诸多方面展开了具体的实践和深入的讨论，也取得了许多具有影响力的成果。

这方面的事项特别得多，这里仅举几例以对这种"跨校合作"和"跨机构合作"的具体情形做线索的勾勒。2017年"中心"与电子科技大学数字文化与传媒研究中心联合主办了"智能时代的新人文"圆桌论坛，该论坛旨在对新时代语境下"数字人文的跨学科研究"、"媒介数字化"、"智能时代的艺术和审美"等议题展开研讨。除了学术的会讲与理论的交锋外，论坛还组织参会人员参观了电子科技大学的机器人中心、未来媒体研究中心以及大数据研究中心。[137]

2019 年 4 月，"中心"与"文学与人类学研究所"、电子科技大学数字文化与传媒研究基地、中山—腾讯互联网人类学项目以及《科幻世界》一起举办了"网络·科幻·传媒：数智时代的文学与人类学"跨学科工作坊。同年 11 月，"中心"参与协办了电子科技大学的"技术伦理与后人类幻想"微课程工作坊，讨论的问题聚焦于"文学"、"伦理"、"后人类"、"幻想"、"技术"等关键词，从学理探讨到生活实践，从学术命题到自我反思，充分显示出"跨学科研究"与"跨界合作"对于未来学术发展广阔空间的积极探索。

2021 年 5 月，中华多民族文化凝聚与全球传播省部共建协同创新中心下属分中心"文明互鉴与'一带一路'研究分中心"在成都大学成立；10 月，"文学与人类学研究所"参与四川省社会科学院文学与艺术研究所、成都大学天府文化研究院、四川省创意产业协会联合主办的"成都生活美学论坛"；11 月，参与同为"中国比较文学学会"下设的二级学会"中国比较文学学会跨学科研究分会"在南方科技大学人文科学中心的成立仪式与首届学术研讨会。

2. 就行业领域而言，这里的跨界指的是离开象牙塔式的学校与课堂，关注不同的行业与领域。较为明显地表现在多方基地建设以及跨领域合作。基地建设在前面已经论及，这里就川大文学人类学学科点与《科幻世界》杂志的广泛交流与深入合作为例进行说明。《科幻世界》是中国幻想领域的一本品牌期刊，创刊于 1979 年，自 1986 年创办首届中国科幻银河奖，成为代表中国科幻创作整体水平的最高奖项[138]。作为与成都这样一座被称为"科幻之都"的城市同在的四川大学，作为跨学科研究的文学人类学，关注科幻、认识科幻、理解科幻并将之与文学人类学并置关联、互为阐发，是一项题中之义。正如在同样关注人的文学和人类学必将结缘一样，川大文学人类学与《科幻世界》的结缘便显示为一种对数智文明与人智文明未来关联的揭示和互通。

为此，"学科点"多次在课堂、工作坊以及学术会议等场域邀请到《科幻世界》的负责人与从业者进行演讲与评论。2019 年在"网络·科幻·传媒：数

---

[137] 《简报第 175 期：中心与电子科大联合举办"智能时代的新人文"圆桌论坛》，http://www.ccni2011.net/ReadNews.asp?NewsID=1199&BigClassName=%D6%D0%D0%C4%C8%D5%B3%A3%B9%A4%D7%F7&SmallClassName=%D6%D0%D0%D0%C4%BC%F2%B1%A8&SpecialID=0，2017-12-27。

[138] "科幻世界 SFW"：《星云征稿》，https://mp.weixin.qq.com/s/9Oq5ZakNVdM58J96xNT4lA，2021-06-24。

智时代的文学与人类学"跨学科工作坊邀请到《科幻世界》杂志社副总编拉兹以及科幻作家贾煜，拉兹就《科幻写作与未来世界》为题讨论了科幻定义、科幻功能以及科幻焦虑等问题，并就"中国的科幻"与"科幻的中国"提出看法和引发讨论。2021 年 1 月，"学科点"再次邀请到拉兹副总编参与到课程工作坊当中，进行了题为《从科幻杂志到城市名片》的专题报告，从成都的历史文化、四川的科幻传统以及《科幻世界》的刊物历程，联系到刘慈欣的《三体》以及国际科幻大会、中国科幻大会，为科幻是如何参与到历史记忆、城市发展以及建构未来的过程中来的起因、经过进行了梳理和勾连。2021 年 12 月 18日，成都成功获选为 2023 年世界科幻大会的举办城市，这对成都科幻、中国科幻来说是一个新的发展机遇，也为文学人类学与科幻的深度连接与讨论提供了更多的探索空间。

3. 就方法与类型而言，跨界指的是对多样性的研究方法与类型的关注和实践。如川大文学人类学学科点多次展开了民族志纪录片交流会，显示出文学人类学在人类学影视叙事方面的跨界交流。2019 年，"中心"与四川大学扶贫报告文学项目组共同举办了"从作品出发：纪录片的人类学"学术座谈会，余孟婷导演结合她的纪录片拍摄经历，讲述了她关于实地拍摄的一些经验与思考。同年 11 月还举办了"民族志纪录片展映与交流"活动，邀请到《寻羌》拍摄者导演高屯子现场分享其拍摄经历，阐发其关于影片的思考和看法。纪录片与民族志的影像叙事为讨论文学人类学理论与方法带来了跨学科的视野与路径，成为川大文学人类学团队跨界合作重点关注的论域与对象。

总结上述，自"文学人类学"这一交叉学科在四川大学确立以来，经过多年的努力探索与奋力开拓，在人才培养、机构建设、学术活动、刊物创建、媒介延伸以及跨界合作等众多方面展开了大量工作，与多方协作、对话、交流，为多方位的平台建设提供了支撑和保障。其中的内容较为繁杂、梳理不易，将具体情形聚焦到这六个方面以后，可以看到的是川大文学人类学的一个总体发展脉络，为探求历年来川大文学人类学团队所关注的核心议题的问题走向和变化趋势提供了一个参照坐标。

三、田野与理论的同步展开

关于本节所要讨论的田野与理论同步展开的话题，实际上在上一节多方位的平台建设中已经涉及，这里之所以还要单独列出一个小节来讨论这个问题，一方面是因为作为交叉学科的文学人类学，田野与理论的同步实践与开展对于跨学科研究具有十分重大的意义，值得继续言说和探讨；另外一个原因是这里想结合川大文新学院历史上与文学人类学研究有关的以及文学人类学学科点在川大确立以后的历届毕业生论文，主要是博士生毕业论文来谈论此问题。作为毕业生的毕业"作品"，毕业论文不仅是该专业毕业学生呈现自己学术研究成果的最佳展示方式之一，同时在毕业论文的题目选定、结构安排、内容撰写、方法运用以及概念阐释等方面亦对有关文学人类学研究对象域、问题域、视野与方法等的动态发展与演变趋势有所显示。对这种动态和演变的进程的考察和梳理，有助于从中认识和总结出关于川大文学人类学学理发展的一些特征。

经过笔者对历届关于文学人类学研究的毕业论文的梳理，可以按阶段将其分为两个部分：1.在"文学人类学"作为正式的专业名称开始对外招生以前，在川大文新学院的中国比较文学与世界文学专业、中国现当代文学专业之下已经有关于文学人类学研究的毕业论文书写；2. 2004年川大开始以"文学人类学"作为正式专业名称对外招生以后的历届"文学人类学"专业的毕业论文。

"文学人类学"专业正式招生以前

有关于此，前文在讲文学人类学出现的时代契机时谈到中国文学人类学的几位早期的开拓者叶舒宪教授、彭兆荣教授和徐新建教授的博士毕业论文便是在四川大学比较文学与世界文学专业完成。

可以看到，无论是叶舒宪教授在阐释其标题为何使用"文学与人类学"而不是"文学人类学"的原因[139]，还是彭兆荣教授在完成了他的毕业论文时谈到的个人感受[140]，抑或是徐新建教授在论文开篇所指出的问题[141]，皆显示出当

---

139 叶舒宪教授指出，其原因在于，"这个跨学科的探讨领域正在发展变化之中，似乎过早地把它定名为一个独立的学科的条件还不够成熟，还有待于进一步的研究实践和更丰富的经验积累和理论积累"。参见叶舒宪：《文学与人类学——知识全球化时代的文学研究》，四川大学博士学位论文，2003年，第190页。

140 彭兆荣教授说，当他终于完成这篇论文时，他并未体验到一种"完成时"的享受，而是感觉这个课题仍然在一种"进行时"的状态。彭兆荣：《仪式谱系：文学人类学的一个视野——酒神及其祭祀仪式的发生学原理》，四川大学博士学位论文，2002年，第262页。

141 徐新建教授指出，"在面对全球政治文化新秩序的重建，中国学界再次面临的一个双重交错问题是：怎样确立自己的文化之本，如何参与建构多元兼容的世界"。参见徐新建：《民歌与国学——民国时期"歌谣运动"的兴起与演变》，四川大学博士学位论文，2002年，第1页。

时还处于初创时期的中国文学人类学在学科体制、学理建构以及方法视野等面向上的不成熟和待讨论。即便如此，这三篇完成于新世纪初期的四川大学文新学院比较文学专业的"文学人类学"论文，是对中国文学人类学学科建制与学理命题等一系列重大事项所进行的一次较为系统和完整的探索与尝试，对其后四川大学文学人类学学科点建设以及中国文学人类学学术发展都具有启发性的意义。

另外，在"文学人类学"作为正式专业名称对外招生以前，除了三位教授关于"文学人类学"的博士论文外，一些在文新学院比较文学与世界文学专业以及中国现当代文学专业完成的硕士毕业论文选题也密切关涉到文学人类学的视野与方法。列表如下：

表5 "文学人类学"作为正式专业招生前关于文学人类学研究的硕士毕业论文

姓　名	论文题目	专　业	年　份
李裴	《从文本到文化：世界背景中的侠文化历时性接受研究》	比较文学与世界文学	2001
彭波	《欲望、叙述与历史——余华小说的历史批评》	比较文学与世界文学	2001
张萍	《"一朝惊觉恣追寻"——民国新学术和新文学建设中的歌谣研究》	比较文学与世界文学	2002
李菲	《空间观念与族群认同——康藏民歌"弦子"的文学人类学研究》	比较文学与世界文学	2002
梁昭	《"乱神"与"祖先"——汉苗传说中的蚩尤形象比较》	比较文学与世界文学	2004
王亚娟	《文本塑造与族群认同——水滨盘王节传统的建立与恢复》	比较文学与世界文学	2004
赵荣	《写"羌"与读"羌"》	比较文学与世界文学	2005
王东	《跨文化视域中的"乡土中国"——赛珍珠〈大地〉再思考》	比较文学与世界文学	2006
漆秋香	《西方"乐园"与中国社会——〈创世记·伊甸园〉在中国的流传研究》	比较文学与世界文学	2006
吴雯	《民族志记录和边疆形象——庄学本民国时期的边疆考察和摄影》	中国现当代文学	2006

具体来看，李裴《从文本到文化：世界背景中的侠文化历时性接受研究》

（2001）一文，将"文本"与"文化"作为论文的关键阐释对象，从而在更广泛的论域中来言说世界文学与文化的问题[142]；张萍《"一朝惊觉恣追寻"——民国新学术和新文学建设中的歌谣研究》（2002）以"歌谣研究"为切入口，将视野转向近现代中国学术转型中的新文学建设[143]，"民间"与"民众"被重新认识与塑造，民间文艺、民俗被大力挖掘与研究，通过对这一段学术史的追溯与梳理，实际上是回到学术起点，搞清楚"新文学"究竟"新"在何处，为回答比较文学以及当时处于初创时期的文学人类学领域中关于什么是"文学"提出了一个思考的路径。

另外，李菲《空间观念与族群认同——康藏民歌"弦子"的文学人类学研究》（2002）、梁昭《"乱神"与"祖先"——汉苗传说中的蚩尤形象比较》（2004）以及王亚娟《文本塑造与族群认同——水滨盘王节传统的建立与恢复》（2004）三篇文章，皆直接使用了"文学人类学"一词，并对其进行了阐释。李菲在文中指出，该文是以人类学族群理论为基础，对康藏地区民歌弦子所进行的文学人类学意义上的文本个案研究[144]；梁昭亦在文中表明其文章是结合了形象学、神话学、文学人类学、民族学等相关理论来对汉苗两族的"蚩尤形象"所进行的比较研究[145]；王亚娟则指明其论文是"从文学人类学的角度描述和分析盘瓠神话演变为祭祖和还愿仪式并最终被塑造成传统节日的过程"[146]。

还有诸如赵荣《写"羌"与读"羌"》（2005）一文，虽然该文并未直接使用文学人类学一词，但其与梁文论述"蚩尤形象"有异曲同工之处，梁文通过苗族民间资料、汉语古籍等的比较分析，揭示历史书写中的"蚩尤"意涵，讨论"族性意识"、"族性书写"在文学形象塑造方面的作用和影响；赵文的论述对象虽然框定在了《后汉书·西羌传》这一历史书写文本中，但其运用的方法和进入的视野已经和此前的研究不同，是将《西羌传》作为一种文学文本，从

---

142 李裴：《从文本到文化：世界背景中的侠文化历时性接受研究》，四川大学硕士学位论文，2001 年。

143 张萍：《"一朝惊觉恣追寻"——民国新学术和新文学建设中的歌谣研究》，四川大学硕士学位论文，2002 年。

144 李菲：《空间观念与族群认同——康藏民歌"弦子"的文学人类学研究》，四川大学硕士学位论文，2002 年。

145 梁昭：《"乱神"与"祖先"——汉苗传说中的蚩尤形象比较》，四川大学硕士学位论文，2004 年。

146 王亚娟：《文本塑造与族群认同——水滨盘王节传统的建立与恢复》，四川大学硕士学位论文，2004 年。

诗学的角度来分析其文学特性与文本功能[147]，可以说，这一做法正是对基于跨文化与跨学科的文学人类学学术实践的探索和尝试。通观这四篇论文，它们皆以具体的民族作为研究对象，如藏、汉、苗、瑶、羌；讨论的理论问题集中于"族群认同"、"文本"、"文化"诸方面。由此可以看出早期川大文学人类学主要关注与探讨的学术点生长与分布的部分情形。

此外，王东《跨文化视域中的"乡土中国"——赛珍珠〈大地〉再思考》（2006）、漆秋香《西方"乐园"与中国社会——〈创世记·伊甸园〉在中国的流传研究》（2006），两篇论文均以西方世界的书写文本为研究对象，且都指向中西之比较。其中，王文讨论的是美国作家赛珍珠的作品《大地》，它是以中国为描写对象的文学文本[148]；漆文所研究的文本对象《创世纪·伊甸园》则属于《圣经》重要组成部分的宗教文本[149]。与以往研究不同的是，二者在论述的视域中引入了人类学的理论。可以看到《大地》这一经由作家创作的文学作品拥有了传统的文学文本分析方法中所不具备的视野，即将其视为一个"文化文本"来做整体的分析，并且这一"文化文本"属于跨文化范畴，这就为文学的文本分析及其理论建构提供了新的论域；同样，《创世纪·伊甸园》这一传统意义上的宗教文本，因为人类学理论以及文学比较方法的介入，使其由单纯的宗教文本延展为具有历史、文化、文学以及艺术等多重意涵的复合性文本。总的来说，两篇论文经由人类学这一向度，拓展了文学的对象域，为文学比较由跨国别向世界文学、整体文学的路径转换提供了方向。

最后来谈一下吴雯的《民族志记录和边疆形象——庄学本民国时期的边疆考察和摄影》（2006）这篇论文。据所载信息显示，吴雯是在中国现当代文学专业之下的民俗文化和民间文学研究方向来选题与撰写的毕业论文[150]。这一专业与具体研究方向的设置透露出这样几个历史信息：其一，文学人类学作为独立的专业在川大文新学院确立之前，有关它的讨论不仅仅只在比较文学与世界文学专业当中；其二，文学人类学、民俗文化以及民间文学在川大文新学院的学科分

---

147 赵荣：《写"羌"与读"羌"》，四川大学硕士学位论文，2005 年。

148 王东：《跨文化视域中的"乡土中国"——赛珍珠〈大地〉再思考》，四川大学硕士学位论文，2006 年。

149 漆秋香：《西方"乐园"与中国社会——〈创世记·伊甸园〉在中国的流传研究》，四川大学硕士学位论文，2006 年。

150 吴雯：《民族志记录和边疆形象——庄学本民国时期的边疆考察和摄影》，四川大学硕士学位论文，2006 年。

属、学理发展方面有着密切的关联；其三，川大早期文学人类学相关研究对民族志作品不仅仅只关注文字的记录，同时也对非文字的内容予以挖掘和呈现。

综观上述，文学人类学这一学科在川大文新学院正式确立之前，已经有了相当长一段时间的酝酿与贮备期，与其后文学人类学学科点的发展显示为一种前后贯联、相互承接的关系。[151]

"文学人类学"专业正式招生以后

2004 年川大以"文学人类学"为正式的专业名称开始对外招收硕[152]、博士生。经过十多年的培养历程，可以看到在"文学人类学"学科之下完成的硕、博毕业论文在田野与理论方面的同步展开，不仅如此，还可从中对川大文学人类学学科点的发展动程与趋势做进一步分析。为了更好地说明这些问题，先将川大文学人类学学科点历届博士毕业论文梳理如下表：

表 6　川大文学人类学学科点历届博士生毕业论文概览[153]

姓　名	论文题目	年　份	指导教师
梁昭	《民歌传唱与文化书写——跨族群表述中的"刘三姐"事像》	2007	徐新建教授

---

151 正如徐新建教授在《文学人类学新人新著简评》中点评学者梁昭的《文学世界与族群书写》一书时所指出的，梁昭老师的本科、硕士以及博士学业皆在四川大学完成，通观她所学专业，"从汉语言文学本科到比较文学硕士再到文学人类学博士，直至留校任教后的多民族文学与文化研究，与我在川大经历的学科演变相映照，几乎就是文学人类学在四川大学兴起与演进的一个缩影"。参见徐新建：《文学人类学新人新著简评》，载徐新建主编：《文化遗产研究第十辑》，四川大学出版社，2018 年，第 151 页。

152 硕士毕业论文有如：侯献国：《文化遗产与丹巴碉楼——人类学角度个案研究》，2007；王苑媛：《从"身体技术"看莫斯的人类学理论体系》，2007；杨明华：《乡村旅游背景下的"三农"形象：以成都"五朵金花"为例》，2008；庄林川：《永恒的诗魂多重的解读：试析"仓央嘉措情歌"在内地的流传与演变》，2008；沙马小平：《"象征性生死"：基于"久毕且"仪式的彝族生死观研究》，2016；李明慧：《文学中的民族性书写——阿来〈瞻对〉的民族志写作》，2016；达西依伍慈：《凉山彝族"尼木措毕"仪式研究——以〈指路经〉为例》，2017；周玮舒：《清末民初成都文人竹枝词的文学人类学研究》，2017；朱海琳：《文学人类学视野：数能时代的机械形象》，2019；廖丛燃：《铁改余姓：四川中部蒙古后裔族群身份表述的个案研究》，2019。

153 注：表格中的博士论文并非都来自文学人类学专业，其中还包括了比较文学与世界文学、审美人类学、艺术人类学以及少数民族文学等专业，这里因其与文学人类学学科点密切相关，故在此一并统计。

王菊	《从"他者叙述"到"自我建构"——彝学研究的历史转型（1950-2006）》	2007	徐新建教授
高岚	《民族身份与国家认同：明清之际(1644-1683)江南汉族文士的文学书写》	2008	徐新建教授
谢美英	《〈尔雅〉的文化人类学阐释》	2008	叶舒宪教授
荆云波	《〈仪礼〉的文化记忆与仪式叙事》	2008	叶舒宪教授
刘亚玲	《神圣与世俗：甲居民俗研究》	2009	徐新建教授
张中奎	《"改土归流"与"苗疆再造"：清代"新疆六厅"的王化进程及其社会文化变迁》	2009	徐新建教授
唐启翠	《神话、仪式与象征——〈礼记〉的文化阐释》	2009	叶舒宪教授
王倩	《20世纪希腊神话研究史略：理论与方法》	2009	叶舒宪教授
杨丽娟	《地方传统与身份表述：成都东山客家的人类学考察》	2010	徐新建教授
王立杰	《观人与人观：中国古代相人术的人类学研究》	2010	徐新建教授
李菲	《墨尔多神山下的"跳锅庄"——嘉绒族群观念与表述实践》	2010	徐新建教授
林科吉	《神话—原型批评在中国的接受应用与发展——从神话—原型批评迈向文学人类学理论》	2010	叶舒宪教授
刘华	《文化及其相对性——兼论中国早期人类学之路》	2011	徐新建教授
安琪	《博物馆民族志：中国西南地区的物象叙事与族群历史》	2011	徐新建教授
马卫华	《国家治理与民族交融——当代中国的民族关系与民族文学行为》	2011	徐新建教授
巴胜超	《阿诗玛@传媒：一个民族符号的文化变迁》	2011	彭兆荣教授
龙仙艳	《文本与唱本——苗族古歌的文学人类学研究》	2012	徐新建教授
银浩	《仫佬族"节日"的人观呈现》	2012	徐新建教授
王璐	《民国时期西南民族志研究》	2013	徐新建教授
张颖	《族群身体叙事——全国少数民族传统体育运动会的人类学研究》	2013	徐新建教授
刘曼	《魔杖与阴影〈金枝〉及其在西方的影响研究》	2013	徐新建教授
杨骊	《多重证据法研究》	2013	叶舒宪教授
罗庆春	《双语人生的诗化创造：中国多民族文学理论与实践》	2014	徐新建教授
祖晓伟	《文学人类学视域下的甲金文字——车马意象与神话编码》	2014	叶舒宪教授
张洪友	《比较神话学家约瑟夫·坎贝尔研究》	2014	叶舒宪教授

付海鸿	《中国高校多民族文学教育的考察研究兼论中国早期人类学之路》	2015	徐新建教授
余红艳	《当代四川多民族文学的发展研究》	2016	徐新建教授
姜约	《审美生活：川东"巴文化圈"中人的生活实践》	2016	徐新建教授
邱硕	《成都形象：表述与变迁》	2016	徐新建教授
田级会	《"文学湘西"——民族交汇中的地域表述研究》	2017	徐新建教授
史芸芸	《文学建国——晚清小说中的民族主义研究》	2017	徐新建教授
蒋琴宝（留学生）	《泰国文学中的中国形象研究》	2017	徐新建教授
王明珠（留学生）	《故事与传说中的多国神灵——泰国华人的神灵崇拜现象研究》	2017	徐新建教授
李国太	《20世纪中国少数民族汉语作家民族文学思想研究》	2017	徐新建教授
叶荫茵	《苗绣商品化视域下苗族女性能动性的施展——基于贵州省台江县施洞镇的研究》	2017	徐新建教授
郭明军	《"热闹"的乡村：山西介休民间艺术的审美人类学考察》	2017	徐新建教授
张波	《冷热关联：麻山苗族"东郎"祭唱研究》	2017	徐新建教授
佘振华	《文学与人类学：20世纪上半叶中法之间的话语关联》	2018	徐新建教授
王艳	《从生命信仰到文化表述：白马人"池哥昼/跳曹盖"研究》	2018	徐新建教授
陈晓军	《20世纪："少数民族文学"在贵州的回顾与思考》	2019	徐新建教授
卢婷	《喜乐之美：嘉绒达尔尕的审美人类学研究》	2020	徐新建教授
郑玮	《想象远东——20世纪法国文学与人类学的中国书写》	2021	徐新建教授
周莉娟	《具身与交换：21世纪初成都当代艺术实践中的"地方"》	2021	徐新建教授

通过对上述表格当中川大文学人类学学科点历届博士生毕业论文的梳理，可以看到以地域空间作为选题和论说的基础成为该学科点的一个重要的学理特征。有关文学人类学研究的主要的对象域和问题域，较为集中地表现在对诸如文学、文化、遗产、族群、表述、本文、文本、生死、民歌、民俗等概念的田野实践和理论探讨之中。不仅如此，这些地域空间很多都基于像成都、四川、蜀、贵阳、黔、藏羌彝走廊、横断走廊、西南山寨、苗疆等众多历史上

和当下行政区划中划属于西南的地域范围而展开，显示出对文学人类学理论思考以及方法实践层面的推进。这种田野实践与理论推进不仅体现在硕、博论文的撰写当中，在其它诸如学术专著、期刊文章、课题立项等不同的学术研究类型之中皆有体现，比如徐新建教授的《多民族国家的文学与文化》（2016）、《俗文化与人类学——西南民俗考察录》（2020）；李菲教授的《嘉绒跳锅庄：墨尔多神山下的舞蹈、仪式与族群表述》（2014）；梁昭副教授的《文学世界与族群书写》（2018）；余红艳的《天府镜像与文学中国——当代四川多民族文学发展研究》（2019）以及王艳的《面具之舞：白马人的神话历史与文化表述》（2020）等著作，皆为川大文学人类学团队成员在这方面努力探索的结果。

在田野实践与理论推进层面，自"学科点"成立以来，一方面对接地区学术传统，一方面继续深入本土，通过对族群、区域、"中心—边缘"等论域的进一步探掘，对文化、文本、表述等理论的持续阐释，为重新认识多民族文学与文化的中国提供了文学人类学的视域与目标，即多元一体格局下多民族文学史观对重新发现和认识中国文学与文化的重要意义；同时为走向世界文化与人类整体的观念与视野的形成提供了方向和路径。

在学科方法层面，"学科点"一方面在承继和发展地区学术传统的同时，亦不断实践着跨学科、破学科的学术理念。近来，"学科点"结合时代发展新要求，继续在多民族文学研究领域深耕开拓，"以人类学整体视野和长历史观"[154]再次聚焦与走进四川、云南等西南地域之中，运用影像民族志、微视频等不同的形式呈现时代、地域变迁之下的多民族文学样态。不仅如此，在延续文学人类学学理传统的同时，将关注的领域由少数民族地区扩展至成都周边场镇、川西平原、山地乡村等区域，将探寻的触角伸向随着时代发展而不断涌现的与科学技术相关的议题中，为进一步在"原始与文明"、"数智与人文"、"理性与非理性"、"神话与科幻"、"神圣与世俗"、"雅与俗"等不同维度下探究人类表述、文学变迁等问题提供更宽阔的视域空间。

概而论之，在以地域为基础的本土文化的不间断挖掘中寻求人类文化的共性和深层结构，已经成为川大文学人类学研究者推进田野实践与学科理论体系建设的其中一种重要路径。

---

154 邱硕：《古今并置的文学人类学——文学人类学研究会 2020 理事工作会综述》，《徐州工程学院学报（社会科学版）》，2021 年第 1 期，第 2 页。

第四节　队伍凝聚与域外关联

四川大学文学人类学学科点的学术生长轨迹亦在中国学术与世界学术之整体关系的时代背景下，体现为思想、理论从"接受西方"与"西方影响"到"西方接受"与"影响西方"这样一种从"自觉"到"自立"的学术历程与理想抱负。本节所要探讨的队伍凝聚与域外关联正是对四川大学文学人类学相关思想、理论的"输入"与"输出"这一时代议题的密切关注，其背后关涉的是文学人类学"中西交互"这一更为宏大的延续性命题。

一、队伍凝聚：从西南—西部到中国—世界

正如前文在谈到四川大学文学人类学学科点探索和创新人才培养模式时指出，其在培养体系方面显示为"本、硕、博一体"[155]，在课程设计方面表现出"内与外结合的三个课堂"以及在人才培养方面凸显了"多方合作"，以上皆标明了四川大学文学人类学的显著特征。

自 2004 年文学与新闻学院开始以文学人类学专业名称招收硕、博士生，至今已经培养出数十计的硕、博士专业人才。经过几十年的发展，学科点逐渐组建起了以徐新建、李祥林、李菲、李春霞、梁昭、邱硕、完德加等各位学者在内的学术队伍，尤其是后五位学者在文学人类学相关研究中崭露头角，成为推动四川大学文学人类学乃至中国文学人类学发展的新生力量。

不仅如此，四川大学文学人类学学科点在队伍凝聚上还广泛联合多方，与西南民族大学的罗庆春、刘波、王菊、王璐、罗安平，四川师范大学的佘振华、李国太，四川省社会科学院的杨骊以及四川音乐学院的卢婷等多位学者所在的高校或科研机构关联互动，共同构建起以文学人类学研究为基础的跨校合作体系，实现平台共建、资源共享的人才凝聚模式与开放空间。伴随这一学术共同体的携手迈进，在一定意义上形成了中国文学人类学研究的"西南队伍"。

若将视野扩展至包括西南、西北在内的整个中国西部，可以看到四川大学文学人类学学科点还与诸如贵州、云南、重庆、甘肃、青海等各地高校的研究者互为关联，比如分布在贵州各高校的马卫华、王立杰、田级会、陈晓军、张波，在重庆的付海鸿、刘壮，在甘肃的王艳、柳广文等众多青年学者，他们与四川大

---

155 虽然并未在本科阶段设置文学人类学专业，但是在课程教学、学术活动、师生交流等各种环节，都有本科学生的积极参与，在许多场合形成了一种"本、硕、博一体"的教学与学术空间。

学文学人类学学科点一起共同构成了中国文学人类学研究的"西部力量"。

由此进一步放眼整个中国，其又与包括中国社会科学院、上海交通大学、厦门大学、南方科技大学等多所高校以及由叶舒宪、彭兆荣、陈跃红、谭佳、安琪、唐启翠等众多学者组成的研究力量关联密切，在"携手共建，不同而和"的理念下，多方共同致力于探索如何建立起文学人类学的"中国学派"，并如何以此走进更加阔大的世界性学术舞台。

二、关于波亚托斯译本的交流互动

对于中国文学人类学学界而言，波亚托斯这个名字并不陌生，但相较于弗莱或伊瑟尔等学者的受关注度和讨论热度而言，关于波亚托斯的研究则显得稍微有些单薄。可以看到的是，作为西方文学人类学理论源头的一位代表性学者，他的名字确实经常出现在一些讨论文学人类学理论西方缘起的论撰中。不过，对于他和一批学者在上个世纪70、80年代围绕"文学人类学"所讨论和生产的一系列学术成果，还没有得到系统地整理、翻译和研究。

2021年由四川大学文学人类学团队翻译的波亚托斯主编的英文论文集 *Literary Anthropology: A New Interdisciplinary Approach to People, Signs, and Literature* 的中译本由中国社会科学出版社出版，译名为《文学人类学：迈向人、符号和文学的跨学科新路径》。这本原出版于1988年的会议论文集，跨越30多年的时间，正式以中文译本的方式与读者见面。这期间的33年，文学人类学不仅在西方学术语境中继续发展，同时中国文学人类学亦由跨学科方法实践走向了确立的交叉学科并创建了植根于中国本土文化的文学人类学理论体系。而此时以这一中译本为基础架起的桥梁，不仅重新沟通了中国文学人类学与世界文学人类学之间的交往与互动，同时也体现了作为翻译主体的四川大学文学人类学团队在域外交流当中在实践与理论上的双重开拓。正如波亚托斯为该中译本撰写的序言指出：

> 在这样的时刻，为了与中国同行及其他们的学生合作，我想提出的建议是，在我提出的两种模式中还有很多领域可以开拓，比如文学人类学中错综复杂的关联系统以及文化作为结构性和跨文化性研究的可行单位。[156]

---

156 （加）费尔南多·波亚托斯主编：《文学人类学：迈向人、符号和文学的跨学科新路径》，徐新建、梁昭、王文蒲等译，中国社会科学出版社，2021年，"中译本序言"第1页。

  "合作"一词既表明了波亚托斯如何看待"中、加"两国学者交流与互动之关系，同时亦从旁透显出中国文学人类学研究者主动对接域外学者以及积极参与世界对话的成效已日趋显现。换言之，中国学者的思想体系与理论创建在世界性学术话语的交互往来中亦产生影响并促成进一步的互动与交流。

  为什么这样说呢？在徐新建教授收到波亚托斯撰写的中文版序言后所写的回信当中可窥见一二。在这篇题为《共同关心文学人类学的新老议题》译者序言中，徐新建教授不仅谈及了该书对于文学人类学学科的意义与价值，更为重要的是，徐教授对中国文学人类学发展历程及其现状的信息输出：

   自您主编的这部大作陆续以单篇形式译介到汉语学界以来，伴随着三十年的学术进展，文学人类学已在中国发展为一项备受重视的学术事业。我们不仅建立了全国性的学术团体——中国比较文学学会文学人类学研究分会、创办专门的学术期刊《文学人类学研究》，而且在许多重点高校招收了文学人类学的硕士和博士研究生。目前获得文学人类学硕士、博士学位的人数已达数十名，正逐渐汇集为当代中国学术舞台上一支不可忽略的新生力量。[157]

  通过上述"译本"和"通信"，四川大学文学人类学团队不仅将意义重大的西方学术成果译介到中国，更为重要的是，将中国文学人类学的学术信息传递给了以波亚托斯为代表的西方文学人类学的首倡者们，其背后所关涉的除了加拿大的文学人类学学者外，还包括了"北美和其他地区"[158]乃至世界范围内的众多的文学人类学研究者。可见，学术的"输入"与"输出"或者说学术的"自觉"与"自立"的背后实际上显示为对学术交往与互动、对话与合作的需求与追求，即在这一中西学术交互进程中，共同来面对文学人类学所关心的"新老议题"[159]以及关于人类的共同命题。

---

157 （加）费尔南多·波亚托斯主编：《文学人类学：迈向人、符号和文学的跨学科新路径》，徐新建、梁昭、王文蒲等译，中国社会科学出版社，2021年，"译者序"第1页。

158 （加）费尔南多·波亚托斯主编：《文学人类学：迈向人、符号和文学的跨学科新路径》，徐新建、梁昭、王文蒲等译，中国社会科学出版社，2021年，"译者序"第1页。

159 （加）费尔南多·波亚托斯主编：《文学人类学：迈向人、符号和文学的跨学科新路径》，徐新建、梁昭、王文蒲等译，中国社会科学出版社，2021年，"译者序"第1页。

三、本土范畴与世界图景

四川大学文学人类学团队立足中国本土，用"身—心"沟通世界，既在学术实践的层面展开域外交流，致力于国际交流平台搭建；同时在学理与思想的层面将本土叙事与世界叙事互为关联，以本土范畴之"立"为基础，进一步展开从"立"到"传"的未来进程。

搭建国际交流平台

随着四川大学"创新2035"先导计划[160]的落实与推进，四川大学的未来发展进一步与世界全球化相对接。作为先导计划之一"文明互鉴与全球治理研究计划"的参与者和组成部分，四川大学文学人类学团队多年来尤其重视与域外的关联，在1.国际会议的组织和参与；2.多国学者的互动与访问以及3.国际间的院校合作等方面展开了大量实践与理论并行的学术举措。

具体来看，2016年由"中心"协办的"世界少数族裔文学国际研讨会"便是在组织跨国界学术交流方面文学人类学团队的一次实践性域外关联。在这次国际会议上，有来自美国、日本、越南以及中国台湾地区的众多学者共同参与，围绕"共生、共谋、共荣"的大会主题展开了多方的广泛交流与平等对话，涉及的议题包括世界少数族裔文学、人类口头传统、多元叙事、跨族际交往、前景展望等不同面向。最为重要的是，会议最后审议通过了一项由多国学者共同参与起草、具有世界性意义的"宣言"——《平等、正义、爱：世界少数族裔文学宣言》。

该宣言以中文、英文两个版本呈现，对世界少数族裔群体及其文学的地理分布、文化意义、现实情形以及未来发展进行了陈述与展望，发出文学是"自由的"、"平等的"、"爱的"、"母语的"、"族裔的"、"超族裔的"论断与呼吁，是对"自由、平等、正义"以及"共存、对话、共荣"[161]的现实渴望与本质追求；并提出关于世界少数族裔文学的"五大原则"[162]，这几项原则虽然是以文

---

160 四川观察：《五大领域发力四川大学启动"创新2035"先导计划》，https://baijiahao.baidu.com/s?id=16894635574052103263&wfr=spider&for=pc，2021-01-21。

161 OSUChina：《俄州大教授起草〈世界少数族裔文学宣言〉》，https://mp.weixin.qq.com/s/sVxaFf02vn9oPIkeXZ5dOQ，2016-12-21。

162 即：第一，坚持世界和平及人类文化多样性原则；第二，坚持母语与国家通用语并行的原则；第三，坚持口头文学与书面文学并行并重的原则；第四，坚持地域—族群写作及跨国际、跨族际、跨语际交流与对话的原则；第五，坚持独特想象和精神创造与人类整体并行不悖的原则。参见OSUChina：《俄州大教授起草〈世界

字的形式记录与传播，但文字背后是对观念的凸显，是关于当下和未来如何认识与处理有关世界少数族裔文学与文化的"知行观"。

在多国学人互动方面，前面在讲学科点所展开的学术活动当中已有论及，其中包括美国俄亥俄州立大学马克·本德尔（Mark Bender）教授以及法国社会科学高等研究院高级研究员让—皮埃尔·多松（Jean-Pierre Dozon）教授等国际知名学者与四川大学文学人类学学科点展开了深度的交流与合作。

在一篇采访文章中，马克·本德尔教授对中国西南少数民族文学在美国的译介与传播情况展开了介绍与分析，其中涉及到小说、诗歌等不同的文学类型以及阿来、吉狄马加、阿库乌雾等具体作家及其作品。虽然讨论的主体在文学创作和作品，但其中大量的议题亦牵涉到文学的评论、翻译、传播以及理论，比如母语写作、双语写作、民间生活、仪式、美感、读者接受、比较视野、身份认同、"文化混血"[163]等内容。可见，作为西方学界代表之一的马克·本德尔在对中国少数民族作家、中国西南的少数民族文学展开关注与研究的同时，他亦受到有关这些内容讨论的中国学者思想及理论之影响，其结果是在学术生产中呈现为"中西之交互"，在以学者为代表的不同国家、不同地域间的"文化之打通"。

同样的多向交流亦体现在一场让—皮埃尔·多松教授主讲的《人类学方法的回顾与反思：关于文化的研究》专题讨论中。如果说上述马克·本德尔教授的学术实践关联的是以美国学者为代表的西方世界，那么多松教授的到场则是进一步关联了法语学界。在与"中心"专家蔡华教授的对谈中，他们共同就人类学方法问题、民族志写作问题、社会变迁问题发表看法并交流意见[164]；在与学科点成员佘振华、刘芷言等人的访谈对话中，多松教授亦谈及在撰写《与众神同在》（*Vivre avec les dieux*）这部取材于非洲刚果（布）、科特迪瓦和多哥、南美委内瑞拉以及巴西等地"先知"纪录片而撰写的书时，亦对中国、蒙古国的萨满教文化进行了关联与对比[165]。虽然在访谈中多松教授并未提及他在对

少数族裔文学宣言〉》，https://mp.weixin.qq.com/s/sVxaFf02vn9oPIkeXZ5dOQ，2016-12-21。

163 （美）马克·本德尔答，黄立问：《走向世界的中国西南少数民族文学——俄亥俄州立大学马克·本德尔教授访谈录》，《民族学刊》2014 年第 5 期，第 52-56 页。

164 电子科大数字文化与传媒研究基地：《觅道论坛|人类研究方法反思与未来》，https://mp.weixin.qq.com/s/QmC4KhYBCtM9EBzl9cYvfA，2019-10-01。

165 文学人类学：《让—皮埃尔·多松，刘芷言，佘振华，秦娅芳：人类学的法兰西学派——多松教授访谈录》，https://mp.weixin.qq.com/s/B5goBJUUzNEuil1KzQkbZQ，2021-07-02。

各国情形进行比较时都参考了哪些材料，但依据他的阐述以及他与中国学者的交往情况来看，与中国学者就有关问题进行讨论和了解应当是非常可能发生的。

在国际间的交流与合作方面，除了前文提到 2017 年"中心"与意大利佩鲁贾大学展开院校合作外，近期文学人类学学科点的多位成员亦积极投递与申请 2022 年 7 月在格鲁吉亚第比利斯举行的第 23 届国际比较文学学会年会的会议发言，将文学人类学的中国声音真切地带入世界性的学术平台。

本土范畴的"立"与"传"

在一次文学人类学、审美人类学、艺术人类学的三方对谈中，作为文学人类学的发言代表，徐新建教授在结构上回应了关于艺术与审美的问题，其中就谈到了"审美"一词当中的"审"的翻译问题，"'审'的含义里缺少了对美之创造的阐发"，上个世纪 80 年代学界亦提出以"立美"的方式来接续这个问题[166]。虽然此处徐新建教授是在审美人类学的层面来讲"审"与"立"的内涵差异，但其中关涉的问题实质"接受"与"创造"则不仅仅是审美人类学的问题，而可以放大至整个学术问题，即中国学术的"接受"与"创造"。

四川大学文学人类学团队一直以来非常重视本土文化的深度挖掘，其关于文学人类学的话语创建与理论更新在很大程度上是以本土文化为根基。比如在关于侗族歌俗的人类学研究中，徐新建教授对民间流传的"饭养身，歌养心"以及"'老数''三妮'造歌、传歌"[167]等说法的关注与重视，对侗族大歌无字传承"歌"与"唱"的论述与阐释[168]，都是基于作为本土文化的侗族歌俗而生成的观点与立论；再如罗庆春教授基于中国多民族文学发展而提出的"文化混血"、"艺术宗教"、"母语创作"、"双语写作"[169]等相关概念及理论；以及陆晓芹对广西西部德靖一带壮族民间"吟诗暖屋"中"暖"的提出[170]，郭明军

166 王杰，方李莉，徐新建：《边界与融合：审美人类学、艺术人类学与文学人类学的交叉对话》，《贵州大学学报（艺术版）》2021 年第 5 期，第 13 页。

167 徐新建：《无字传承"歌"与"唱"：关于侗歌的音乐人类学研究》，《民族艺术研究》2006 年第 1 期，第 61 页。

168 徐新建：《侗歌民俗研究》，民族出版社，2011 年，第 207 页。

169 罗庆春：《双语人生的诗化创造：中国多民族文学理论与实践》，民族出版社，2015 年，第 22、31、61 页。

170 陆晓芹：《歌唱与家屋的建构——广西西部德靖一带壮族民间"吟诗"（ŋam²θei¹）暖屋的观念与实践》，《民俗研究》2007 年第 1 期，第 55 页。

对山西介休乡村习俗考察后所阐释的"热闹"[171]以及卢婷基于嘉绒地区"达尔尕"田野考察所阐述的"喜乐"[172]，都可以被视为以文学人类学、审美人类学为基础的本土范畴的确与立。

本土范畴的确立在改变中国学术"接受西方"与"西方影响"的历史轨迹上有着重大的意义，正如徐新建教授指出，无论是"养"（心）、"暖"（屋）还是"闹"（场），其目的在于"从理性思辨的角度提升乡土实践的理论价值"，把相关的实践研究提升到"话语建设层面"，创建"兼容民间范畴、乡土实践、审美生活及至生命美学等多重表述的开放体系"[173]。

不过，这只是改变现状迈出的第一步，如何将"接受西方"与"西方影响"进一步延伸至"西方接受"与"影响西方"并最终建立起中西学术交互的充分空间与平等格局，则还需要从"立"到"传"。如何理解此处的"传"字？笔者利用该汉字的多音与多义将之进行一语双关，即1.作为"传记"的"传"，是对本土范畴在内的"本土化学术"与"学术本土化"展开谱系的梳理与总结；2.作为"传播"的"传"，则是在如何提升域外影响以及建构起与之相关的世界图景方向上的继续思考与深入开拓。

171 郭明军：《"热闹"不是"狂欢"——多民族视野下的黄土文明乡村习俗介休个案》，《民族艺术》2015 年第 2 期，第 119 页。

172 卢婷：《嘉绒"达尔尕"的苯教审美文化解读》，《宗教学研究》2021 年第 2 期，第 183 页。

173 徐新建，陆晓芹，郭明军：《本土范畴：多元审美的话语意义》，《民族艺术》2019 年第 1 期，第 27 页。

第五章　话语创建与理论更新

　　关于话语创建与理论更新，首先需要思考的问题是：为何要创建？更新了什么？这些问题是当下各学科，尤其是在新的语境中形成的交叉学科所普遍关心的议题。"为何要创建"实际上关涉到的是理论话语对学科建设与发展的意义；"更新了什么"则是从学理的历时性演变视角以探观"旧"与"新"之间的多重关联，如变化的时代、变动的对象以及由此产生和需要面对的不同的学术命题。

　　基于此类问题意识，作为交叉学科的文学人类学自然和其它学科一样，也需要自觉担负起话语创建与理论更新的学术使命，为文学人类学的未来发展指明方向、提供思路。自文学人类学学科在中国多所高校和科研机构确立以来，研究者们基于文学人类学跨学科研究的视野和性质，展开多地合作、多方对话，逐步建立起一套中国文学人类学的学科理论建构体系。

　　作为中国文学人类学的重要组成，四川大学文学人类学学科点经过多年的开拓和努力，在话语创建与理论更新方面，亦在"对话共生，同中有异"的整体格局中提出并发展了带有地域风格和院系传承的理论话语，如表述理论、多民族文学史观、"横断走廊"、数智人文等。理论与话语的提出不仅仅是一个纯学理的问题，它同样离不开社会生活与实践。经由川大文学人类学学科点的相关呈现，可以看到其中有关地域历史与文化、地区学术与传统以及时代社会之变迁的多重影响；从另一个角度来看，它也为中国文化如何呈现、多元文化如何表述以及人类整体如何研究等命题起到了推进作用并提供了继续讨论的广阔空间。

第一节　表述理论

　　表述理论是文学人类学研究者基于对该学科的理论基础和核心问题的探索而不断阐发的一个学理命题。关于表述的问题，它不仅仅是文学人类学的问题，更为准确地说，它不仅是一个跨学科的学术命题，同时还真切地关涉到每一个人对于自我和世界的观照。对于川大文学人类学学科点而言，如果说"表述问题"是其理论建构的基石和核心，那么基于"表述问题"而展开的大量田野和实践不仅使文学人类学关于表述问题的理论建构日趋成形，同时在此种"理论—实践"的往复结构中得以持续深入和继续推进。具体而言，实践"表述问题"的脉络表现为由早期的重新认识文学、重写文学史以及重建文学观到近来的重新认识人类、重写人类史并重建人观。需要注意的是，这里虽用时间划分二者，但二者之间并无实质的区隔，而显示为论域相承、学理相连的脉络整体。

一、表述问题的提出

　　在文学人类学领域，表述问题的提出具有学理上的连贯性，它并非一蹴而就，而是经历了较长时期的变化、发展以及讨论。往大的时代背景来说，表述问题的提出反映的是改革开放以后中西交往在学术领域当中所显示出来的本土文化自觉以及建构本土话语体系以公平对话西方的学术抱负。就具体经过而言，若以"文学人类学研究分会"的年会为例，从第二届年会关注"书写与口传"、第三届年会聚焦"历史与民族志书写"到第四届年会议题中的"人类学写作"，皆显示出文学人类学跨学科研究对于"书写"、"口传"、"写作"等不同的人类表述形式的关注。至第五届年会，"表述"被作为年会主题提出并讨论，其主题为"表述'中国文化'：多元族群与多重视角"。

　　从"书写"到"表述"的语词演变，便是对文学人类学研究者早期理论探索的较好总结。语词演变的背后指涉的是更为深层的学理问题，即对"文字中心主义"、"汉族中心主义"、"西方中心主义"等各类"中心主义"的反思与超越，亦是对文字之外的"物像"、"仪式"、"声音"、汉族在内的"多民族文学与文化"以及对西方文化霸权提出质疑和挑战的"多元文化"的主张与提倡。

　　以此看来，有关"表述"的词语阐释以及"表述问题"的理论阐发对于中国文学人类学研究者建构本土的理论话语体系有着如此重大的意义，正如徐新建教授将"表述问题"称为"文学人类学的起点和核心"[1]，这里的"起点"

1　徐新建：《表述问题：文学人类学的起点和核心——为中国文学人类学研究会第五

可以理解为"元点",即"元话语",徐新建教授将"表述问题"视为文学人类学学科的"元话语"[2],并指出"表述问题"之所以能够成为文学人类学的"核心",一方面在于其对于理论建构的可能[3];另一方面则在于其所显示出来的现实关怀[4]。

然而,无论是理论建构功能的凸显,还是现实关怀层面的强调,二者皆指向"表述问题"的意义所在。概而述之,其意义主要体现在以下三个层面:1.中国文学人类学学科的完善,主要表现在理论建构以及方法探索等方面;2.在理论建构和方法探索的基础上形成并达至文学人类学的"整体"视野与目标;3.经由"整体"的视野与目标,重述中国文化、重构中华文明并以此为路径探索重新认识世界文化与人类整体的新视野与新方法。

分而论之,就第一点而言,中国文学人类学作为一门兴起于 20 世纪 80 年代的交叉学科,在如何经由"文学"和"人类学"两大既有领域的相互交叉而产生新的视野和论域这一关键之处,成为历年来文学人类学研究者们推动和发展该学科的主要动源。在文学人类学研究者看来,文学和人类学都属于人的学问。表述问题既可以是文学问题和人类学问题,也可以是文学人类学问题,可以将之总结为一个跨学科的问题。但需要注意的是,它并非独属某一学科,比如它还可以是历史学、符号学、社会学、语言学、叙事学……的问题[5]。此

届年会而作》,《西南民族大学学报(人文社会科学版)》2011 年第 1 期,第 149 页。

2 对此,徐新建教授的阐释是:"没有元话语的建设,我们对世界的描述和认知都可能是同义反复或自说自话,甚至是词不达意;反过来,没有特定学科或领域在实践中的自我追问,元话语的产生也不可能。"参见徐新建:《表述问题:文学人类学的起点和核心——为中国文学人类学研究会第五届年会而作》,《西南民族大学学报(人文社会科学版)》2011 年第 1 期,第 149 页。

3 徐新建教授将"表述"阐释为"人类文化的普遍存在"以及"人之为人的交往根基",并进一步提炼出表述的实质,即"生命的呈现和展开,也就是存在及其意义的言说"。参见徐新建,唐启翠:《"表述"问题:文学人类学的理论核心——上海交通大学人文学院徐新建教授访谈》,《社会科学家》2012 年第 2 期,第 6 页。

4 关于"现实关怀"的问题,参见徐新建,唐启翠:《"表述"问题:文学人类学的理论核心——上海交通大学人文学院徐新建教授访谈》,《社会科学家》2012 年第 2 期,第 4 页。

5 对于"表述"一词是否为文学人类学所独属的核心关键词这一问题,徐新建教授指出:1."表述的世界"和"世界的表述"已成为人类学于书写与口语彼此关联和对照的论述;2.汉语的经典文献,还有古代关于言与义、形和神以及像和道等范畴的阐释,这些论述都讨论文化和表述问题。我们不应离开他们,另起炉灶,自言自说,建构一个新的系统,而是要回溯这些经典,只是在回溯的时候,既考虑东西之别,又要超越民族边界。参见徐新建:《文化即表述》,《社会科学家》2013 年第 2 期,第 20 页。

外，跳出学术的话语体系，表述问题还是一个联结着人类生活实践、生命经验的现实问题。也正因为此，作为具有普遍性意义的表述问题成为文学人类学研究者重点关注与阐释的对象，同时也成为他们建构文学人类学学科理论及话语体系的重要内容。

其实这也就关联着第二点，即表述问题不仅指涉文学人类学学科的理论建构，还因其对于"人"这一核心讨论范畴的直指与回归，成为推动文学人类学"整体"视野形成的关键因素和重要力量。正如徐新建教授所言，与其将表述问题视为文学人类学的理论总结，不如将之视为文学人类学的起点，因表述问题回向更为根本的人的问题，成为其提出重建"整体人类学"理论视野的原因[6]。

而这种文学人类学的整体视野又密切关涉第三点，即如何表述中国文化、重构中华文明以及重新理解和认识世界文化与人类整体。中国的历史与文化源远流长，这一论断基本上已为各界达成共识。但是若从学理上进一步追问，什么是"中国"？其历史的分期如何？其文化的整体何为？等一系列问题似乎还有继续讨论的空间。表述理论从现象和本质层面为讨论这些问题提供了路径，因其所具有的整体视野属性，使得研究者们不断反思和追问如下问题：谁在表述？谁能表述？为什么一些表述得以流传而另一些则被遮蔽或遗忘？被遮蔽和被遗忘的又是些什么表述？如何尽可能挖掘与还原这些表述？除了文字、口述，表述还可以通过什么样的方式进行？……这些关于"表述中国文化"的问题正是文学人类学研究者研究的重要内容。值得注意的是，"表述中国文化"在实践层面指涉"中国"，但在学理视野与方法上则关涉"人类"；在时间维度上则贯联古今，既溯源至叶舒宪教授提出的"大传统"时期的物象与神话，又延伸至徐新建教授提出的当下及未来语境中的数智文明与科幻叙事。

综上所述，为什么在文学人类学研究当中提出了表述问题？其原因在于1.表述问题属于跨学科研究，具有多学科问题属性；2.表述问题为反思既有的文学观以及关注人类多元的表述行为提供了新视野、新论域和新契机；3.借用

---

6 徐新建教授进一步指出："文学人类学必须走向整体人类学。因为作为一门自省性的学问，人类学对于'人'的发现、探知和阐释，还没有终结。从哲学人类学或者认知人类学意义上看，'人'还是一个不确定的生物，各种面向都还在探讨之中，同时更还在继续演变和延伸着。人类学是伴随着人类的成长而不断自我反省和自我建构的。"参见徐新建，唐启翠：《"表述"问题：文学人类学的理论核心——上海交通大学人文学院徐新建教授访谈》，《社会科学家》2012年第2期，第5-6页。

徐新建教授对此进行的阐发："文学人类学的理论并不来自文学人类学自身，而是来自人类思维的基本话语。"[7]

二、表述理论的阐释

作为学术话语的"表述"和其它任何学术话语一样，都会随语境的转换、讨论的深入以及层出不穷的新案例之影响而不断生发、演变。其中研究者的阐释行为是推动"表述理论"深化与拓展的重要原因，而从本质上来讲，研究者对"表述理论"的阐释也是一种表述。对此，本节标题中的"阐释"有两层含义，一是文学人类学学界主要是川大文学人类学学科点对于表述理论的阐释；一是本书对这些阐释的再阐释，如有关表述问题的分类与呈现方式等，都是对此种"再阐释"的显示。

何为表述

首先从语词的角度来看，"表述"是一个汉语双音节词，1.就词性而言，其既可以作为名词，又可以作为动词。若用英文来对应，则可以翻译为动词的 represent 和名词的 representation。作为名词的表述更多地呈现为一种结果，而作为动词的表述则强调一种正在发生的状态；2.就词义而言，《新编现代汉语词典》将其解释为"说明；述说"[8]。

以此而言，汉语中类似于"表述"的词语还有很多，比如"表达"、"叙述"、"叙事"、"呈现"、"表现"等等。那么，为什么最终使用了"表述"一词呢？有关学术命题的语词选择是学术领域中的一个常见问题，学者们为了讨论的有效性与对话性，换言之，即达成相互理解而不是自说自话，则需要对表示概念、观念、思想、主张等的语词进行选择和阐释。[9]对此，徐新建教授给出了

7　对此徐新建教授继续延伸："当文学和人类学两种范式相遇和结合的时候，是在整合两种理解'人'之存在现象。人的存在现象是什么？是生命的延续及其自我表征。"参见徐新建，唐启翠：《"表述"问题：文学人类学的理论核心——上海交通大学人文学院徐新建教授访谈》，《社会科学家》2012年第2期，第5页。

8　欧少亭主编：《新编现代汉语词典》，延边人民出版社，2002年，第51页。

9　对此，周濂教授认为正确的态度是"在不同的学科内部、针对不同的主题寻求不同的确定性"，他援引亚里士多德的观点，亚氏认为："我们对政治学的讨论如果达到了它的题材所能容有的那种确定程度，就已足够了。不能期待一切理论都同样确定，正如不能期待一切技艺的制品都同样精确……因为一个有教养的人的特点，就是在每种事物中只寻求那种题材的本性所容有的确切性。只要求一个数学家提出一个大致的说法，与要求一位修辞学家做出严格的证明同样地不合理。"参见

解释，主要包含两个层面：1.学者个人的取舍与选择[10]；2."表述"一词依然存在着不足和漏洞[11]。

由此可见，生成于汉语语词体系中的"表述"一词，虽然文学人类学研究者用它来指称"意"的问题，但依然存在着"词不达意"、"言不尽意"的问题。因此，如何在学理意义上不断对"表述"进行阐释、讨论，才能尽可能多地设想到不同的语境和多样的情形，而使表述问题更加清晰，使表述理论在检验中趋于完善。由是，徐新建教授认为他所阐释的"表述"至少要包含以下三个维度：1.言；2.身；3.心。[12]这三个维度分别关涉"人"之表述的不同层面，言与身相连，身与心相通，"言—身—心"为所指，"表述"则是一个符号，一种能指。

在此意义上，"表述"才成为文学人类学的起点与核心，因为文学人类学的终极目的在于"人"，是关于人的研究，而"表述"所内蕴的"言—身—心"则正是指向了人之为人的根本问题。

表述类型的多层面分类

首先通过对徐新建教授关于"表述类型"的阐释展开梳理，可以将之归纳为以下四种类型：1.身体之言和媒介之语；2.表述与被表述；3.自表述与他表述；4.自我叙事、族群叙事、人类叙事。[13]

分而述之，关于"身体之言"实际上是对历史上长期以来的文字中心主义的反思与破除，其关注的是在作为表述方式之一的书写与文字之外，还有诸如

"学人 Scholar"：《周濂：我们为何需要政治正当性？》，https://mp.weixin.qq.com/s/uWDALVjZJpqJnTQr4hMIJQ，2022-01-12；（古希腊）亚里士多德：《尼各马可伦理学》，廖申白译注，商务印书馆，2003 年，第6-7 页。

10 徐新建教授指出，"我选择'表述'，因为在直观的意义上，它比其他的词优越一些，比如'书写''表现''表达''叙事'等，这些词的能指性会有局限"。参见徐新建，唐启翠：《"表述"问题：文学人类学的理论核心——上海交通大学人文学院徐新建教授访谈》，《社会科学家》2012 年第 2 期，第 6 页。

11 对此，徐新建教授指出，"所以把它限定为相关能指群里具有代表性的一个符号"。参见徐新建，唐启翠：《"表述"问题：文学人类学的理论核心——上海交通大学人文学院徐新建教授访谈》，《社会科学家》2012 年第 2 期，第 6 页。

12 徐新建，唐启翠：《"表述"问题：文学人类学的理论核心——上海交通大学人文学院徐新建教授访谈》，《社会科学家》2012 年第 2 期，第 7 页。

13 徐新建：《表述问题：文学人类学的起点和核心——为中国文学人类学研究会第五届年会而作》，《西南民族大学学报（人文社会科学版）》2011 年第 1 期，第 150-154 页。

口传、仪式、舞蹈、音声、展演、行为等多种类型的表述形式，这些形式广泛地存在于人们的日常生活当中，是人类生活实践与生命经验的重要组成，"是一种生命的自表述"[14]。对"身体之言"的探寻，就是对多元表述的探寻，是对人类文化的重新体认。而"媒介之语"看似在身体之外，与身体并无直接关联，但深入剖析后会发现，媒介之语显示为一种"以物化身"[15]的表述类型，如图像、器物、服饰、建筑、文字、电影、VR、网络……它是身体之语的一种向外延伸，其本质依然是关于人的。

表述与被表述则直接关涉话语权力、身份政治等命题。虽然就表述的本质而言，它属于人的共有属性和特征，但在现实的人类社会当中，表述又与身份、权力、政治等相关，并且在各个历史时期和地域分野中有不同的表现。表述与被表述将表述的主体划分为二，一方表述，另一方被表述，反之亦然。在此结构中，无论是哪一方，似乎都有表述的权力以及可能被表述的命运，但以此观照历史后发现情况并非如此简单，正如徐新建教授在对"黄帝"和"蚩尤"两种不同的族源故事的追溯与讨论中发现，"黄帝战蚩尤"的祖先故事经历着古代、中古、近代、当代的语境变迁，这个话题因其关涉到族群认同与文明冲突等时代议题而形成了继续讨论的空间[16]。类似这样的案例还有很多，它们都说明了一个问题：表述与被表述不是单纯地谁可以表述谁的问题，而是谁表述了谁之后，这些表述产生了怎样的影响，哪些表述被保留与传播，哪些表述又被遮蔽与遗忘，而对于这之中的"为什么"、"怎么样"的深入探究，正是研究表述与被表述问题的关键之点、题中之义。

对于自表述与他表述，徐新建教授将"自表述"解释为"不以人的意志为转移的世界的自我呈现"，把"他表述"解释为"文化的第二度、第三度乃至第N度的表述"[17]。如此一来，除了"自表述"以外，其它所有的表述都可以

---

14 徐新建：《表述问题：文学人类学的起点和核心——为中国文学人类学研究会第五届年会而作》，《西南民族大学学报（人文社会科学版）》2011 年第 1 期，第 152 页。

15 徐新建：《表述问题：文学人类学的起点和核心——为中国文学人类学研究会第五届年会而作》，《西南民族大学学报（人文社会科学版）》2011 年第 1 期，第 152 页。

16 徐新建：《"蚩尤"和"黄帝"：族源故事再检讨》，《广西民族大学学报（哲学社会科学版）》2008 年第 5 期，第 13 页。

17 徐新建，唐启翠：《"表述"问题：文学人类学的理论核心——上海交通大学人文学院徐新建教授访谈》，《社会科学家》2012 年第 2 期，第 6 页。

被认为是一种他表述，或者说再表述。这便是对人们如何理解身处的这个世界的一种提示，用学术语言来说，就是"自表述"所构成的"本文世界"是自在而为的，它就是世界原本的样子，对此学者应保有一种谦敬的态度来与之相生相谐；然而由于社会人长期习惯于或者规训于"他表述"所形成的"文本世界"，便可能很难透过重重的文本世界去发现那个自在而为的本文世界。

最后一类"自我叙事"、"族群叙事"与"人类叙事"既是对表述的分类，同时是对中国历代文学与文化凸显族群叙事，忽略了"自我叙事"与"人类叙事"两个维度的反思，并以此提出文学人类学整体视野的作用和意义。对此，徐新建教授以作家阿来的作品《尘埃落定》《格萨尔王》作为个案，分析其作品中除了表现出受关注较多的群体叙事之外，还有着容易被忽视的自我叙事和人类叙事，具体体现为作品塑造人物"对生命自我的终极追问"以及作品所表达出来的对超越了自我、民族的"作为整体的世俗人类"[18]的关怀。

表述议题的分类呈现

经过笔者对川大文学人类学学科点相关研究的梳理，将表述议题归纳为如下四个方面：1.从身份表述到身份认同；2.族群与族群表述；3.身体表述；4.文化表述。

身份表述与身份认同聚焦于同一个关键词，即"身份"。可以说，"身份问题"构成了表述议题当中的重要论域。虽然身份问题关联着诸多的命题，如文化起源、政治认同、社会归属等，但究其根本，它依然是一个属人的问题。由身份表述到身份认同，勾连出了两个问题，一为表述，一为认同。具体展开，身份表述又表现在民族身份表述、族群身份表述等方面；身份认同则同样表现为民族身份认同、族群身份认同。其间，"表述"与"认同"互为关联，表述表现认同；认同凸显表述。正如徐新建教授对"龙传人"与"狼图腾"[19]两种当代中国民族身份表述的不同类型所进行的阐释与分析，便是对近代以来受到广泛关注的、日趋重要的族群身份问题的讨论与回应。随着对中国多民族文学与文化相关问题的深入，如何理解"多民族"的"多"成为了解题的关键，

---

18 徐新建：《表述问题：文学人类学的起点和核心——为中国文学人类学研究会第五届年会而作》，《西南民族大学学报（人文社会科学版）》2011年第1期，第153页。

19 徐新建：《当代中国的民族身份表述——"龙传人"和"狼图腾"的两种认同类型》，《民族文学研究》2006年第4期，第107页。

即如何发现"多"、阐释"多"以及由此厘清"多"的内部与外部的各项关联并重新建立起新的"观"。

回到实践层面，在徐新建教授所分析的"龙传人"与"狼图腾"两种不同的表述类型背后究竟关涉的是怎样的问题，通过徐教授的论述，他关注的焦点至少有两个方面：一是"民族/国家"，其中包括了"民族"、"民族主义"等内容；一是民族身份的表述，包括对表述的差异性、多样性的关注以及与之关联并置的历史记忆和社会行为的探究。在此基础上，他提出了"表述民族主义"[20]并对其进行了阐释。可见，经由"民族"、"身份"、"表述"、"认同"几个关键词的重新组合，显示出表述问题不仅关涉学理，同时存于现实并影响着人们的生活实践。

关于族群与族群表述，同样显示出对差异与多元的强调。不同的族群由于在历史传承、文化传统、地域空间等系列因素的影响下呈现出各自的特征，其对于文化的认同、世界的感知乃至生命的体验并不完全相同，在这样的情形之下，不同的族群自然会显示出不同的族群表述。与上述论及的"身份问题"相同，"族群表述"不仅是表述的问题，同样也关涉到诸如"多元文化"、"文化遗产"、"地域文化"、"生态文明"、"族群起源"等各类命题。如徐新建教授将族群表述与生态文明互为关联[21]，讨论当今社会在面临日益严重的生态环境问题时，差异性的族群表述所能带来的警示与反思，他通过对四川甘孜藏族自治州丹巴县境内的甲居藏寨中生活的村民转山朝圣之习俗的引入，指出这种在藏民的日常生活中身体力行的信仰习为，不仅是对多元文化的具体呈现，更是反思全球性生态危机这一人类共同"厄运"的对策时所应学习与借镜的地方智慧。

另外，"族源表述"亦为构成"族群表述"的重要内容之一，有关"族群起源"的问题往往又与神话、传说、故事等互为关联，关涉到族群记忆、身份

---

20 徐新建教授称"表述民族主义"是受民族主义影响的表述，是表述出来的民族主义，作为一种对"民族"的看法、主张和愿望，"表述民族主义"不仅在文学和人类学的学术层面扮演着重要角色，而且在族群共同体的政治与历史领域也影响深远。它的作用说明族群的身份是随语境的限定而不断确认和调整的，并可以被不同的方式表述出来。在表述与被表述之间，存在着各自的态度、利益和愿望；之外，则涌动着时代政治和文化归属的驱使。参见徐新建：《当代中国的民族身份表述——"龙传人"和"狼图腾"的两种认同类型》，《民族文学研究》2006年第4期，第110页。

21 徐新建：《族群表述：生态文明的人类学意义》，《北方民族大学学报（哲学社会科学版）》2010年第3期，第92页。

认同、文化归属以及社会行为等问题。如前文所引述的徐新建教授关于"蚩尤"与"黄帝"，"龙传人"和"狼图腾"的阐释，既是对族群身份的探讨，亦是对"族源故事的再检讨"[22]。

和"身份表述"、"族群表述"等问题一样，"身体表述"亦因"身体"逐渐成为人类学关注的焦点议题而进入文学人类学学者的研究视野。总体而言，有关身体表述的问题既是一个学理命题，又广泛关联着生活实践。经过梳理，川大文学人类学学科点关于身体表述的研究主要围绕着这样几个问题：1.什么是"身体表述"；2.为什么及如何用"身体"进行"表述"；3."身体表述"的意义阐释与学理关联。关于什么是身体表述，前文在论及表述的多层面分类时已经引述过徐新建教授的观点，他将表述的其中一种类型分为"身体之言"和"媒介之语"，其中身体之言即身体表述，被认为是一种生命的自表述，是对多元表述的探寻。

既然是对多元表述的一种探寻，身体表述往往与口传、仪式、舞蹈、行为、动作、展演、歌唱等联系在一起，不过其前提是要在书写与文字这样的一元表述体系之外将更多元的表述类型呈现出来，但并不是说就此摒弃书写与文字这样的表述类型。对此，川大文学人类学学科点展开了大量的阐释与研究，其中就有徐新建教授就"身体表述"组织的专栏讨论，他以第九届全国少数民族传统体育运动会作为考察的个案，分析并讨论了族群身体的社会表述问题[23]。他首先强调在人类学领域当中有关"身体"的问题在全球范围内日益受到学界的重视，作为一个跨学科的议题，"身体"也成为文学人类学研究的题中之义。"身体"不止于其生物学属性，它还广泛地涉及到民族/国家、社会文化、族群认同以及多元表述等问题。

对此，从组成该专栏的各篇论文所阐述的主要问题便可一窥究竟，比如付海鸿、赵靓的论文分别将"春晚"的节目演出以及由张艺谋等导演的大型山水实景剧"印象系列"与第九届全国少数民族传统运动会并置在一起，讨论了"表演的建构"与"现实的基础"[24]以及"文化生产"[25]等问题；再如叶荫茵的文

22 徐新建：《"蚩尤"和"黄帝"：族源故事再检讨》，《广西民族大学学报（哲学社会科学版）》2008年第5期，第2-13页。

23 徐新建：《族群身体的社会表述——从人类学看全国少数民族传统体育运动会》，《重庆文理学院学报（社会科学版）》2013年第1期，第62页。

24 付海鸿：《表演和现实——简析2011年"春晚"与第九届全国少数民族传统体育运动会开、闭幕式》，《重庆文理学院学报（社会科学版）》2013年第4期，第33页。

25 赵靓：《作为文化生产的民族资源——少数民族运动会与〈印象·丽江〉的关联对应》，《重庆文理学院学报（社会科学版）》2013年第1期，第69页。

章则从"服饰"这一具有代表性的叙事符号作为切入点,通过对民运会开幕式和闭幕式上出现的民族服饰的阐释,指出其作为民运会仪式的组成部分,亦参与进多民族的"仪式建构"、"族群叙事"、"民族想象"等行为之中,具有了多重内涵[26]。

此外,张颖引入人类学的文化功能论,结合她对民运会的田野考察,对少数民族传统体育项目的时代演变展开分析,并对类似民运会这样的少数民族运动会提出了建议,认为其应该增强文化背景、乡土特征、人文认同以及艺术表现各方面关系的均衡,并进一步对民运会在文化凝聚与文化交流方面的价值予以彰显,以此加强关于民运会的资料收集与学术研究[27]。值得提出的是,张颖在对该问题进行持续性思考的基础上完成了她的博士论文《族群身体叙事——全国少数民族传统体育运动会的人类学研究》(2013)的写作。

除了上述提到的民运会这一实践对象外,还有很多考察与研究的对象与身体表述有关,诸如节庆与仪式[28]、习俗与观念[29]以及文化与记忆[30]等,皆因与身体表述的密切关联而成为文学人类学研究者的阐释对象与理论论域。

最后,表述议题还有一个重要的论域即"文化表述"。有关"文化表述"的讨论,在2013年的时候由徐新建教授主持了一场跨学科之间的交流,其中就有叶舒宪、牟延林、彭兆荣、赵毅衡、王明珂以及徐新建六位学者的发言整理发表于《社会科学家》刊物上。六位学者虽然来自文学人类学、符号学、历史学等不同的学科领域,但皆从自己涉足的论域当中将问题聚焦到"文化表述"上来,其原因一方面在于文化表述的问题它本身即为一个跨学科命题,另外亦说明超越学科的界限来思考和解决问题对于学术发展具有重大的意义。

综观这几篇论述,讨论的核心问题涉及到两个方面:1.文化如何表述;2.文化表述的本质。叶舒宪教授从文学人类学理论建构视角出发,指出"重估文化

---

26 叶荫茵:《视觉和仪式:民族运动会上的服饰叙事》,《重庆文理学院学报(社会科学版)》2013年第1期,第72页。

27 张颖:《民族赛事的文化功能——以第九届全国少数民族传统体育运动会为例》,《重庆文理学院学报(社会科学版)》2013年第1期,第67-68页。

28 张颖:《苗族芦笙的族群叙事与身体表述:以南猛鼓藏节考察为例》,《中外文化与文论》2013年第2期,第191页。

29 李菲:《无文字族群宇宙观念的身体表述——嘉绒跳锅庄的文学人类学阐释》,《北方民族大学学报(哲学社会科学版)》2011年第3期,第97页。

30 李菲:《文化记忆与身体表述——嘉绒锅庄"右旋"模式的人类学阐释》,《民族艺术研究》2011年第1期,第75页。

大、小传统"即是从文学人类学视野提出的文化表述之法[31]，这样一种新的研究眼光和方式不仅有助于重建文化的完整性，还涉及对表述与被表述这类表述权力问题的认识和讨论。牟延林教授以非物质文化遗产作为论说的基础，提出了他对于文化遗产应如何表述这一问题的思考，即"回到原点，重新出发"[32]，在他看来，有关非遗表述的背后是中国，是一个广泛关涉"民族/国家"文化根基、文化传承以及多元文化呈现的表述行为和现象。彭兆荣教授结合实践层面的多项案例，由反思文化表述的四个方面引出文化如何表述以及文化表述现实存在的问题，在彭教授看来，在历史的纵向时空中找到"元表述"[33]以及书写文化以外的众多表述类型，为如何表述文化提供了思考和践行的路径。赵毅衡教授通过符号学研究的究竟是什么这一问题的类比，关联人类学研究的本质，指出符号研究的生命力在于解释意义的潜力是无限的[34]，正如"文化"之于人类学是一个需要不断思考的本质命题。王明珂教授结合他的田野经历，对不同的"文本"（Text）及"情境"（Context）所体现出来的"差异"（Differences）进行分析，指出历史心性在历史叙事中的表现以及历史与神话的转换关联，并由此从反思性研究展开方法论的讨论以及对知识理性的反思。[35]徐新建教授通过对伦敦、北京奥运会开闭幕式的比较分析，指出学术界既有的理论和方法已经无法应对当下表述危机所形成的挑战，在全球化的语境中，文化表述日益成为一个具有多重属性的人类命题，与此呼应的理论与方法的更新则要求研究者要有一种古与今、中与外以及人类整体彼此观照的视野与眼光。[36]

可见，无论是"文化"、"表述"，还是由二者合在一起构成的"文化表述"，

---

31 叶舒宪教授指出："只要找到大传统的再现方法，找到进入文字书写以前表述世界的方法，就可以进行新的研究。"参见叶舒宪：《写文化与表述权》，载徐新建主持专栏：《"文化表述"：关于表述问题的多学科对话》，《社会科学家》2013年第2期，第14页。

32 牟延林：《非物质文化遗产的表述背后是中国》，载徐新建主持专栏：《"文化表述"：关于表述问题的多学科对话》，《社会科学家》2013年第2期，第15页。

33 彭兆荣：《"文化表述"的四个反思面向》，载徐新建主持专栏：《"文化表述"：关于表述问题的多学科对话》，《社会科学家》2013年第2期，第17页。

34 赵毅衡：《文化表述与人类学研究本质追问》，载徐新建主持专栏：《"文化表述"：关于表述问题的多学科对话》，《社会科学家》2013年第2期，第17页。

35 王明珂：《"文本"与"情境"对应下的文化表述》，载徐新建主持专栏：《"文化表述"：关于表述问题的多学科对话》，《社会科学家》2013年第2期，第18-19页。

36 徐新建：《文化即表述》，载徐新建主持专栏：《"文化表述"：关于表述问题的多学科对话》，《社会科学家》2013年第2期，第19-20页。

都成为当下人文学界跨学科研究中的一个重要的理论与现实命题。正因为此，有关文化表述的问题成为川大文学人类学学科点多年来重点研究的论域之一。具体而言，这些研究主要聚焦于：1.文化表述的田野个案与理论探讨[37]；2.文化遗产认同和表述[38]；3.文化形象表述[39]；4.族群文化表述[40]；5.生死观表述[41]等。综观这些研究成果，正如徐新建教授所言"文化即表述"，亦正如叶舒宪教授所回应："文化是表述以后再表述、再再表述，不断被表述，被改变了的表述"，而文学人类学研究者所要做的正是——找寻"元表述"，发掘"真表述"[42]。

三、表述议题的延伸

关于"表述问题"所涉及的各类学理命题除了上述论及的以外，还延伸出一系列的理论命题。概而述之，包括了诸如：1."文本"与"本文"；2.人类学写作；3.历史表述；4.地域表述等。综观这类延伸议题，它们既与表述问题互为关联，同时又引申出或者关涉到更为深广的学术讨论空间，如"文本"与"本文"的关系不仅直指表述问题的实质，亦对人类学田野考察的实践具有理论意义；人类学写作的探讨则显示为对民族志表述危机的反思与应对；"历史表述"

37　如：李祥林：《"人本文化"的口头表述和行为实践——彝族火把节的文化人类学透视》，《广西民族研究》2016 年第 3 期，第 79-85 页；王艳：《族群认同与文化表述：白马藏人服饰的遗产意义》，《文化遗产研究》2015 年第 1 期，第 152-162 页；罗安平：《摄影之道：美国〈国家地理〉的文化表述》，《民族艺术》2016 年第 4 期，第 128-134 页；王艳：《面具之舞——白马人的神话历史与文化表述》，社会科学文献出版社，2020 年。

38　如：徐新建：《遗产"不是东西"——文化遗产的认同和表述》，《文化遗产研究》2015 年第 2 期，第 1-3 页。

39　如：邱硕：《成都形象：表述与变迁》，中国社会科学出版社，2019 年；田级会：《贵州文化形象的表述变迁研究》，《广西民族师范学院学报》2021 年第 2 期，第 14-19 页。

40　如：李菲：《嘉绒跳锅庄：墨尔多神山下的舞蹈、仪式与族群表述》，北京大学出版社，2014 年；梁昭：《文学世界与族群书写》，中国社会科学出版社，2018 年；付海鸿：《诗歌地理与族群文化表述——康若文琴和她的〈马尔康马尔康〉》，《阿来研究》2018 年第 2 期，第 203-209 页。

41　如：张波：《文化比较与族群研究：以亚鲁王生死观表述为论域》，《中外文化与文论》2016 年第 4 期，第 287-296 页；完德加：《藏族培米人〈董氏父系丧葬祖谱〉的生死表述》，《民族文学研究》2021 年第 4 期，第 58-68 页。

42　参见叶舒宪教授对徐新建教授《文化即表述》发言的回应，载徐新建主持专栏：《"文化表述"：关于表述问题的多学科对话》，《社会科学家》2013 年第 2 期，第 20 页。

和"地域表述"则因"历史"、"地域"这类关键词的加入与组合，不仅凸显了表述问题的跨学科性，更使得表述问题成为一个超时空的学理命题。

"文本"与"本文"

关于"文本"、"本文"和"表述"之间的关系，徐新建教授将其阐释为"本文"是生命或文化的自表述，"文本"则是他表述、再表述[43]。作为自表述的"本文"显示为一种生命自为的状态，而作为他表述、再表述的"文本"只是人们认识和呈现世界的其中一种方式，并非全部，亦并非"本文"。

为什么要在表述问题中强调"文本"与"本文"的问题，其中最为关键的原因在于，这是对长久以来所形成的"文本中心观"的质疑和反思。在"文本世界"面前，人们不得不承认其力量之强大，甚至于使人们误以为"文本世界"就是真实的"本文世界"，殊不知二者之间很可能存在着巨大的差异。而正是这种差异造成的误读不仅在生活实践层面深深地影响着人与人、群与群以及国与国之间的文化互动与彼此理解，亦在人文学术研究领域中影响着研究者们认知世界和知识生产的观念与行为。

例如在中国语境尤其是汉语语境中，由于受到既有的关于表述的观念及体系等的影响，人们用以表述的媒介与方式存在着一定的局限，比如语词意义的模糊性、概念的不确定性等等，皆影响着人们认识和呈现社会的方式，其中就包括如何呈现中国文化的问题。正如徐新建教授在谈及他想要表达其关于"表述世界"的二分观念时所遭遇的重重困难，首先是他不得不在知晓"文字中心"或"汉语中心"将造成的弊端的情形下依然选择用汉语的"本文"和"文本"二词来表达其学理主张；其次是明知道用"本"与"文"来指称"世界的本性"和"世界的文性"要比"本文"和"文本"二词更为适宜，但是囿于现代汉语词语音节的双音节特征以及学术观念的理解与传播等原因，他最终还是选用了"本文"和"文本"二词。[44]

由此可见，经由语词的取舍和选择而形成的学术概念，其本质依然是一种他表述，即研究者对于理论的文本建构。虽说这种理论的文本建构同其它的文

43 徐新建：《表述问题：文学人类学的起点和核心——为中国文学人类学研究会第五届年会而作》，《西南民族大学学报（人文社会科学版）》2011 年第 1 期，第 151 页。

44 徐新建：《表述问题：文学人类学的起点和核心——为中国文学人类学研究会第五届年会而作》，《西南民族大学学报（人文社会科学版）》2011 年第 1 期，第 151 页。

本一样都不属于"本文"本身，但不同的"文本"以及处理"文本"问题的方式会直接影响对"本文"的认识和呈现。因此，作为如何应对与解决当下社会普遍存在着的"文本假象"[45]以及学界所面临的"表述危机"等问题，深入厘清"本文"和"文本"之间的关系显得尤为关键。

有关"本文"和"文本"之间的关系，徐新建教授将之总结为"相关"和"背离"[46]。就笔者的理解来看，"相关"和"背离"的讨论并没有指涉"本文"和"文本"孰优孰劣的问题，而是从更为本质的层面来探究人们应该如何看待自我、他人以及理解差异等问题。在"侗族大歌"这一个案当中，徐新建教授通过对不断出现的侗族大歌"新文本"的呈现与分析，以此提出两个重要的学理命题，即：1."本文"何求；2."本文"何在。根据梳理，徐教授至少指出了以下四种不同的"侗歌文本"：1."鼓楼与风雨桥"北京展览会侗歌演唱文本；2.受邀巴黎演出后出现的多方宣传的"巴黎文本"；3.春晚节目演出中的"电视文本"以及4.侗族音乐自身演变的"餐厅文本"。另外，笔者认为还有一个隐藏其中的文本，即经由学者记录侗歌而生成转换的"学者文本"。在如此众多的文本变体的裹挟之下，使得侗族山乡里的"侗歌本文"被层层遮蔽，以致误读丛生。

尤为引发关注的问题是，随着时代的演变与人类社会的发展，更多的文本变体亦随之涌现，正如当下人们所身处的这个互联网与多媒体时代，类似侗歌这样的民间文化的文本变体已经不止于上述提到的那些，而有了更多的文本呈现样态，比如时下流行的短视频 APP、社交 APP、网络游戏等，都是伴随着计算机以及网络技术的发展而出现的"新文本"。面对不同时代的"旧文本"和"新文本"，又该如何剥开"文本世界"的重重遮蔽去寻找"本文"，便成为文学人类学研究者在学理上探寻人类文化的整体性以及在学科理论体系建构方面探索文学人类学学科研究范式的重要论域。

作为跨学科研究的文学人类学所显示出来的从文学到文化、从文本到本文的研究脉络与范式，正是通过对既有研究范式局限性的揭示，以期重建整体的文学观、文化观以及人类观。在此种整体观的总体映照之下，文学人类学研究者为何要找寻"本文"以及如何寻找"本文"便有了理论和实践上的旨归。

---

45 徐新建：《"本文"与"文本"之关系——人类学的研究范式问题》，《黔东南民族师专学报（哲社版）》1998 年第 4 期，第 42 页。

46 徐新建：《侗族大歌："文本"与"本文"之间的相关和背离》，载徐新建：《侗歌民俗研究》，民族出版社，2011 年，第 232 页。

关于为何寻找"本文"，其原因就在于整体观，因为无论是"本文"还是"文本"都不构成为整体，在日渐泛滥的文本世界中找寻本文也是希望寻求二者之间的平衡。试想一下，如果人们只关心文本，那人类离世界的真实将越行越远；如果这个世界只有本文，那人类存在的意义将被打破并重新界定。现实的情况是，"文本"过于强大而"本文"渐趋式微。如此一来，寻找"本文"便既是对"本文世界"的重现，又是对"文本世界"的再认。不仅如此，这一整体观当中也包含了实践"寻找"这个行为的"寻找者"，对于任何一个想要"寻找"本文的人而言，从某种意义上来说，他是在通过"寻找本文"而"反观自身"。

既然"本文"关切到人类世界的真实和人类自身，那么又该如何来寻找它呢？对此，笔者梳理了相关论述[47]，将之归纳为以下三条路径：1.在自表述中；2.在地方知识、本土原貌、传统功能之中；3.在田野中。

虽然由自表述所显示出来的生命自为之世界不以人的意志为转移，也难以用任何一种他表述的文本形态对其进行记录、展示、说明，但并不意味其不存在，更不代表人们无法感知，对生命自表述的意识生成过程以及由此而产生的诸如"万物有灵"、"生态文明"、"不同而和"等一系列生命观、环境观、文化观，便可视为在对自表述的感知中由"本文"而产生的阐释性文本。

另外，地方知识、本土原貌、传统功能也为寻找"本文"提供了路径，如果说在世界范围内以科技发展为标志所日渐勃兴的各类都市文化可以被归为一个大类的话，那么与之不同的各类非都市文化，如场镇文化、乡村文化、城乡结合部文化等，则在都市文化全球化的裹挟之下，依然显示出与之不同的文化表述类型与方式，其不仅是构成全球文化整体的重要组成，更是为日益膨胀的都市文化提供另外一种衡量的标尺和不同的出口。例如徐新建教授在对小黄村的侗歌进行考察时指出当地的一句古话"饭养身，歌养心"[48]便值得深思；

---

47 徐新建：《"本文"与"文本"之关系——人类学的研究范式问题》，《黔东南民族师专学报（哲社版）》1998年第4期，第40-44页；徐新建：《侗族大歌："文本"与"本文"之间的相关和背离》，载徐新建：《侗歌民俗研究》，民族出版社，2011年，第232-248页；徐新建：《苗疆考察记：在田野中寻找本文》，上海文艺出版社，1997年；王璐：《从"文本中心"到"本文探求"——文学人类学研究范式探讨》，《西南民族大学学报（人文社会科学版）》2011年第1期，第160-165页。

48 徐新建：《侗族大歌："文本"与"本文"之间的相关和背离》，载徐新建：《侗歌民俗研究》，民族出版社，2011年，第243页。

再如徐教授对月亮山"吃牯脏"的功能描述[49]便进一步引发出对个人、群体乃至人类整体的思考，在"砍牛"的仪式中，生者与亡灵彼此交融，便是对有关人之生死、人之生命的"生死观"的"本文"自显。

上述第二条路径和第三条路径原本是可以合在一起的，之所以将二者分开，是因为"田野"这个概念愈发显示出一种误读，即误以为人类学的"田野"便只在"田"和"野"，即所谓的乡野田间、牧区山林。之所以产生这样的误读，很大程度上是因为人类学民族志作品所呈现出来的田野点选择，为破除各种"中心主义"的人类学者将眼光聚焦于各类非中心的边缘，其目的在于整体观的建立，而并非人类学者只关心边缘。因此这里将寻找"本文"的第三条路径"在田野中"单独列出，是想说明"地方知识"、"本土原貌"、"传统功能"并不局限于田野乡间，夸张一点来说，人类学的"田野"[50]无处不在。因此寻找"本文"并不只在田野乡间，而是说要跳出"文本"所展示出来的概念对象，从而走进"本文"所显示出来的真实对象。

不过，正如前文所提到的，随着语境的不断转换，"文本"与"本文"之间还存在着进一步转换的可能，如徐新建教授的侗歌田野个案中所显示出来的侗族大歌自身演变后产生的"餐厅文本"便成为时代转变之下城市餐厅文化的"本文"[51]，这又成为了一个涉及到侗族大歌但又全新的议题，便有了继续讨论的学术话语空间。

人类学写作

就文学人类学学科而言，其谈论的"人类学写作"问题就是"表述问题"。或许可以这样来解释"人类学写作"和"表述问题"之间的关系，就狭义的"写作"而言，"表述"包含了"写作"；广义的"人类学写作"则基本上可以等同

---

49 据徐新建教授描述，"在生者与死者的相互关系上，月亮山的'吃牯脏'可以说是沟通两个世界的媒介与桥梁：通过'砍牛'，使有限的生者世界同世代迭加的祖宗灵界交融起来，形成彼此相通的族群整体"。参见徐新建：《"本文"与"文本"之关系——人类学的研究范式问题》，《黔东南民族师专学报（哲社版）》1998 年第 4 期，第 41 页。

50 对此，徐新建教授指出，"人类学在数智时代的新格局将呈现为涵盖多种范式的整体联盟。若以田野对象而论，则包括了彼此呼应的五维：上山—下乡—进城—入网—反身"。参见徐新建：《人类学与数智文明》，《西北民族研究》2021 年第 4 期，第 6 页。

51 徐新建：《侗族大歌："文本"与"本文"之间的相关和背离》，载徐新建：《侗歌民俗研究》，民族出版社，2011 年，第 246 页。

于"表述"。由术语上"写作"到"表述"的转变正体现了文学人类学在学理认识上的深化和推进。

作为"文学人类学研究分会"第四届年会的核心议题，"人类学写作"可以说是上承前两届年会"书写与口传"、"历史与民族志书写"当中对"书写"问题的关注，下接第五届年会"表述中国文化"中的"表述"问题。可见，被徐新建教授视为文学人类学"起点"和"核心"的"表述问题"并非突发奇想，而是自文学人类学学科在中国确立以来对有关人类书写相关命题的一种深化和延续。

有关讨论人类学写作问题的时代背景和学理背景，据第四届年会的会议宗旨，可以将之归结为近代以来文学艺术创作领域和人文社科研究领域中普遍出现的"人类学转向"以及人类学"写文化"领域之中为应对"表述危机"而出现的"人类学的文学转向"[52]。"人类学转向"引发了对本土文化的自觉以及对地方知识的重新认知；人类学内部的"文学转向"则经由对学科研究范式的质疑与反思，引发了一场有关人类学的认知革命和范式革命。经由二者所显示出来的人类学学科内部与外部的发展变化，正是对世界性学术思潮变迁的反映，同时亦是一种反思。

在文学人类学研究者看来，"人类学写作"问题之所以意义重大，是因为它不仅在 1.学科层面关涉到学理以及方法论的问题，更是在 2.现实与实践层面关涉到人类自身以及未来命运的问题。

在学科及学理层面，徐新建教授强调需要关注"人类学的写作性"[53]，即作为学科的人类学所体现出来的写作性。对此，徐教授将这种"写作性"阐释为围绕"人是什么"来进行"故事讲述"[54]，其中便包含了各种不同的讲述方式和类型，如科学维度、文学维度、民族志维度、神学维度、哲学维度……面对如此众多的"故事讲述"，文学人类学运用比较的视野，将古今相连、中西并置，以期在人类文化整体的基础上建立起整体的"人类学"观。

在现实与实践层面，徐新建教授指出需要关注"二性"，即"写作的人类

---

52 叶舒宪，彭兆荣，徐新建：《"人类学写作"的多重含义——三种"转向"与四个议题》，《重庆文理学院学报（社会科学版）》2011 年第 2 期，第 40-41 页。

53 徐新建：《人类学写作：科学与文学的并置、兼容》，《重庆文理学院学报（社会科学版）》2011 年第 2 期，第 46 页。

54 徐新建：《人类学写作：科学与文学的并置、兼容》，《重庆文理学院学报（社会科学版）》2011 年第 2 期，第 47 页。

性"以及"人类的写作性"[55]。在笔者看来，前者强调的是写作性人类特有；后者则是对人类本性的探索与凸显。虽然此"二性"一则随着数智时代的发展，大量人工智能写作的案例不断出现而使情况变得不同，需要对"写作的人类性"进行进一步的厘清与阐释；二则因人类属于一个现在进行时的命题，关于人类的探索和讨论仍将继续。但是，无论是对于学科的建设还是人类属性的讨论，具有跨时空特征的"人类学写作"问题仍然具有重大的理论与实践意义。

另外，"人类学写作"涉及到的议题还有诸如：1.对写作主体以及主体性的探讨[56]；2.写作的"温度"[57]；3."真实"与"虚构"；4."神圣"与"世俗"；5.拓展的"写作类型"（口传、考古、图像、仪式……）[58]等。总之，作为文学人类学表述理论体系建构的重要阶段和组成，"人类学写作"与表述议题紧密相关，将"人类学写作"在"表述议题的延伸"这一节内容中并置互联，可以更加清晰地看到表述理论在文学人类学论域当中作为学术话语的演变进程，从这个意义上来说，"人类学写作"是"表述理论"的前话语阶段与形态，是文学人类学话语创建与理论更新的具体展开。

历史表述

历史表述是构成文学人类学表述议题的重要面向，历史表述涉及的问题相当广泛，其中有关：1."史实"与"史话"，即"事本史"与"话本史"，亦即"历史本文"和"历史文本"；2."历史"与"表述"；3."文"、"史"关联；4.民族志、民族史、民族文学以及5.整体历史观等相关议题，成为文学人类学研究者重点讨论与关注的对象，其问题意识的核心之处在于通过思考"历史如何以及为何被表述"[59]来进一步探讨"表述中国"、"表述文化"以至"表述世

55 徐新建：《人类学写作：科学与文学的并置、兼容》，《重庆文理学院学报（社会科学版）》2011年第2期，第45页。

56 徐新建：《国家地理与族群写作——关于"长江故事"的文学人类学解读》，《民族文学研究》2005年第3期，第11-18页；彭兆荣：《我者的他者性——人类学"写文化"的方法问题》，《百色学院学报》2009年第5期，第19-22页；梁昭：《文学世界与族群书写》，中国社会科学出版社，2018年。

57 唐启翠，叶舒宪：《文学人类学新论——学科交叉的两大转向》，复旦大学出版社，2019年，第93-96页；巴胜超：《人类学写作的温度》，《文学人类学研究》2018年第2辑，第97页。

58 谢美英：《"人类学转向"的对话与交流——中国文学人类学第四届学术年会综述》，《百色学院学报》2008年第6期，第14-17页。

59 徐新建：《历史就是再表述——兼论民族、历史与国家叙事》，《文艺理论研究》2014年第4期，第74页。

界"、"表述人类"等重大命题。

可以看到，"历史表述"所涉及的问题的本质依然在于"本文"和"文本"，"历史"所指称的那类历史事实，即那一事实展开与发生的当下是无法复刻的，在现有的技术条件下我们无法回到"过去"，在此种意义上，历史的自表述随时发生、随时消亡，而关于历史的表述可以说都是一种他表述、再表述，即徐新建教授所总结的"历史就是再表述"[60]。那么，在这样的结论之下，对于"历史表述"的问题则随之转换，即从以往关注历史的"真实"与"想象"转换到了不在于历史的"真、假"之辨，而在于记录历史、述说历史之"记录"、"述说"的行为：1.这些行为为何会发生？2."记录"与"述说"的是什么？3.面对同一"历史"，为何"记录"与"述说"的内容会有不同乃至显示为相反？4.哪些"记录"与"述说"流传下来？哪些面临着遮蔽和消失？

由这些问题延展开来，"历史表述"则又成为讨论 1.人的表述性；2.自我表述、族群表述、人类表述；3.族群记忆、身份认同；4.话语权力、身份政治等命题的重要论域。由此出发，徐新建教授对"历史表述"展开了深入的阐释与分析，基于人的表述本质，他认为"历史就是文学"[61]，其实质是人们通过表述的方式再现史实，在此种意义上，历史就是一种"故事讲述"。

从宏观上看，在有关中国历史叙事模式的问题上，就有以古代"帝国—王朝"叙事模式来比较近现代"民族—国家"叙事模式的类型参照，对此，徐新建教授强调在探究中国历史叙事模式的过程中应对叙事模式的演变多加关注，其不仅从时间的纵向层面连通古今不同的叙事类型，更是在空间的横向层面关联着重要的区位因素，纵向与横向的时空整体构成中国历史叙事的完整结构，为进一步"表述中国"提供了"多重叙事眼光与方法"[62]。

以具体的个案来看，"龙传人"与"狼图腾"两种不同的身份认同类型所映照出来的历史记忆和历史表述，"蚩尤"和"黄帝"两种不同的祖先起源故事所凸显的差异性历史叙事，都是借由"历史表述"来探讨族群记忆与身份认同的问题。

---

60 徐新建：《历史就是再表述——兼论民族、历史与国家叙事》，《文艺理论研究》2014年第4期，第72页。

61 徐新建：《历史就是再表述——兼论民族、历史与国家叙事》，《文艺理论研究》2014年第4期，第72页。

62 徐新建：《表述中国：帝国和民国的历史叙事》，《社会科学家》2012年第2期，第11页。

事实上，无论是对宏观历史叙事模式的讨论，还是微观历史现象的表述，其所指称的"历史"都并非仅指过去发生的事件或行为，而是包括了过去、现在以及未来三重维度在内的"历史"。从这层意义来看，思考历史为何被表述以及如何被表述的问题时，就需要建立起时间整体上的历史观，因为从时间的性质来看，当下是历史的未来，历史是未来的当下。

"历史表述"还延伸到许多论域的讨论当中，如：1."文化遗产"的历史表述[63]；2.历史概念的表述[64]；3.历史话语的表述[65]；4.历史的多形态表述[66]；5.学科的跨界表述[67]等。总之，作为再表述的历史，为文学人类学研究者进一步加深对"本文"和"文本"关系的认识，为文学人类学学科表述理论的建构，为人们弄清楚"人从哪里来"、"要到哪里去"等更为本质和现实的问题提供了论说的依据及场域。

地域表述

以"地域"为基础，川大文学人类学学科点在"表述问题"的理论层面对"文学"与"文化"以及"族群"与"人类"展开了广泛且深入的研究。从某种意义上来讲，川大文学人类学对表述理论的阐述与推进，正是沿着其关于"地域表述"的总体框架而生成。

具体展开，正如徐新建教授所言，川大文学人类学团队基本上是以"地方"为基点和以"地方"为出发地以及以"地方"为归属的文学人类学研究。以他个人的研究为例，其大量研究是从一个行政化的行省扩展为"三省一体"的"西南"，再以"西南"和"西北"共同连接起来的"西部"，进一步扩展到中国文学人类学所关注的"三大走廊"，即岭南走廊、河西走廊以及横断走廊，最后是加上作为一个整体的"乡土中国"和"牧野中国"，合在一起呈现为"长城

63 徐新建：《遗产"不是东西"——文化遗产的认同和表述》，《文化遗产研究》2015年第6辑，第1页；李菲：《遗产：历史表述与历史记忆》，《徐州工程学院学报（社会科学版）》2012年第6期，第78页。

64 彭兆荣：《论民族作为历史性的表述单位》，《中国社会科学》2004年第2期，第137页。

65 彭兆荣：《论"城—镇—乡"历史话语的新表述》，《贵州社会科学》2016年第3期，第5页。

66 安琪：《图像的"华夷之辨"：清代百苗图与苗疆历史的视觉表述》，《云南社会科学》2013年第2期，第42页。

67 罗安平，付海鸿：《文学、历史与人类学的跨界表述——潘英海教授访谈录》，《重庆文理学院学报（社会科学版）》2013年第1期，第75页。

内外是故乡"的"地方中国"，由此再去讲东亚、亚洲、东西方，最终形成一个以"地方"这一可以伸缩的词汇为特征的文学人类学的微观、中观以及宏观，或者说"局部"与"整体"的研究脉络[68]。

就"西南"这一关键概念而论，徐新建教授在《西南研究论》一书的"前言"中进行了阐释，"（本书）重在研究和论，虽以西南为对象，但重点是放在关于研究的方法及意义等理论问题上"，是"对一种生存空间和文化空间的历史探讨"，"将西南当作一种生存的文化空间，突出它在中国、东亚乃至整个世界之宏观格局中的地位及其历史意义"[69]。在这段阐释中，徐教授将"西南"作为"地域表述"的个案，虽将研究对象聚焦于"西南"，但其关注的问题却直指全球。这里的"西南"是一个具有抽象和具象双重意义的空间概念，前者强调的是"西南"之于文化研究的理论意义，后者则突出了作为空间的"西南"在更大的空间范围内所处的位置与功能。

通过对川大文学人类学学科点关于"地域表述"研究成果的梳理后发现，作为地域的"西南"成为研究者田野点选择以及实践活动展开的基础。无论是"彝学研究的历史"、"苗疆的社会与文化变迁"，还是"嘉绒跳锅庄"、"甲居民俗"、"苗绣与苗族女性"、"'东郎'祭唱"、"当代四川多民族文学"、"白马人的面具之舞"，抑或是"成都形象"、"成都东山客家"、"西南博物馆"、"西南民族志"，皆以"西南地域"而展开言说，该地域内的多民族文学与文化事项成为其探究文学人类学表述理论的实践基础。

由地域西南的研究展开关联，可以看到川大文学人类学学科点多年来有关地域研究的几个核心概念：1."一点四方"的概念阐释；2."跨行省"的区域研究；3."横断走廊"的田野实践。

"一点四方"是对中国传统地域观念以及文化结构的特征总结。在《西南研究论》中，徐新建教授将中国文化的东、西、南、北、中这样一种特殊结构的特征概括为"一点四方"[70]格局。在这一格局中，中原以农耕为命脉，向西是高原与雪域，向北是草原，向东是海洋，向南为山地，地域的阻隔与不同的

---

68 该论述根据四川大学 2021 年秋季学期文学人类学博士课程中徐新建教授的总结发言录音整理而来。

69 徐新建：《西南研究论》，云南教育出版社，1992 年，"前言"第 1 页。

70 在徐新建教授看来，"一点四方"即"以中原某地为中心之点，向四周延伸出四个方向，中心点既是出发的起点也是回归的终点"。参见徐新建：《西南研究论》，云南教育出版社，1992 年，"总序"第 4 页。

生产生活方式，形成了古代中原人对"天下"的认知观念。

　　而"横断走廊"的田野实践可以视为川大文学人类学学科点在"跨行省"区域研究中的重要个案。根据徐新建教授一段关于他新时期以来田野行走路径的回顾[71]，可以看到的是，被其称为"横断走廊"的这片区域，成为了他田野考察的主要区域范围，其表述中涉及到的一些关键词，如"民族聚居区"、"跨省"、"交界"、"边地"等，则是对他行走的这片田野区域的特征概括。具体而言，其对安顺、织金、罗吏目、月亮山、阿坝、高安、丹巴、瓦拉别村等地的田野与行走，关联着对"傩"、"地戏"、"庆坛"、"哭嫁歌"、"古歌"、"朝圣"、"民歌"等民间文学与文化的考察，同时助推着表述理论的演进。

　　2008年，徐新建教授主编的"中国民族文化走廊丛书"[72]出版，这套丛书出版的意义在于，这是中国文学人类学学者对费孝通先生提出的"走廊"学说的回应与接着说，对于实存于东亚大陆上的这三大"走廊"区域，从文学与人类学的路径走入其中，既是视域与方法的更新，同时体现出文学人类学力图突破"中心—边缘"传统叙事模式的一贯主张。其中，"横断走廊"关涉的即为中国西部的广大区域。关于"横断走廊"这一提法的由来，据徐新建教授自述："我们用费孝通先生在20世纪80年代初期提出的'走廊'概念为跨越西部诸省的一个特定文化区域命名。与此相关，人们曾提出过诸如'茶马古道''南方丝绸之路'等许多不同的名称，也多次争论，不断折腾。"[73]

　　当文学人类学的视野与方法与这片无论是称之为"横断走廊"、"藏彝走廊"、"藏羌彝走廊"，还是"茶马古道"、"南方丝绸之路"的地方相遇时，文

71　据他回顾，"20世纪80年代以来，笔者以不同的方式多次在'横断走廊'区域内行走。除了在过去出版的《苗疆考察记》和《西南行走录》等书里叙说到过的川、滇、黔、桂民族聚居区以外，还到过四川、青海和云南等跨省交界的许多边地。其中最为连贯的是2006年从甘南的夏河、拉卜楞寺跨越省界一直南下到川西北的松潘、若尔盖、红原和米亚罗……"参见徐新建：《横断走廊——高原山地的生态与族群》，云南教育出版社，2008年，第29页。

72　该丛书包括了徐新建教授的《横断走廊：高原山地的生态与族群》，叶舒宪教授的《河西走廊：西部神话与华夏源流》以及彭兆荣和李春霞合著的《岭南走廊：帝国边缘的地理与政治》三部作品。

73　不过，对于"横断走廊"这一提法，徐新建教授亦指出：即便使用"横断走廊"的称谓，也还会遇到问题，但至少在族群地理和生态史观的意义上，它能超越行省、突破中心，而且可以把文化与自然连接起来，从而对理解古往今来这个地区民族文化的复杂多样有所助益。参见徐新建：《横断走廊高原山地的生态与族群》，云南教育出版社，2008年，第168页。

学人类学强调运用"跨省"、"跨族群"的眼光来审视族群历史与文化，并加入与人类生存发展密切相关的自然地理维度，就显示出文学人类学表述理论是如何基于"地域"层面而不断深化与推进的建构过程。这不仅为进入新世纪以后，在新的时代和全球语境下，中国学者应当如何重新发现和认识中国文化这一问题提供了研究的有效路径，同时也促进了中国文学人类学学科的本土话语体系建设。

第二节　多民族文学与文化

文学人类学视域下的多民族文学与文化研究具有多重意涵，"多民族"不仅是从现实层面对多个民族存在这一事实的如实说明，同时以"多"来破除原有的单一民族叙事模式，其中就包括了历史上长久以来形成的"汉族中心主义"。更为重要的是，"多民族"经由"多"的强调而凸显了其"本文"，即历史、当下以及未来语境中族群迁徙、人群互动的过去时、现在时与将来时。如此看来，川大文学人类学在多民族文学与文化研究中践行与建立起来的观念，其实质就是一种跨越时空的人类文化整体观。

一、表述理论的实践

川大文学人类学学科点关于多民族文学与文化的研究是与其"表述问题"的提出和展开彼此关联与互为呼应的，在此意义上，可以将多民族文学与文化的研究实践视为"表述理论"在现实层面的落地与应用。具体而言，涉及到的问题主要包括了：1."多民族"系列概念的命名与表述；2.表述的双向视野；3.地域与族群；4.文学与人类学；5.重构文学理论、重写文学史、重塑文化观。

有关多民族文学与文化的研究，首要的任务在于对"多民族"的界定和阐释。作为"文学与文化"的修饰限定语，如何理解"多民族"一词的意涵显得尤为关键。对此，徐新建教授认为"多民族"这个用法是对原来的诸如"少数民族"、"兄弟民族"以及"非汉民族"等用法的改变与推进，与之前的这些用法相比，"多民族"则蕴含了一种"平等"[74]的关系。受此启发，笔者认为"多民族"不仅是对原有的汉族与少数民族这样的"汉与非汉"的二元划分结构的调整与纠正，实际上它链接了更为久远的历史事实，即还未有当下大家所熟知

---

74 徐新建：《表述与被表述——多民族文学的视野与目标》，《民族文学研究》2011 年第 2 期，第 52 页。

的这 56 个民族的命名之前的漫长的历史时期当中生活在这片土地上的族群情形；可以被认为是对中国历史乃至世界历史上族群迁徙、交流、交融状态的一种史实强调和观念还原。在此意义层面，"多民族文学与文化"实际上就是一种人类整体的文学与文化，是对文学人类学整体观的一种凸显和反映。

由此可见，"多民族"的"多"至少包含了三重意涵，第一重是指数量上的众多族群；第二重是指突破了单一民族视野而强调多个民族的互动交融；第三重是以"多"为基础的人类文化整体观。这三重意涵共同构成了"多民族"的概念核心。有关于此，无论是在徐新建教授对古往今来由不同叙事主体生产出来的"长江故事"[75]以及族群起源故事当中的"黄帝"与"蚩尤"[76]——前者关涉到国家的自然地理和文化地理，后者涉及到中国的历史、神话与族群记忆——皆显示出对"多民族"之三重意涵的凸显与思考。另外，"龙传人"与"狼图腾"[77]所代表的不同的民族身份认同类型以及"牧耕交映"[78]所显示出来的类型互补与双重视野，亦是对"多民族"三重意涵的再现与强调。

由"多民族"的三重意涵出发，"多民族文学与文化"较之于以往的"少数民族文学与文化"、"兄弟民族文学与文化"等概念有了新的意涵。首先，多民族文学与文化研究关注的是"本文"和"文本"，亦即"自表述"和"他表述"、"表述"与"被表述"之间的关联，即如徐新建教授所言，"表述"与"被表述"所"代表着内与外、上和下两种相互关联的力量"[79]赋予了多民族文学更丰富的内涵。其次，多民族文学与文化是经由"文学"观照"人类"，其终极目标在于"人观"和"观人"，即如徐新建教授所提醒，文学的目标有两极，一为文学的，一为人类的[80]。

"本文"和"文本"的关系是对多民族文学与文化当中存在着的表述的双

75　徐新建：《国家地理与族群写作——关于"长江故事"的文学人类学解读》，《民族文学研究》2005 年第 3 期，第 16-17 页。

76　徐新建：《"蚩尤"和"黄帝"：族源故事再检讨》，《广西民族大学学报（哲学社会科学版）》2008 年第 5 期，第 13 页。

77　徐新建：《当代中国的民族身份表述——"龙传人"和"狼图腾"的两种认同类型》，《民族文学研究》2006 年第 4 期，第 107 页。

78　徐新建：《牧耕交映：从文明的视野看夷夏》，《思想战线》2010 年第 2 期，第 30 页。

79　徐新建：《表述与被表述——多民族文学的视野与目标》，《民族文学研究》2011 年第 2 期，第 51 页。

80　徐新建：《表述与被表述——多民族文学的视野与目标》，《民族文学研究》2011 年第 2 期，第 55 页。

向视野的提醒和标注，即是说，多民族文学与文化研究的总前提是要持有一种双向的视野，即"看与被看"、"说与被说"、"写与被写"，徐新建教授将之总结为"表述与被表述"[81]。正如前文在讲表述问题时谈到在研究中需要时刻注意区分"本文"与"文本"，多民族文学与文化作为一种历史和现状，在关于它的所有"他表述"所形成的"文本"之外，还有其"自表述"的"本文"自为地存在与演变。

正是基于这样的"本文意识"，形成了多民族文学与文化研究当中有关"文学"的新认识。可以看到，"本文世界"中的"文学"是如此的广义而丰富，远非"小说"、"诗歌"、"散文"、"戏剧"这样的分类所能囊括，更绝非只有"文字"一种表述形态。以此来观川大文学人类学学科点在多民族文学与文化研究当中所倡导和体现出来的"文学观"，便具有了人类学的整体意义。其"文学"研究的对象要比既有的界定阔大得多，比如除了书面文学外，还有口传文学；除了文人创作外，还有民间大众的集体创作；除了中国的多元文学外，还有世界各国各地的多元文学。不仅如此，"文学"的对象还在"寻找本文"的过程中得到进一步延伸，比如在书写文化体系之中，还有传世文献与出土文献之分；在文字体系之外，除了上述提及的口头传统外，还有众多的仪式、图像、器物、展演、歌唱、舞蹈，都进入了研究者的视野。再就当下的语境而言，则还有以互联网以及融媒体为基础的大量音频、视频、游戏、VR 等新事物为载体而生成与传播的"新文学现象"，尤其是基于后现代网络与科技语境而诞生的"僵尸文学"、赛博空间、赛博朋克、赛博文化等，亦构成多民族文学与文化研究的当代论域。

进而观之，上述研究反过来又进一步促进方法的更新以及观念的转型，助推川大文学人类学在重构文学理论、重写文学史、重塑文化观方面的社会实践与理论建构进程。关于这一进程的具体经过和总体情形，徐新建教授在其专论《多民族国家的文学与文化》当中进行了详细的阐述。笔者将之作如下总结：1.在重构文学理论方面，提出并阐发了"多民族"的概念，并由此推衍到对"多民族文学"以及"多民族文学与文化"的概念界定与研究实践当中，以此形成文学人类学研究的"多民族观"和"多民族文学观"；2.以此为基础，将之进一步运用到重写文学史的实践当中，提出并呼吁建构"多民族史观"，以及在"多

---

81 徐新建：《表述与被表述——多民族文学的视野与目标》，《民族文学研究》2011 年第 2 期，第 50 页。

民族史观"的视野下展开文学史的书写与研究，以期建立起"多民族文学史观"；3.将历史、当下与未来互为关联，从更为本质的层面思考什么是"文学"并由此反思"人类"，即在"本文"与"文本"的关系之中探求"文学"的本质，即"使人成人"[82]；在"表述"与"被表述"的关系中形塑整体的"人观"：经由他者，照鉴自身；彼此理解，"不同而和"[83]。

二、重述地方与观念重建

作为表述理论的实践，多民族文学与文化的研究当中还有一个重要的论域，即"地域与族群"的探讨。正如本书导论中述及川大文学人类学研究的路径时所言，"地方"是其研究的起点，亦是其研究的归属。多民族文学与文化研究的背后，蕴含着的是经由"地方"的具象表述，进而寻求如何表述中国以至如何表述世界的方法，最终在微观、中观与宏观的总体视野下重述"地方"并重建观念。其中，这一问题的核心之处在于川大文学人类学团队是1.如何重述地方；2.又重建了什么观念。

"如何重述地方"这个问题又包含了几个分支议题：1.什么是"地方"；2.为什么要重述地方；3.重述地方的个案实践与理论建构。

关于"地方"，首先应该明确的一点是，这是一个流动的概念，即它所包含的内容无时无刻都处于变化之中。因此，对于"地方"，我们既无法无视在历史长河中所形成的传统观念，又不能局限于此，而不去接受和面对当今世界局势引发的"地方"之变。如是，徐新建教授提出可以用"全球地方化"或"地方全球化"，即英语中所讲的 Glocalization 一词来重新理解和认识"地方"。相对于整体而言，"'地方'是本，是根，是前提和条件，是每样事物的立足之地"[84]，通过"地方"，才得以窥见整体。

为什么要重述地方呢？"重述"意味着有一种与之对应的"旧述"，"重述"和"旧述"是对"新观念"与"旧观念"的揭示。显然，之所以要"重述"，是因为重述者在"旧述"中发现了问题，希望经由重述而提出看法并使观念得

82 徐新建：《文学人类学："反身转向"的新趋势》，《中外文化与文论》2020年第2期，第45页。

83 徐新建：《文学人类学："反身转向"的新趋势》，《中外文化与文论》2020年第2期，第43页。

84 徐新建：《全球语境与本土认同——比较文学与族群研究》，巴蜀书社，2008年，第149页。

以改变，即"观念重建"。"重述"与"重建"是一个相对的过程，在不同的语境中可以不断"重述"与"重建"，这既是时代变革提出的要求，又是学术思想往前推进的驱动力量，至于各时代的重述者如何重述地方、重建了什么观念，则又是留给他人和后人继续评断与言说的另一个话题。

在川大文学人类学"多民族文学与文化"研究的总体格局中，中国西南成为其言说的关键场域之一。客观地来看，"西南"之所以成为其研究的一个重要场域，其中一个很容易联想到的原因便是——地缘关联。可以看到，无论是日常生活还是学术生活的环境，"西南"皆为身处其中的研究者提供了近距离触碰与感知与其共生共存的、活生生的多民族文学与文化的不同类型与生命样态，成都、贵阳、昆明，四川、贵州、云南，巴蜀、滇黔，成都平原、四川盆地、云贵高原，藏羌彝走廊、六江流域、横断走廊等皆显示出族群众多、多元文化交融共生的地域文化特征。在这样的生命语境中，多民族文学与文化作为人类文学与文化的表征和样态，很容易牵动学者的神经与内心，随着每一场田野的行走、每一处现场的进入、每一次仪式的参与、每一个活生生的人的交流与结识，甚至是田野后每一张照片的整理、每一帧视频画面的剪辑、每一个文字的记录、脑海中的每一段回忆，都成为学人生命的一部分。这已经不单单是一个学术对象选取和学术使命完成的单向问题，而是真切地关系到应如何看待与处理"人与人"、"群与群"、"我与他"之间理解与互动的双向命题。

不过，需要注意的是，即便研究"西南"呈现为川大文学人类学团队的学术特征，但它并非全部内容，也并不代表其研究的最终目的。在笔者看来，更为准确的说法是，川大文学人类学学科点以"西南"为切入点，通过研究西南链接起西北在内的西部、中部和东部在内的中国、中国在内的亚洲以至亚洲在内的整个世界这样一个更为广阔和整体的地域空间。不仅如此，在地域空间的延伸中将个人、群体以及世界这样一种微观、中观和宏观互为关联的表述类型作为讨论相关命题的背景与前提，将跨时空的田野实践与跨学科的学理研讨并置，形成并推进中国文学人类学交叉学科的新方法实践与本土理论更新。

在以"西南研究"或"西南表述"为个案的学术实践中，川大文学人类学学科点展开了对西南问题的密切关注与深入讨论。在这些讨论当中，由"西南问题"关涉"中国问题"并进一步延伸到"东西方问题"以及"全球问题"，其"西南研究"的背后是"中国研究"和"世界研究"，"西南表述"亦关涉到"表述中国"以及"表述世界"等命题。具体来看，这些问题既是当下与未来所需面对的问题，又与历史有紧密的关联。对此，徐新建教授将视野拉回到中国历史上的帝国时代与民国时期，以更为传统以及久远的帝国叙事类型来比照与思考近代以来的"民族—国家"叙事模式，其中便涉及到诸如"西方话语"、"本土传统"、"民族—国家"、"夷夏之辨"、"多元一体"等重要议题，这即是对其"西南研究"之问题背景的概括之一，"如何继续有效地表述其长期传承的多元整体"[85]成为需要重新思考以及重述、重建的时代命题。

在学术实践层面，自上个世纪 90 年代徐新建教授参与发起"西南研究书系"[86]以来，他一直将"西南研究"作为其学术研究的重要领域[87]，并就西南命题不断展开文学人类学的论域开拓与理论思考[88]，其中就包括了诸如"一点

---

85 徐新建：《表述中国：帝国和民国的历史叙事》，《社会科学家》2012 年第 2 期，第 8 页。

86 "西南研究书系"是由云南教育出版社于上个世纪 90 年代陆续推出的系列丛书，主要有徐新建《西南研究论》（1992）；史波《神鬼之祭：西南少数民族传统宗教文化研究》（1992）；杨庭硕，罗康隆《西南与中原》（1992）；师蒂《神话与法制：西南民族法文化研究》（1992）；蓝勇《历史时期西南经济开发与生态变迁》（1992）；金重《神人交错的艺术：西南民间戏剧与宗教》（1995）；章海荣《西南石崇拜》（1995）；宇晓《择取生命的符码：西南民族个人命名制》（1996）；彭兆荣《西南舅权论》（1997）；段玉明《西南寺庙文化》（2001）；杨知勇《西南民族生死观》（2001）等多部著作构成。

87 据徐新建教授自述，"自 20 世纪 90 年代参与发起'西南研究书系'以来，笔者对西南话题的关注持续至今。虽然'单位'从社科院转到高校，地点由黔省变到四川，从业范围由原来的专职研究增加为教研合一，对西南的思考和调研却坚守如一，而且在论域与重心方面还有了进一步延伸"。参见徐新建：《苗疆再造和改土归流：从张中奎的博士论文说起》，《中南民族大学学报（人文社会科学版）》2011年第 3 期，第 37 页。

88 经过笔者梳理，徐新建教授此类学术研究的专著成果有：《贵州文学现状与构想》，贵州人民出版社，1989 年；《从文化到文学》，贵州教育出版社，1991 年；《中国傩文化》，新化出版社，1991 年；《西南研究论》，云南教育出版社，1992 年；《苗疆考察记——在田野中寻找本文》，上海文艺出版社，1997 年；《罗吏实录——黔中一个布依族社区的考察》，贵州人民出版社，1997 年；《生死之间——月亮山牯脏节》，浙江人民出版社，1998 年；《三公的故事——布依族》，云南人民出版社，2003 年；《山寨之间——西南行走录》，广西人民出版社，2004 年；《徐新建文学作品选》，民族出版社，2008 年；《横断走廊——高原山地的生态与族群》，云南教育出版社，2008 年；《全球语境与本土认同——比较文学与族群研究》，巴蜀书社，2008 年；《灾难与人文关怀——"汶川地震"的文学人类学纪实》，四川大学出版社，2009 年；《图说贵阳》，四川大学出版社，2010 年；《侗歌民俗研究》，民族出版社，2011 年；《多民族国家的文学与文化》，人民出版社，2016 年；《黔中论道——徐新建文选》，贵州人民出版社，2020 年；《俗文化与人类学——西南民俗考

四方"、"夷夏之辨"、"族群叙事"、"表述类型"、"帝国反思"等内容在内的"多民族文学与文化"以及"表述理论"相关议题的探讨，并由此提出历史研究的"整体史观"，文学与文化研究的"多民族文学史观"以及人类学意义上的整体文学观，倡导"不同而和"的文化观与人观。在徐新建教授看来，无论是考察作为地域的"西南"或"西北"，抑或是研究作为族群的"藏民"或"苗民"，都应持有一种双向的视野，即"自外而内的王朝视角"和"由内及外的本土立场"[89]，换言之，即表述理论当中所谈到的如何看待与处理"他表述"与"自表述"之间的关联。其结论是：区域研究或地方研究的目的不在于"一族"、"一地"、"一国"，而是与"人类整体的历史相联系"[90]。

在以"西南"为个案的地方研究中，除了要在学理实践层面注意历史与现实的纵横关联外，徐新建教授亦强调学界研究成果的前后衔接，即从学术史，包括学理史、学科史、学人史等视角考察前人成果，与前人对话。经过笔者梳理，认为其内容主要涉及两个方面：1.民国时期边疆研究对中国西南民族、民间、民俗的再发现与再认识；2.新中国成立后中国学人在民族识别等系列工作中对中国人类学理论的倡导和推进，其中费孝通先生提出的"藏彝走廊"学说和"文化自觉"理论，既在地域上关联着"西南"，又在学理传统上影响着西南人类学、文学人类学的发展。

其中，既有问题存在，亦有经验积累。

问题方面，正如徐新建教授在回顾了民国时期有关中国西部田野调查的多部专著以及20世纪50年代以后中国学者响应政府的号召再次进入西部展开田野调查的两段历史后指出，"20世纪后期学界'西部田野'的描述，无论数量还是质量恐怕都捉襟见肘，顶多只能视为一种'前仆后继'的填补罢了"[91]。在徐教授看来，对于"西部田野"的认识与实践，应做到"既不是忽略、轻视，也不是猎奇、实用"[92]，而是经由"沟通文本与口传"，"重构原始与文

察录》，四川大学出版社，2020年；《多民族国家的人类学》，中国社会科学出版社，2021年。

89 徐新建：《苗疆再造和改土归流：从张中奎的博士论文说起》，《中南民族大学学报（人文社会科学版）》2011年第3期，第39页。

90 徐新建：《苗疆再造和改土归流：从张中奎的博士论文说起》，《中南民族大学学报（人文社会科学版）》2011年第3期，第41页。

91 徐新建：《山寨之间——西南行走录》，广西人民出版社，2004年，第134-135页。

92 徐新建：《山寨之间——西南行走录》，广西人民出版社，2004年，第135页。

明"，"体认理性与非理性"[93]之关系的基础上，突破原有的历史叙事模式，打破"中心—边缘"格局，在"内与外"、"上与下"、"表述与被表述"、"自表述与他表述"都获得平等对待与显示的情形下重述地方、重建观念。如此看来，"西部田野"的问题并没有得到完全的解决，后继研究者们在对话前人的同时，在如何认识以及走进"西部田野"的方法论以及观念问题上还有继续讨论的空间。

经验方面，20世纪上半叶聚集于"华西坝"上的人类学家们对"华西边疆"亦即中国西部的研究，20世纪下半叶中国西南民族研究学会展开的"六江流域民族综合科学考察"以及学者们围绕西部研究而展开与提出的"六江流域"、"边地半月形文化传播带"、"南方丝绸之路"、"茶马古道"、"铜鼓文化圈"等学术实践与主张，直至近来仍不断出现的"藏羌彝走廊"研究、边境跨族群研究等一系列考察研究，皆为以"西南研究"为个案的区域研究、地方研究在跨学科、跨族群以及跨国界的整体研究视野的形成方面积累了大量的经验。

正是基于这样的整体研究视野，川大文学人类学学科点展开了大量关于"地方"的考察与研究，除了上述提到的徐新建教授的相关论撰外，亦有关于1.历史中的"地方"研究，如"明清江南文士的文学书写"，"苗疆再造"，"民国时期西南民族志"；2."地方"文化研究，如"甲居民俗"，"墨尔多神山下的跳锅庄"，"中国西南地区博物馆"，"广西德靖壮族聚会对歌习俗"，"凉山木里藏族宗教文化"，"川东巴文化圈"，"成都形象"，"贵州台江县施洞镇苗绣与女性"，"山西介休民间艺术"，"成都当代艺术实践"；3."地方"文学研究，如"当代四川多民族文学"，"文学湘西"，"麻山苗族东郎祭唱"，"少数民族文学在贵州"；4."地方"族群研究，"成都东山客家"等。以上只是举例说明，这样的研究内容很多，可以说"地方"正是川大文学人类学学科点研究的基点与起点。

综上所述，川大文学人类学团队"重建了什么观念"这一问题便有了初步的显现，就笔者看来，其以"地方"作为研究的基础，在实践中以"西南"作为主要的田野场域与言说空间。由"西南研究"出发，逐步构建起一个由微观、中观、宏观多重视域结合而成的整体研究范式。经由历史与地方、历史与当下、地方与整体之关系的纵横观照，深入反思了"中心—边缘"的传统地方观念，

---

93 唐启翠，叶舒宪：《文学人类学新论——学科交叉的两大转向》，复旦大学出版社，2019年，第148-149页。

提出人类学意义上的"地方整体观"，并进一步思考由互联网所构筑的"线上—线下"新模式在地方观念重建中带来的新挑战与新问题。

最后，笔者将川大文学人类学学科点在"重述地方"与"观念重建"上的学理特征总结如下：即以地域为基础的本土文化的不间断挖掘中寻求人类文化的共性和深层结构。

第三节　数智人文：数智时代的文学与人类学

随着"数智时代"[94]对人类影响的日益加深，世界情形再一次发生了巨大的改变。虚拟空间、人工智能、"后人类"、"元宇宙"……之类的现象和言说大量涌现，似乎宣告了关于"人类"的一切都将被重新认识和界定，人类对"时空"的感知、对"宇宙"的幻想、对"生命"的体认即将进入一个前所未有的境地，这是人类全体将要面对的未来现实。

该时代命题引发了社会各界的关注，其中就包括了世界范围内的学界群体，面对这一加剧变化的数智世界，学者们分别从不同的角度展开讨论与回应[95]。

---

94 关于"数智时代"的命名，徐新建教授指出，与用"大数据"、"人工智能"、"后人类"以及"智神"等不同的是，他从地质演化的"人类世"第4期为思考的标尺，提出了"数智时代"这一命名。"数智时代"以数字化技术为基础，以人工智能与互联网结合产生巨大影响为特征，与此前以人类智慧为核心的"人智时代"形成强烈的对照。参见徐新建：《数智时代的文学幻想——从文学人类学出发的观察思考》，《文学人类学研究》2019年第1辑，第5页。

95 2017年3月《文艺理论研究》编辑部发布了一则学术会议征文通知——"后人类语境与文论研究的未来"，其论题包括了：1.后人类与艺术 2.后人类与人文主义 3.后人类语境下的情感、伦理与政治 4.后人类语境下的人文学科发展 5.后人类与科幻文学研究 6.后人类与媒介研究。在其后9月正式召开的会议上，美国杜克大学教授 N. Katherin Heyles 进行了题为"Affirming the Posthuman: Potentials and Problems"的报告，与会专家广泛就"后人类与文学"、"后人类与生命政治"、"人工智能"、"动物伦理"、"后人文主义"以及"后人类主体性"等议题展开讨论。参见：《文艺理论研究|"后人类语境与文论研究的未来"学术会议征稿通知》，https://mp.weixin.qq.com/s/YA6HsWbnES4GEqJmM6t1QQ，2017-03-12；《《文艺理论研究》举办"后人类语境与文论研究的未来"研讨会》，http://www.zhwx.ecnu.edu.cn/ae/42/c28386a306754/page.htm，2017-09-27。另外法国学者布鲁诺·拉图尔、意大利学者罗西—布拉伊多蒂、美国学者 N.凯瑟琳·海勒等皆论撰探讨了该时代议题，参见（法）布鲁诺·拉图尔：《我们从未现代过：对称性人类学论集》，刘鹏、安涅思译，苏州大学出版社，2010年；（意）罗西—布拉伊多蒂：《后人类》，宋根成译，河南大学出版社，2016年；（美）N.凯瑟琳·海勒：《我们何以成为后人类：文学、信息科学和控制论中的虚拟身体》，刘宇清译，北京大学出版社，2017年。

此间，作为从诞生之日起就开始关注人类的文学行为以及人类文化整体性的文学人类学亦积极应对"数智时代"所引发的各类挑战。川大文学人类学团队聚焦"数智时代"的"文学"与"人类学"，通过追溯问题的起源、分析不同的现象、关联多方的回应、思考问题的本质，由此提出在以"数智"为表征的科技时代，最大的表述危机在于——"人类故事还能否延续下去？"[96]随着思考的深入，进一步展开学科反思并提出了文学人类学的应对之"道"：1.人类学田野的"五维"[97]；2.神话与科幻并置的文学生活[98]；3."万物有智"对话"万物有灵"[99]；4."科学"与"文学"并置的人类学[100]；5."理论"与"实践"打通的人类学[101]。

一、从"中心—边缘"到"线上—线下"

　　川大文学人类学团队从"中心—边缘"到"线上—线下"的讨论一方面体现了其研究视野与论域的拓展，同时亦展现了学理上的前后相接与脉络相连，

---

96 如徐新建教授所言，"如今随着数智时代的来临，人类既有的幻想传统受到了严峻挑战。在'人类世'的第 4 期，人工智能是否将取代智人写作？诗性与算法、人智与数智孰胜孰负？本届人类面临选择"。参见徐新建：《数智时代的文学幻想——从文学人类学出发的观察思考》，《文学人类学研究》2019 年第 1 辑，第 3 页。

97 即徐新建教授构建起的"上山"（土著人类学）、"下乡"（农牧人类学）、"进城"（都市人类学）、"入网"（网络人类学）以及"反身"（自我人类学）的人类学田野"五维图"。参见徐新建：《人类学与数智文明》，《西北民族研究》2021 年第 4期，第 6 页。

98 为徐新建教授应邀主讲西南民族大学民族语言文学研究院"西南大讲堂"第一讲《文学人类：基础与前沿》（2021 年 10 月 31 日）讲座中提出的观点。

99 为徐新建教授在西南民族大学主办的"新媒介时代全国民族文学创作发展研讨会"（2021 年 10 月 30 日）上的主题报告发言《"万物有智"对话"万物有灵"：多民族文学的未来前景》当中对"数智时代"的多民族文学发展学术前沿的理论思考与学科回应。

100 根据徐新建教授的阐释，科学的人类学和文学的人类学是文学人类学正在构建的一个新分类谱系，"科学的人类学研究理性的人、逻辑的人；文学人类学研究感性的人、诗性的人，或者叫做灵性的人"。参见王杰，方李莉，徐新建：《边界与融合：审美人类学、艺术人类学与文学人类学的交叉对话》，《贵州大学学报（艺术版）》2021 年第 5 期，第 14 页。

101 对此，徐新建教授指出"未来人类学"应该是 1.迈向人类未来的人类学 2.迈向社会整体的人类学 3.迈向生命实践的人类学，"迈向生命实践"则意味着理论与实践的打通，使人类学在生活世界多样延伸，成为反身践行的自觉之学、自为之学。参见"人类学乾坤"：《211209 徐新建丨迈向生命实践的人类学——福州年会侧记》，https://mp.weixin.qq.com/s/47d8heEbo3mk0MhDBpCRKg，2021-12-09。

即通过对"地方"的重新审视，不仅将文学人类学的田野空间进一步扩展至"五个维度"，同时在理论上指出文学人类学"科学"与"文学"、"实践"与"理论"交叉打通的未来场景。

"地方"反思和反思"地方"

如果说"中心—边缘"的讨论是川大文学人类学对传统地方观念的反思，那么针对计算机和互联网技术快速发展而日渐凸显的"线上—线下"人类生存空间新模式的关注，则显示出该团队对当下以及未来人类前途与学科走向的深度思考与锐意开拓。

如前两节所述，川大文学人类学在重述地方与观念重建的学术进程中，深知中国传统历史叙事中长期存在并影响至今的"中心—边缘"叙事模式对从整体上认识中国及其文化产生了非常严重的遮蔽和误读[102]，使得历史上多族群互动交融的合唱变得似乎只剩下了"一族"（汉族）和"一地"（中原）的独唱，这种影响不仅体现在人们社会交往与生活实践层面对身处的这个国家的整体认知，同时也密切关系到学者们所身处的学术界在学科布局、知识体系以及学派分野等方面显示出来的不同理念与追求。因此，无论是在有关"表述理论"的阐释中不断提出并强调对"本文"的关注与寻求、对"他表述"的警醒与辨别，还是在"多民族文学与文化"的实践中重建起"多民族文学史观"、"人类学整体文学观"，皆显现出对超越"中心—边缘"叙事模式进而建立起文学人类学意义上的"整体地方观"和"整体文化观"的努力。

正是这种对"中心—边缘"认知模式的反思以及对"地方"概念的重新认知，使得川大文学人类学团队愈发意识到计算机革命正在给当下以及即将给未来的人类生存空间所带来的巨大变革与影响。由互联网构筑起来的网络空间引发的一系列问题已经不是单纯靠反思"中心—边缘"叙事模式所能解决，

---

102 这里笔者想举例说明：如果说 20 世纪上半叶人们因地域阻隔、交通不便等原因对西藏、四川、云南等西部地区知之甚少而产生误读的话，那么在 21 世纪的当下，当四川藏族男孩丁真走红网络后，引发了一场网友们关于去哪儿旅行的争论，起因则是有网友一看到"藏族男孩"的介绍，便自然将其与西藏关联，进而发出"四川也有藏族吗？"诸如此类的疑问；再如近来抖音视频 APP 当中的一个热榜话题"北方的狼族"引发热议，不仅刺激着人们对"北方狼族"的各种想象与叙事，同时也引起人们对 1.究竟"谁"才是北方的狼族？以及 2."狼图腾"究竟是怎么回事？的新一轮讨论。由此看来，距离打破"中心—边缘"叙事模式所引发的误读，通过"表述地方"进而寻求"表述中国"的有效路径的探索，仍然需要各界的共同努力。

身处网络时代的人们在"虚拟空间"与"物理空间"中穿梭，新的"空间感"带来了新的"地方观"，即在"线上—线下"新模式中认识"地方"，感知"自我"和"世界"。

那么，该如何来理解这一"线上—线下"新空间模式呢？所谓"线上"，即是指互联网所连接和构建的网络空间，它以计算机程序编码和网络通信技术为基础，以电子设备为输出终端，人们只需要按照一定的规则操作电子设备并连通网络，就可以进入"线上"世界。"线上"世界的运转依靠的是现代科技，只要具备上述涉及的基础条件，世界上的任何一个人、任何一个角落都可以瞬间连通。换言之，"线上"是一个互通的虚拟空间，由各种编码和程序组成，若将之换算为物理空间中具体的登录地点，它可以是世界上任何一个地方。如此一来，传统意义上的物理性质的"地方"空间就消隐在了"线上"的虚拟空间之中。可以说，"线上"虚拟空间构造出了一种不同于以往"中心—边缘"叙事模式中的空间认知，为人们提供了一个重新感知"地方"以及如何看待"地方"与"整体"之关系的新视角，即"在线"和"不在线"。"在线"与"不在线"逐渐成为人们感知自身与他人存在、参与社会交流与群体互动并由此想象世界的新方式。

而"线下"一般是指人们生存的物理空间，"线上—线下"则是指人们现在既生活于虚拟空间，又生存在物理空间，且两个空间愈发在诸如 VR 技术、脑机融合技术等现代科技手段中显示为进一步的交融。这样的事例越来越多，其中一些事件更是事关全体人类未来命运的大事，比如近几年来对全人类造成重大影响的公共卫生事件——COVID-19[103]，目前其影响仍在其病毒变体

---

[103] 对此，川大文学人类学团队由学术视角出发，在灾难叙事和人文关怀之意义层面对"新冠疫情"作出了迅速反应及密切关注，从学理上延续了对"非典"、"汶川地震"等重大事件的相关研究。先后以"专栏征文"、"论文发表"以及"学术讲座"等形式积极回应。2020 年 2 月，《文学人类学研究》刊物发起了一期针对"新冠疫情"的专题征文，参见："文学人类学"：《〈文学人类学研究〉征文通知》，https://mp.weixin.qq.com/s/SsM__8qNSDT1PKKuJtv-_g，2020-02-03。另外亦发表相关文章，如徐新建：《人类语词共同体：新冠疫期的网络热词分析》，《广州大学学报（社会科学版）》2020 年第 4 期，第 113-129 页；《2020：疫情引发的社会演变》，《徐州工程学院学报（社会科学版）》2020 年第 4 期，第 1-11 页；赵靓：《热词大数据："新冠"疫期的舆情映照》，《徐州工程学院学报（社会科学版）》2020 年第 4 期，第 12-24 页。此外，微信公众号"艺城志"从 2020 年 3 月起，陆续推出了 12 期"2020 疫期记录"的文章，多视角、多地域、多风格地呈现了文学人类学视野下的疫情观照。

"德尔塔"、"奥密克戎"的出现下继续干扰着全球的运转与人们的日常生活。以此为背景大量出现的"在线会议"、"居家办公"、"网络授课"、"云答辩"、"云毕业"以及与个人身份信息连通并记录着健康状态、外出行程、疫苗接种、核酸检测的"健康码"，皆是对"线上—线下"生存模式的真实写照；再如2021年12月的一则新闻"万科的最佳新人'崔筱盼'是一位数字化员工"[104]；又如近期广受科技界、商界、学界以及政界关注的"元宇宙"（Metaverse）[105]话题，无一不是对虚拟空间与物理空间日益交融的"线上—线下"新模式的最好说明。

综而论之，川大文学人类学团队对传统的"中心—边缘"叙事模式的反思与超越的结果，是在不断观照"中原"与"边疆"、"城市"与"乡村"、"东方"与"西方"之地方关联，再论"官方"与"民间"、"雅"与"俗"、"世俗"与"神圣"、"文明"与"原始"、"我者"与"他者"之内在关系的基础上，将物理空间的世界连为一个整体。进而，对物理空间整体性的思考进一步拓展至对数智时代"线上—线下"虚拟空间的关注和言说。

可以说，川大文学人类学团队在"中心—边缘"与"线上—线下"之间展开的视域对接和论域互联，正是基于田野实践中的思考，反过来又促成对"田野"的概念、对象以及人类学学科的再度反思。

"田野"反思和反思"田野"

随着川大文学人类学学科的发展和实践的深入，一个概念愈来愈成为其关注的重点和讨论的核心——"田野"，其中又包含了"田野为何"与"田野何为"等分支议题。作为人类学学科的核心概念与研究手段，"田野"一直是人类学界研究的重要内容。"田野"不仅在实践层面关系到人类学研究者的对

---

104 "数字化星球"：《万科2021最佳新人"崔筱盼"竟是数字化员工，值得传统企业深思！》，https://mp.weixin.qq.com/s/4SMTsao1B9LzA1Po6zWj7A，2021-12-22。

105 "智能交通技术"：《元宇宙研究报告汇总》，https://mp.weixin.qq.com/s/OEupX6IC8gfokrfL6MRXHg，2022-01-27。对于"元宇宙"这一热点，川大文学人类学团队亦展开积极回应，其中基于人类学的观点和视野，徐新建教授撰写了《人类学与数智文明：回应"后人类"与"元宇宙"挑战》，https://mp.weixin.qq.com/s/JA9hl3lnFvSeknss_V1WLQ，2021-12-30；姜佑怡、姜振宇：《质疑"元宇宙"：对高科技自我行销的观察批判》，https://mp.weixin.qq.com/s/fp8sYAOdthbue4nyEorVAw，2021-11-09；组织或参与了在成都举办的"生活美学"、"科幻成都"、"元宇宙"的跨界交流与对话，参见"文学人类学"：《2021年文学人类学研究十件大事》，https://mp.weixin.qq.com/s/HmE1rvLU9hzbQReCpt8JkA，2022-01-05。

象和场域，更是在理论层面关涉到人类学者对于"人类"、"文化"、"世界"的总体言说与整体思考。

此处"田野"反思涉及的主要是"田野为何"这一问题，该问题需要用一种动态的眼光来看待，在传统的人类学学科叙事中，"田野"似乎总是和"异域"一词关联在一起，西方早期的人类学者将目光锁定在特罗布里恩群岛、亚马逊丛林、喀麦隆村落……中国早期的人类学者亦将视线聚焦于村寨、牧区、边疆……这种田野对象的异域关联伴随人类学世界影响的日渐扩大、研究成果的广泛传播，逐渐在学科领域内部以及大众观念认知上形成了一种"田野误读"，即认为人类学的田野在"异域"，人类学是对"异域世界"和"异域族群"的研究。

如果说以人类学发现他者和认识他者的早期目标来看，深入世界各地的"异域"中探寻更多的族群和文化类型并建立起人类文化的世界版图，将"异域"作为"田野"的主要对象则显得顺理成章。但是，随着人类学者研究的深入，其学科内部亦出现各种交锋与分野，争论的焦点在于：应如何看待人类学者对"异域"和"他者"的记录与研究？进一步追问，该问题的实质是人类应该如何看待自己，即如何通过理解他者来反观自身。

人类真的已经认识自己了吗？[106]显然并没有。作为研究人的人类学，不仅要研究异域和他者，亦要同步关注"己域"和"己身"；除了"人"之外，还要关注动物界、植物界以及矿物界等所有在内的"生命界"和"自然界"，也可以称之为"非人界"[107]，这样才有可能接近"整体的人"。不仅如此，"数

---

[106] 据介绍，2020 年新冠疫情开始不久，德国胸外科专家丹尼·乔尼克（Danny Jonigk）和病理学家马克西米里·阿克曼（Maximilian Ackermann）开始研究新冠病毒对人体的危害，他们联合欧洲同步辐射研究中心负责粒子加速器技术的保罗·塔福罗（Paul Tafforeau），最终研发出了 HiP-CT 扫描技术。保罗·塔福罗团队建立起一个人体器官图谱计划，希望将所有器官扫描，并将三维图像放入云端，以供医学研究者使用。目前该团队正在测试 ESRF 最新光束设备 BM18，旨在将扫描时间缩短，预计将在 2023 年年底扫描出整个人体。而在此之前，据伦敦大学心脏解剖学家安德鲁·库克（Andrew Cook）所言："虽然我们从几百年前就开始研究心脏结构，但到现在都没有定论，心脏的正常结构应该是什么样。"参见"英国那些事儿"：《他们用人类史上最强的 X 光，告诉我们新冠患者的肺真正伤成了什么样！》https://mp.weixin.qq.com/s/Eq2HuqWcvvKmrWB70wsSAA，2022-01-27。

[107] 有关于此的讨论参见（法）布鲁诺·拉图尔：《我们从未现代过：对称性人类学论集》，刘鹏、安涅思译，苏州大学出版社，2010 年；郭明哲：《行动者网络理论（ANT）：布鲁诺·拉图尔科学哲学研究》，复旦大学博士学位论文，2008 年。

智时代"的全面铺开又为认识"整体的人"提出了新的挑战，原有的空间观已经被改变和超越，人类的生存空间再度突破与更新。例如"新冠疫期"基于大数据算法而被赋予了不同颜色健康码的人群，其中黄码持有者被称为"时空伴随者"[108]，随着这一称谓在各大媒体的新闻报道中大量出现，更是有网友将该称谓进一步发挥，用创作诗歌的形式将其再度呈现[109]，这就使得一个以往不那么容易被人们感知到的"空间"经由大数据和互联网的构建而进一步在人类意识中得到强化。再如基于人类幻想和科幻叙事的作品《流浪地球》中所展现的人类生存空间之变，则将"地球空间"延伸至了"星际空间"[110]。

对此，川大文学人类学将反思"中心—边缘"的传统与应对"线上—线下"的挑战并置关联，更新了人类学的"地方观"，即徐新建教授指出，人类学的全球化视界与地方性观察离不开在地化和整体化，"无处不中心"即为全球化的真实体现[111]；亦更新了人类学的"田野观"，提出了"上山—下乡—进城—入网—反身"[112]五维一体以及"迈向生命实践"[113]的整体田野观。

在笔者看来，川大文学人类学团队所践行的"无处不中心"的地方观以及"无处不田野"的田野观，其实质依然是对"整体观"的凸显，人类学的研究应与地球相关，与生命相连。

二、"人—机"共生：文学人类学的未来语境

"人—机共生"是对人类业已进入的"人—机共存"之时代的进一步思考和希冀，是对"数智时代"文学人类学未来发展方向的思索与展望。正如上个

---

108 参见央视网：《什么是"时空伴随者"？》，https://mp.weixin.qq.com/s/ZKc99PQnI AhzLqbfC5q8Hg，2021-11-05。

109 "方志四川"：《诗词：时空伴随者李翔》，https://mp.weixin.qq.com/s/qwXw_mnR hWKufttiynoI7g，2021-11-10；"诗歌写作计划"：《吴悯：时空伴随者》https://mp. weixin.qq.com/s/UJuL_lJYTXoWQHkHYSm90Q，2021-12-20。

110 "在这样的幻想刻画中，人类生存与展望的场域发生了深远巨变：由城乡、族际和国际扩展至地球与太阳、地球与木星乃至以光年计算的星际空间"。参见徐新建：《数智时代的文学幻想——从文学人类学出发的观察思考》，《文学人类学研究》2019年第1辑，第10页。

111 该论述根据四川大学2021年秋季学期文学人类学博士课程中徐新建教授的总结发言录音整理而来。

112 徐新建：《人类学与数智文明》，《西北民族研究》2021年第4期，第6页。

113 "人类学乾坤"：《211209 徐新建丨迈向生命实践的人类学——福州年会侧记》，https://mp.weixin.qq.com/s/47d8heEbo3mk0MhDBpCRKg，2021-12-09。

世纪胡适在新文化运动当中提出"一时代有一时代之文学"[114]一样，21 世纪的当下则显示出"一个时代有一个时代的人类学"[115]。不过值得注意的是，对"一时代"的强调和凸显并不意味着"此时代"和"彼时代"之间是完全隔绝的，事实是各个时代之间的关联并非简单的线性发展观所能概括，正如胡适上个世纪的言说同样与 21 世纪的当下叠合，便是对古今相接、全球相连的"整体观"的提示与说明。

诞生于"人智"的"数智"，反过来又对"人智"提出了挑战和质疑，关于"人类是什么"的讨论远未结束，数智时代的"人—机"之争延续了"人智时代"史前社会的"人—物"之争、农耕社会的"人—地"之争以及工业社会的"人—天"之争，无一不显示出"人类中心主义"的可悲与局限，亦不断促使人类反思其与自然、社会、自我之间的关联——地球生态、文化互解、人何为人的出路在哪里？或许对"人—机共生"的重新认知便是一种从"人"与"非人"的视角来思考如何超越人类中心主义的途径之一。

数智时代的"人—机共生"

随着数字化技术和互联网的发展，人工智能（AI）、虚拟现实（VR）、脑机融合（BCI）等相关技术和产业获得快速发展，人类从"人—机共存"的时代逐渐向"人—机共融"的时代过渡。若将这一时代语境转换之影响置于学术领域，则可以看到当下无论是人文学科还是社会学科都普遍面临着一个新的问题：即科技挑战。在语词层面的表现即随着"大数据"、"基因编辑"、"机器人"、"克隆人"、"生化人"、"电脑写诗"、"电子文学"、"数字写作"、"计算诗学"一系列概念的出现，昭显出"新人类"、"后人类"时代人文社会科学领域与之对应出现的视域转向和理论更新。

就文学人类学领域而言，徐新建教授围绕该问题阐释的几组关键词可谓对这一视域转向和理论更新的映照之一，笔者将之归纳为：1.人类学与"人类世"；2."数智时代"的文学与幻想；3.人类学与"数智文明"；4."人文重组"与"新文科"[116]。其中的分支议题则关涉到诸如"人智"与"数智"；"诗性"

---

114 胡适著，欧阳哲生编：《胡适文集 2·胡适文存二集》，北京大学出版社，1998 年，第 6-8 页。

115 徐新建：《人类学与数智文明》，《西北民族研究》2021 年第 4 期，第 1 页。

116 参见徐新建：《人类世：地球史中的人类学》，《青海社会科学》2018 年第 6 期，第 1-11 页；《"数能革命"的新挑战》，《跨文化对话》2018 年 12 月总第 41 辑，

与"算法"；"人工智能"与"智人写作"；"书写后人类"和"后人类书写"；"神话"与"科幻"以及互联网人类学、虚拟空间、赛博文学、数字乡村等内容。

有关"人智"与"数智"的讨论实际上是对人类学"我者"与"他者"关系讨论的时代延续，其问题的实质可以归结于如何看待"人类"？正如徐新建教授指出"数智时代"的到来为重新认识人类既提供了机遇，又充满了挑战，其问题的核心在于"我们是谁"、"他们是谁"、"何以成人"[117]。从达尔文的物种起源与生物进化开始使用"高级"和"低级"之等级区别；再到西方殖民诸国使用"文明"与"野蛮"进行群类区隔；及至当下仍然存在于中国社会民众之中的"城里人"和"乡下人"；"沿海"和"内陆"；"包邮区"和"不包邮区"等观念体现出来的人群区分，虽然都是针对这三个问题做出的回答，但是总体的视域范围并未越过物理空间。因此，当超越物理空间的虚拟空间出现并开始动摇原有的人观认知，对于这三个问题的答案又有了新的可能——那就是如何在"人—机"之中重新界定"人"，在"人智"与"数智"之间重新认识"人类"。

对此，徐新建教授指出，在人类世的第 4 期，人类究竟是朝着"天赋智能回归"还是"人工智能突变"，并进一步陈述前者是"经由天赋智能的自省而向生物圈和地球轨迹回归"；后者则或许在"人工智能的失控中加深蜕变，在表面上升的幻象中加重地球的危机"[118]。在笔者看来，随着"元宇宙"等概念的频频出现和科技的爆炸式革新，徐新建教授所担忧的"失控"并不是危言耸听，但如何在"人—机共存"、"人—机共融"的社会现实中寻求"平衡"与"和谐"，将视点从孰胜孰负的输赢观中跳出，正视二者在交锋中并存、在竞争中共生的现实情形，探索一条"人—机共生"的数智文明发展之道，成为文学人类学研究者接下来需要面对和思考的问题。

有关"诗性"与"算法"的讨论实际上是"人智"和"数智"讨论的一个变题，关涉的核心问题是"智人写作"和"人工智能写作"，即徐新建教授提

第 223-239 页；《数智时代的文学幻想——从文学人类学出发的观察思考》，《文学人类学研究》2019 年第 1 辑，第 3-15 页；《数智革命中的文科"死"与"生"》，《探索与争鸣》2020 年第 1 期，第 23-25 页；《人类学与数智文明》，《西北民族研究》2021 年第 4 期，第 1-10 页；"人类学乾坤"：《211209 徐新建 | 迈向生命实践的人类学——福州年会侧记》，https://mp.weixin.qq.com/s/47d8heEbo3mk0MhDBpCRKg，2021-12-09。

117 徐新建：《人类学与数智文明》，《西北民族研究》2021 年第 4 期，第 7 页。

118 徐新建：《人类世：地球史中的人类学》，《青海社会科学》2018 年第 6 期，第 8 页。

出的"在'人类世'的第 4 期，人工智能是否将取代智人写作？"[119]与文字取代口语不同的是，数字写作背后倚靠的是"数智"，由是可以看到在关于"电子写作"（digital writing）和"计算诗学"（computational poetics）的讨论中，N.凯瑟琳·海勒(N. Katherine Hayles)指出在"电子文学"的研究中需要以相反或对比的方式一面观察"人"（the human），一面观察"机"（the machine）及其二者之间的行为关联；在关注文学主题与审美的同时，亦关注与文学生成、运作相关的"计算"[120]。

这里关于"人机互动"以及"文学计算"的问题需要从双向的角度来进一步审视，一面是学者基于"算法感性"和"数字美学"重新探讨了数字影像作品中的叙事特征[121]；一面是有学者指出"今天的人工智能离科幻小说式的全面规模还很远"，即离"通用人工智能"（AGI）还有较远的距离，"今天的人工智能缺乏一个像牛顿似的智能定律或者是智能科学规律"，即"一个关于人类心智的创造性的一般性的理论"[122]。

围绕"人—机共生"时代中的"后人类书写"（Posthuman writing）现象，川大文学人类学团队在"神话"与"科幻"的并置关联中关注人类的"文学"与"幻想"；在"科学"与"文学"的交叉互联中关注"文学"与"科学"的人类；在"实践"与"理论"的打通中关注"人类的整体"和"整体的人类"。2019 年该学科点组织文学人类学跨学科工作坊《网络·科幻·传媒：数智时代的文学与人类学》，围绕"互联网人类学"、"科幻写作与未来世界"以及"数智时代的文学与人类学"等议题展开了多方跨界讨论[123]；2020 年徐新建教授

---

119 徐新建：《数智时代的文学幻想——从文学人类学出发的观察思考》，《文学人类学研究》2019 年第 1 辑，第 3 页。

120 参见 N. Katherine Hayles, *Writing//Posthuman: The Literary Text as Cognitive Assemblage*，载《文艺理论研究》2018 年第 3 期，第 18、20 页。

121 "数字影像作品普遍表现出重感官体验、轻认知和叙事的特点，并不能简单理解为商业大片中叙事的退化，仅剩下奇观式的感官刺激，更深刻的原因还在于，数字技术变革之下我们生存环境和美学特性双重演变的后果；这意味着算法感性不仅带来新的美学表达，同时也被数字资本与新产业所征用，经由感性的技术分配完成治理、操控和统治"。参见王苑媛：《算法感性与数字美学——以数字影像为例》，《中外文化与文论》2020 年第 2 期，第 239 页。

122 "复旦大学 EMBA 项目"：《徐英瑾：当今人工智能距离通用人工智能有多远？》，https://mp.weixin.qq.com/s/hIH215A8vHfVjsIN9shMAQ，2020-07-17。

123 "文学人类学"：《"网络·科幻·传媒：数智时代的文学与人类学"——四川大学文学人类学跨学科工作坊简报》，https://mp.weixin.qq.com/s/QlYW5_as5skwoI3sF7p6_g，2019-04-12。

主持专栏"数智时代的文学与幻想"，聚焦"文学与幻想"这一主题，集中讨论了文学现象的古今共生、关联变异、演变轨迹，凸显了文学发生、类型、功能、变迁各方面在数智时代的多样变化和多方反应[124]；2021 年徐新建教授参与主编的《数智文明与永续发展：人类学高级论坛 2020 卷》出版，该文集聚焦"数智文明"，广泛地探讨了"后人类"、"赛博格"、"数字美学"、"身体再造"、"游戏小说"、"科学神话"、"科学想象"、"科幻佛学"、"城市科幻"、"时空表述"、"跨媒介叙事"[125]等文学人类学前沿议题，充分彰显了数智时代"人—机"共生中文学人类学的未来语境。

新文科：文理并置的未来场景

关于"新文科"的话题自 2020 年教育部新文科建设工作组在新文科建设工作会议上发布《新文科建设宣言》[126]以及 2021 年教育部办公厅发布《教育部办公厅关于推荐新文科研究与改革实践项目的通知》[127]以后，受到各界尤其是学界的强烈关注，围绕何为"新文科"之"新"展开了大量讨论与阐述[128]。

---

124 在该专栏的主持语《数智时代的文学与幻想》中，徐新建教授谈到："文学人类学关注文学的发生、类型及功能、演变，面对由数智与网络引发的挑战，无疑要做出应有的回答。"参见徐新建：《数智时代的文学与幻想》，《中外文化与文论》2020 年第 2 期，第 116 页。

125 其中入选的文章包括：徐新建《人类学与数智文明——回应"后人类"挑战的学科思考》、姜佑怡《赛博空间里的赛博格——人类身心关系的科幻启示》、王苑媛《算法感性与数字美学——以数字影像为例》、卢婷《机器模拟与形神交融：再造身体的跨界比较》等。另外"媒介与科幻"栏目的文章有梁昭《以"文学"思考"游戏"：网络小说中的"游戏"想象》、黄悦《试论科幻文学中科学与神话的共生关系》、李菲，黄书霞《从飞车到激光：新中国科幻文学的"科学"想象与意象重构》、完德加《科幻与佛学的未来展望》、邱硕《城市与科幻的双向赋予：科幻文学的成都书写》、赵靓《"流浪家园"与"移动宇宙"：文学幻想的时空表述》、王艳《跨媒介叙事——数字时代的〈格萨尔〉史诗》。参见"文学人类学"：《2021 年文学人类学研究十件大事》，https://mp.weixin.qq.com/s/HmE1rvLU9hzbQReCpt8JkA，2022-01-05。

126 "闪电新闻"：《〈新文科建设宣言〉发布！培养适应新时代要求的应用型复合型文科人才》，https://baijiahao.baidu.com/s?id=1682380668358305871&wfr=spider&for=pc，2020-11-04。

127 中华人民共和国教育部：《教育部办公厅关于推荐新文科研究与改革实践项目的通知》，http://www.moe.gov.cn/srcsite/A08/moe_741/202103/t20210317_520232.html，2021-03-05。

128 如近年发表的文章，徐新建《数智革命中的文科"死"与"生"》，《探索与争鸣》2020 年第 1 期，第 23 页；黄明东，王祖林《高校新文科建设的探索与理性审视》，《新文科教育研究》2021 年第 2 期，第 31 页；金祥荣，朱一鸿《新文科建设：

综合来看，新文科相较于传统文科而言，更加重视并强调"跨学科"和"大视野"两个面向。虽说传统文科历来亦有"文史哲"不分家的研究传统，但新文科则是将人文科学、社会科学以及自然科学都纳入了"新"之范围，除了基础的"文史哲"外，还包括了"经"、"管"、"法"、"教"、"艺"等学科；此外，随着"数智时代"影响的日益加剧，作为以"人"为研究根本的新文科，则还需要将视野进一步扩展至以数字化技术和人工智能技术为标志的信息技术领域，因为该领域的研究成果极大地引发了对"人"的重新认识和界定。正如徐新建教授所言，人文领域今后的发展在于"直面数能挑战，展望人文重组"[129]。

可以说，无论是国家教育部对"新文科"建设的强调，还是徐新建教授呼吁的"人文重组"，实际上都是对学术对象"物"、"事"、"人"本为一体的恢复与重建，学术领域的分科别类本就是一种后起的建构，其在凸显专门化、专业化的功能与意义上的确取得了不小的成就，但很难同时兼顾整体性，或者说在一定程度上影响了整体视野的形成和发展。目前，中国高考改革将原有的"3+3"模式（即语数外+史地政/物化生）改为"3+1+2"模式（即语数外+物/史+地/政/化/生），可以说是对原有"文理分科"制度向"文理交叉"制度转变的探索尝试。其与高校学科制度改革中的"新文科"、"新工科"、"新医科"以及"新农科"建设互为呼应，共同显示了中国对世界范围内教育体制改革以及"数智时代"发展的适时调整与积极应对。

据教育部办公厅近期公布的首批新文科研究与改革实践项目的通知显示，四川大学文学与新闻学院"面向中华文化国际传播时代的新文科建设"和"文史哲拔尖创新人才培养创新与实践"[130]两项目被认定为新文科研究与改革实践项目。作为川大文新学院从本世纪初开始探索"跨学科研究"和"交叉

背景、内涵与路径》，《宁波大学学报（教育科学版）》2022 年第 1 期，第 18 页；《大众日报》：《新文科建设：新从何来，通往何方》，https://baijiahao.baidu.com/s?id=1694745229313281586&wfr=spider&for=pc，2021-03-20。

129 徐新建：《"数能革命"的新挑战》，《跨文化对话》2018 年 12 月总第 41 辑，第 223 页。

130 据该通知显示，共有 1011 个新文科研究与改革实践项目被认定，川大文新学院的两个项目分别是"552021020024 面向中华文化国际传播时代的新文科建设，李怡，四川大学"和"3542021080029 文史哲拔尖创新人才培养创新与实践，曹顺庆，四川大学"。参见中华人民共和国教育部：《教育部办公厅关于公布首批新文科研究与改革实践项目的通知》，http://www.moe.gov.cn/srcsite/A08/moe_741/202111/t20211110_578852.html，2021-11-02。

学科建设"即确立起来的文学人类学学科点，便在几十年的探索和实践中坚守"跨学科视野"和"跨学界对话"的研究取向与发展模式，不仅对"数智时代"所显示出来的新特征予以学理意义上的总结，更是经由跨界审视与对话合作的多样实践，逐一思考文学人类学在"数智时代"所将面临的新挑战和可能的应对之道，并进一步将视野扩展至整个人文领域，反思"数智革命中的文科'生死'"之命题[131]。

具体而言，思考的面向主要围绕 1. "科学"与"文学"的人类学以及 2. "实践"与"理论"的人类学两方面展开。

如果说"数智时代"中"科学"代表的是人之理性而显示为"数据"、"运算"、"实证"等特征的话，那么此时代中的"文学"则代表了人之灵性而显示为"幻想"、"灵感"、"信仰"之特性。二者的结合才显示为完整之"人性"。关于"人性"自人类诞生那一刻人类便已开始寻求，每一个阶段有不同的样态表征，各个阶段又不断地叠合，至当下"数智时代"，便叠合出了"人—机"之新样态。这一新样态在人文领域又反映为新一轮的"人性"之思。其中一个明显的个案便是由神话到科幻的关联认知与重新认识，正如徐新建教授指出："幻想是文学的基本特征，也是人类物种的精神特长。"[132]

那么"幻想"是否可以作为应对"机器写作"向"人类写作"提出的新挑战之良策呢？对于目前人工智能"创作"出来的各类作品，包括诗歌、剧本、图画、曲谱，争论的焦点在于"创造性"。对此，不同的人工智能专家有不同的看法，比如谷歌"品红计划"（Project Magenta）团队研究员道格拉斯·埃克（Douglas Esck）认为新开发的一些算法可以使机器学会音乐生成，或许还能够独自创造出迷人优雅的内容；然而微软公司的雅龙·拉尼尔（Jaron Lanier）却认为机器以后并不能具有创造性，因为人工智能所倚靠的数据从根本上来说源自人类。[133]可以看到，在人们关于人工智能"创作"的作品是否具有"创造性"这一问题上还争议不断的时候，新的问题又接连出现，如由法国 Obvious团队利用人工智能技术创作的《埃德蒙·贝拉米肖像》被拍卖出了约合 300 万

---

131 徐新建：《数智革命中的文科"死"与"生"》，《探索与争鸣》2020 年第 1 期，第 23 页。

132 徐新建：《数智时代的文学幻想——从文学人类学出发的观察思考》，《文学人类学研究》2019 年第 1 辑，第 3 页。

133 "艺术中国"：《机器人的艺术：人工智能会创作出什么样的作品？》，http://art.china.cn/haiwai/2017-02/07/content_9322330.htm，2017-02-07。

人民币的价格[134]，便将市场、商业等问题牵涉其中，使人工智能创作问题变得更趋复杂。

将问题拉回文学创作与人类幻想，正如上述提到人工智能创作会受限于人类给出的数据总体之和，相比而言，人类幻想就是无边无界不受任何限制的吗？这也是徐新建教授借王德威、弗朗西斯·福山（Francis Fukuyama）以及米歇尔·福柯（Michel Foucault）等人的观点所反向思考的一个问题，即"人类幻想的内在局限"[135]。这个问题对于人们探求"数智时代"出现的无论是科学技术的勃兴，还是科幻叙事的涌现一系列现象的本质，都有着十分重大的意义。

科幻叙事作为数智时代人类幻想的表征之一，其不仅通过幻想的方式将人类的表述与现代科技相连接，在大量的叙事中更显示出了"对人类中心主义的突破和叛离"[136]，相比于原有的口头叙事、仪式叙事、文字叙事，科幻叙事除了传统的文学创作外，借助现代科技的各种手段，出现了大量的影视叙事、动漫叙事、游戏叙事、VR叙事等新形式，其背后更是对科技叙事的彰显。如果说原有的叙事模式还不足以引发人类对于"人智"之清醒认识的话，那么倚靠科技发展而诞生的科幻叙事则将"数智"多方位地展现于其叙事之中，将科技暂时未能实现和带来的震荡转以一种科幻表述，换言之，科幻叙事率先激起了人类对于"数智"可能会给"人智"带来的冲击之幻想，并由此展开对"人类"的反思，即如上述提到的超越人类中心主义、重回整体的宇宙轨迹，这一反思反过来又会作用于现实中的科技，成为"科技人文"或"数智人文"发展之核心议题。

由是，川大文学人类学团队针对"科幻叙事"这一议题展开了大量讨论与研究，包括作家、导演、学者，杂志、会议、学科，高校、地方、世界等众多内容在内的科幻实践；并关注科幻叙事的表述类型、古今共生、仪式关联、演变轨迹、数字人文等诸多分支议题在内的学术前沿。在对"神话是科幻的原型"、"科幻是未来的神话"[137]等观点的不断深化之下，提出了文学人类学视野

---

134 "每日经济"：《人工智能制作的〈埃德蒙·贝拉米肖像〉拍出43.2万美元高价》，http://cn.dailyeconomic.com/business/2018/10/27/2883.html，2018-10-27。

135 徐新建：《数智时代的文学幻想——从文学人类学出发的观察思考》，《文学人类学研究》2019年第1辑，第14-15页。

136 徐新建：《数智时代的文学幻想——从文学人类学出发的观察思考》，《文学人类学研究》2019年第1辑，第7页。

137 在《神话与科幻：文学人类学的前沿议题》讲座中，徐新建教授阐述了如下观点："弗莱指出，文学起源于神话，神话是一切文学的原型。这原理赋予人类文学千

下"神话与科幻并置的文学生活"[138]这一人类幻想的未来场景。

除了上述"科学"与"文学"两个向度外，川大文学人类学团队亦提出了"理论"与"实践"的双向互通。在西南民族大学主办的"新媒介时代全国民族文学创作发展研讨会"上，徐新建教授作了《"万物有智"对话"万物有灵"：多民族文学的未来前景》主题发言，他用一个三角图形将彝族《指路经》标注为"感性"、"灵性"、"理性"三性一体的存在，指出在数智时代《指路经》将以诵唱为"小冰"复魂[139]；另外，在纪录片《诵魂》内部看片会上，徐新建教授将彝人生活中这一缅怀祖辈的信仰仪式视为古今相传的"超世界"，与时下流行的"元宇宙"相比，后者不过是顺此演化的数智变体[140]。从这两处表述来看，徐新建教授凸显了"生命实践"的重要意义：

> 跳出受"人本中心"束缚的地球观，回归将地球当作母亲、把其他生物视为同类的元知识、元信仰，在生命发生的原点上重塑人类。[141]

在人类学高级论坛第20届大会上，作为学界代表之一的徐新建教授由"理论"与"实践"的双向视野出发，提出人类学今后的三个发展面向在于"人类未来"、"社会整体"、"生命实践"，这不仅是在"如何表达人类学思想"这一重要问题上对人类学学科的反思，更是在如何将"实践形态的人类学"和"理论形态的人类学"并联互通的基础上构建起"科技—人文相联手的数智人类学"的路径探索。[142]

百年来所蕴含和呈现的审美魅力。现代科幻激活古代神话。神话是科幻原型，科幻是未来神话，彼此交叉并置，展现从'万物有灵'到'万物有智'的人类认知演进。作为囊括并整合了感性与理性的升华物，人类智能关联'灵性思维'，判断是与不是，该与不该，美和不美。'灵性思维'对应万物相通，体现对生命的反思与敬畏。"参见"南科人文"：《人文名家精品系列讲座：神话与科幻——文学人类学的前沿议题》，https://mp.weixin.qq.com/s/a5arJARVIrcEMZHAnhN-fQ，2021-11-03。

138 为徐新建教授应邀主讲西南民族大学民族语言文学研究院"西南大讲堂"第一讲《文学人类学：基础与前沿》（2021年10月31日）讲座中提出的观点。

139 此为笔者对徐新建教授发言的记录。

140 "西南民大民族语言文学研究院"：《纪录片〈诵魂〉内部看片会在成都举行》，https://mp.weixin.qq.com/s/fAKRMDWlSBwbcwgAWM4DpA，2022-01-25。

141 徐新建：《人类世：地球史中的人类学》，《青海社会科学》2018年第6期，第10页。

142 "人类学乾坤"：《211209 徐新建｜迈向生命实践的人类学——福州年会侧记》，https://mp.weixin.qq.com/s/47d8heEbo3mk0MhDBpCRKg，2021-12-09。

就笔者理解而言，正如上述经由计算机与互联网的发展而层出不穷的新现象与新问题；再如当下全球普遍存在的数字化产业迅速发展与扩张所面临的诸如伦理道德、信息安全、公平正义等系列问题；又如学术界人文领域在理论更新与现实对接之间存在着时间上相对滞后、信息上互不对称等问题，这些亟待解决的问题正是时代发展要求社会各界做出相应改变的真实映照——"线上—线下"所映射出来的"虚拟空间"与"物理空间"、"人—机共生"的"后人类时代"皆呼唤着——新文科背景下文理并置的未来场景。

结　语

　　综观全书，"在地"不仅从语词和概念上构成了全书行文的基础与线索，更是在"物理时空"的层面将"历史"、"当下"与"地方"联结为一个整体，并在"虚拟时空"的影响下一面融入了"未来"维度，一面超越了对"地方"的认知，使"古—今—未"相连，"实与虚"相接，成为通往"宇宙整体"和"生命实践"的承载与途径。基于这一"在地"意识，谈一谈本书关于个案与整体视野下文学人类学的"在地经验"与"认识超越"。

"地方个案"的意义阐释

　　地方个案的意义阐释主要涉及到两方面内容：1.路径总结；2.在地经验之于整体的意义。

　　"文学人类学"在中国学术语境当中有其发展的具体历史与现实情形，作为一种研究方法和视野，其学理史可以追溯至19、20世纪之交人类学等西方知识的进入；作为一个专门术语、专业领域、学会团体、高校学科、研究范式，其历史则是上个世纪 80 年代及其以后发生的事。在这一进程中，"文学人类学"既作为一个发展的整体，同时在"整体"之内又有不同显现，呈现为"多地发展，同中有异"之总体特征。其中，作为中国文学人类学组成部分的四川大学文学人类学在由微观（四川大学文学人类学、四川大学、四川）、中观（学科点、高校、区域）和宏观（"在地学术"和"整体学术"之关联）共同构成的"在地"复合体之中，显示为同中有异的"地方个案"。

　　"地方个案"与"整体"之间有着密不可分的关联。"整体"依"个案"而表现，因"个案"而完整；"个案"依"整体"而凸显，因"整体"而聚焦。

在中国，四川大学较早将"文学人类学"确定为硕、博招生专业，经过几十年的发展，川大文学人类学逐渐成为中国文学人类学学术发展的重要阵地，在人才培养、机构建设、学术活动、田野实践、话语创建、理论更新、刊物创办、媒介延伸、跨界合作等方面皆有所推进。当下，作为一个由"高校"、"学科"、"学会"、"研究所"共同组成和联系起来的跨界象征，四川大学文学人类学学科点既为讨论文学人类学发展提供了"地方个案"，同时为通向中国文学人类学学术整体提供了关联路径。

就四川大学文学人类学学科正式确立的进程来看，其一方面是对本土传统及其学理源流的接续，一方面又是对世界学术思潮转型的凸显。回望历史、反观当下，四川大学文学人类学团队在表述理论的创建、多民族文学与文化实践中"多民族史观"和"多民族文学史观"的提出、"横断走廊"的概念更新以及迈入"数智时代"以后文学人类学的应对之道与未来展望等命题中展开了切实的田野实践和理论阐发。

可以说，通过川大文学人类学这一"地方个案"，以窥见文学人类学"整体"的研究取径，既是本书回顾与研究文学人类学在地发展的视野和方法，同时也体现了川大文学人类学的研究路径和特征，即如徐新建教授所总结的那样："在某种意义上来说，文学人类学川大共同体基本上是以'地方'为基点和以'地方'为出发地，和以'地方'为归属的一个文学人类学研究。"[1]川大文学人类学团队关于"地方"的研究非常多，可以说，"地方研究"是构成川大文学人类学研究的重要标志和特征。值得注意的是，这里的"地方研究"之"地方"，其实质是对"地方性"的凸显。"地方性"是一个由微观、中观、宏观的地方概念构成的整体，是对"变"的一种记录和显现，具体表现为：1.时间序列上的流变；2.空间序列上的变迁。

综而论之，笔者将这一研究路径总结为：在以"地方"为基础的本土文化的不间断挖掘中寻求人类文化的共性和深层结构，是川大文学人类学研究者

---

1 对此，徐新建教授指明，"以我个人来讲，我的研究大量的是从一个行政化的行省扩展为'三省一体'的'西南'，在以'西南'跟'西北'连接起来的西部，然后再到我们文学人类学其他团队的三大'走廊'，岭南走廊、河西走廊、横断走廊，在最后加上了一个整体的费孝通先生的'乡土中国'跟'牧野中国'，合在一起的'长城内外是故乡'的以中国为'地方'，然后我们再讲东亚，再讲亚洲，再讲东西方，最后形成一个以'地方'这个可以伸缩的词汇为特征的文学人类学的微观、中观跟宏观、局部跟整体的研究的一个脉络"。注：该论述根据四川大学 2021 年秋季学期文学人类学博士课程中徐新建教授的总结发言录音整理而来。

推进田野实践与学科理论体系建设的重要路径之一。

"在地认识"的整体超越

　　"在地"作为一种学术话语，它是开放的、动态的，对"在地"的每一次理解和阐释都是一种话语"再造"，没有一层不变的界定，亦没有终结性的解释，它会因人而异得到不同的阐发，同时会随着新案例、新问题的出现而不断演变和更趋完善。经由各界不断阐释、建构以及反思，"在地"逐渐在多领域的讨论与实践中得以演变和转化，成为一种新的研究视野，即关于人们如何看待和处理问题的方法，也被学者们用来研究和处理学术及其发展史的问题，即"学术与在地"。"在地"因其内蕴的 1.流动性；2.微观、中观和宏观的结合；3."地方性"；4."全球性"等特性，在边界融合的状态中不断获得学术生命。

　　在笔者看来，包括文学人类学在内的诸多人文学科共同面临着一个"学术生命力"的问题。"学术生命力"的展开与呈现与一门学科赖以存在的视野、方法、观念、原则有着密切的关联。正因为此，"在地"因其开放与动态的内蕴成为文学人类学学科不断探索、更新其学科研究范式、理论体系的驱动力，并助推其建立起文学人类学的整体观。在"开放"与"动态"这点上，"在地"作为学术话语所彰显的特质与作为学术概念、学科名称的"文学人类学"具有内在一致性，是在方法论与理论建构层面对"学术整体"的不断超越。

"文学人类学"再理解

　　"文学人类学再理解"包含了这样几个层面：1.什么是"文学人类学"；2."再理解"了什么；3.视野展望与未来意义。

　　关于 1.什么是"文学人类学"，这是文学人类学领域的核心命题，也是自该学科确立以来文学人类学学界持续讨论但未形成定论的问题。早期对"文学人类学"的界定有如乐黛云先生在首届年会上的发言指出："会上对'文学人类学'的内涵和外延进行了深入的讨论，大体统一于'文学人类学是用文化人类学方法探讨文学艺术，同时，通过文学艺术及其所包含的深层文化内容进一步研究文化人类学'。"[2]尽管当时对于文学人类学的方法、对象、理论的讨论还处于初创阶段，但通过"是用……方法……探讨……进一步研究"这样的界

2　参见乐黛云：《文化转型与中国文学人类学》，载叶舒宪主编：《文化与文本》，中央编译出版社，1998 年，第 15 页。

定用语来看，与其说是在界定文学人类学是什么，不如说是在陈述文学人类学是怎么做的。

另外在 2019 年出版的《文学人类学新论》一书第十四章"反思与推进：中国文学人类学的理论建构"这部分内容谈到，"在回归到'文学人类学何为'的根本性问题上，关注与反思文学人类学知识话语的建构过程，而这无法脱离汉族与少数民族、西方与中国、现代性与后现代性的多重现实语境"[3]。笔者认为此处的"何为"是一语双关，既可以解读为"文学人类学是什么"，又可以理解为"文学人类学做什么"，在作者看来，要回答"何为"的问题，需要回到文学人类学知识理论体系建构的过程之中，重新审视这一动态进程的历史与现实语境。

再如叶舒宪教授将"文学人类学"视为一种目标，"文学人类学与其理解为一种理论体系，不如先作为一种目标，以便我们不受拘束地重新进入操作的过程"[4]；徐新建教授将"文学人类学是什么"的问题转化为思考"文学人类学需要做什么"、"如何做"以及"在做什么"三个问题；将"定义"文学人类学转换为"解释或描述"文学人类学，并指出不希望将文学人类学变为"教材式"、"被定义化"的名词，而把文学人类学视为一个"开放和流动的概念"[5]。

由此可见，对于"文学人类学是什么"的问题，学界将之转换为"文学人类学在做什么"、"文学人类学在研究什么"或者"怎么做"等问题。这既是对文学人类学作为交叉学科的视野凸显，又是对文学人类学处于现在进行时之状态的呈现。总之，这一问题视域转换将"文学人类学"视为一个"本就是"和"正处于"的开放系统，流动性、对话性和超越性是其内在特征。

在此意义上，笔者提出本书对于"文学人类学"的理解：

> 作为世界学术和中国学术之组成，"文学人类学"是对世界范围
> 内学术思潮转型的一种体现：其本质在于"变"，其视野在于"跨"，
> 其方法在于"证"，其核心在于"表述"，其内容在于"文化"，其目
> 标在于"整体"。在学理上既承接古近中外的前人学术之成果，又注

3 唐启翠，叶舒宪：《文学人类学新论——学科交叉的两大转向》，复旦大学出版社，2019 年，第 232 页。

4 叶舒宪：《文学与人类学——知识全球化时代的文学研究》，四川大学博士学位论文，2003 年，第 179 页。

5 参见徐新建：《文学人类学："反身转向"的新趋势》，《中外文化与文论》2020 年第 2 期，第 45 页。

重与同时代各领域的跨界对话，并在时代语境的映照之下"反思—重建"、"再反思—再重建"根植于中国本土文化的话语体系与方法、理论。质言之，"文学人类学"成为文学人类学研究者看待与处理问题的一种方式，它虽然在中国当下的高校教育体制中以"学科"的形式出现与发展，但"学科"绝对不是其本质面貌和终极目的。文学人类学研究者们对"交叉学科"的不断强调正是宣告他们对"学科"的认识和态度，"交叉学科"的背后凸显的是文学人类学研究者之努力探索——超越"学科"并把具体的研究对象置于跨越古今、超越时空的整体关联之中。

由此"理解"出发，再来谈一谈 2."再理解"了什么。对于"再理解"的具体内容，笔者将之总结为两点：1.身在"村庄"，眼在"世界"；2.时空民族志。

这里笔者化用格尔茨的观点，将这一对文学人类学的"再理解"阐释为"课堂—多界"、"高校—社会"、"一地—宇宙"之对应模式。通过对川大文学人类学这一"在地个案"的梳理与研究，笔者深深地感觉到"文学人类学"虽化身在"课堂"，但眼在"多界"，是一个由"人界"、"自然界"、"灵界"、"虚拟界"共同构成的"多界时空"；虽身处于"高校"，但眼在"社会"，是一个由生活界、学术界、创作界、政界、商界、媒体界、游戏界、科技界、VR 界共同构成的"社会整体"；虽所属于"一地"，但眼在"宇宙"，是一个用"在地"连接历史、跨越古今，将人类时间、地球时间、宇宙时间以及虚拟时间连为一体的"时空整体"。

在此意义上，本书可以被视为关于"文学人类学"的"时空民族志"。"时空民族志"既是一种总结，同时也是一种追问。在时空整体中，"时间"和"空间"成为同一种东西的不同表现形式。其间，"原型"与"变体"、"自我"与"他者"、"理性"与"幻想"、"科学"与"文学"、"神话"与"科幻"、"实践"与"理论"、"时间"与"空间"互相打通成为一个整体；同时亦因"时空"的不断演变而不得不对一些问题暂时悬置或作出预言，成为时空民族志中的未来民族志类型。

最后来谈一谈关于文学人类学"再理解"的第三点"视野展望与未来意义"。就 21 世纪的人文学术转向来说，文学人类学本身就是人类学转向这一时代潮流的组成部分，是与时代的共振、是与世界性学术潮流的对接。随着"后全球化时代"和"数智时代"的到来，笔者愈发感到，如果说科技的发展给全球带来的是一体化的话，那么在学术上则触发了诸如文学人类学这类交叉学科的诞生，换言之，文学人类学的发展与科技发展之间有着密切的关联。今后，文学人类学的未来发展不仅将在实践层面经由协同创新，实现当代转化；亦将基于学科基础、学理意识走向新文科背景下文理并置的未来场景。

行文至此，笔者想说的是，"未来"未来，"幻想"继续，说到底这是一场反身自我的"修"与"行"。

參考文獻

一、專著

（一）中文專著

1. 安琪，博物館民族志 中國西南地區的物象敘事與族群歷史，北京：民族出版社，2014 年。

2. 曹順慶，中西比較詩學，北京：北京出版社，1988 年。

3. 曹順慶等編，濯錦錄：名宿與舊事中的百年川大第二卷，成都：四川大學出版社，2016 年。

4. 陳波，李安宅與華西學派人類學，成都：巴蜀書社，2010 年。

5. 陳伯海，中國文學史之宏觀，北京：中國社會科學出版社，1995 年。

6. 陳廷湘主編，川大史學第 2 輯 文化史卷，成都：四川大學出版社，2016 年。

7. 陳子展，中國近代文學之變遷 最近三十年中國文學史，上海：上海古籍出版社，2013 年。

8. 陳躍紅、徐新建、錢蔭榆，中國儺文化，北京：新華出版社，1991 年。

9. 成都市地方志編纂委員會，成都市志大事記，北京：方志出版社，2010 年。

10. 杜正勝、王汎森主編，新學術之路（上冊），中央研究院歷史語言研究所，1998 年。

11. 段寶林，中國民間文學概要，北京：北京大學出版社，2002 年。

12. 段渝主编，冯汉骥论考古学，上海：上海科学技术文献出版社，2008 年。

13. 方克强，文学人类学批评，上海：上海社会科学院出版社，1992 年。

14. 费孝通编著，社会学的探索，天津：天津人民出版社，1983 年。

15. 费孝通，人的研究在中国，天津：天津人民出版社，1993 年。

16. 冯汉骥，前蜀王建墓发掘报告，北京：文物出版社，2002 年。

17. 冯汉骥著；张勋燎、白彬编，川大史学冯汉骥卷，成都：四川大学出版社，2006 年。

18. 傅崇矩，成都通览（上册），成都：巴蜀书社，1987 年。

19. 傅崇矩，成都通览（下册），成都：巴蜀书社，1987 年。

20. 顾学稼、林霨、伍宗华编，中国教会大学史论丛，成都：成都科技大学出版社，1994 年。

21. 胡适著，欧阳哲生编，胡适文集 2·胡适文存二集，北京：北京大学出版社，1998 年。

22. 胡适著，欧阳哲生编，胡适文集 3·胡适文存二集，北京：北京大学出版社，1998 年。

23. 黄玲主编，文学人类学研究的理论与实践：全 2 册，北京：光明日报出版社，2018 年。

24. 黄人，中国文学史，苏州：苏州大学出版社，2015 年。

25. 黄淑娉、龚佩华，文化人类学理论方法研究，广州：广东高等教育出版社，1996 年。

26. 贾雯鹤，神话的文化解读，重庆：重庆大学出版社，2010 年。

27. 贾芝主编，新中国民间文学五十年，北京：大众文艺出版社，2004 年。

28. 李安宅，藏族宗教史之实地研究，北京：中国藏学出版社，1989 年。

29. 李安宅遗著整理委员会，李安宅藏学文论选，北京：中国藏学出版社，1992 年。

30. 李安宅、于式玉，李安宅、于式玉藏学文论选，北京：中国藏学出版社，2002 年。

31. 李安宅，〈仪礼〉与〈礼记〉之社会学的研究，上海：上海人民出版社，2005 年。

32. 李冬梅选编，龚道耕儒学论集，成都：四川大学出版社，2010 年。

33. 李菲编著，乔健口述史，昆明：云南人民出版社，2014 年。

34. 李璜，学钝室回忆录，台北：传记文学出版社，1979 年。

35. 李济总编辑，国立中央研究院历史语言研究所专刊之一安阳发掘报告第 1-4 期，台北：南天书局有限公司，1978 年。

36. 李济、安阳、石家庄：河北教育出版社，2000 年。

37. 李济，李济文集 3，上海：上海人民出版社，2006 年。

38. 李继凯，叶舒宪主编，文化文本第 1 辑，北京：商务印书馆，2021 年。

39. 李劼人，李劼人全集第 9 卷文学批评，成都：四川文艺出版社，2011 年。

40. 李劼人，死水微澜，武汉：长江文艺出版社，2017 年。

41. 李绍明、童恩正主编，六江流域民族综合科学考察报告之一 雅砻江下游考察报告，中国西南民族研究学会印，1983 年。

42. 李绍明，民族学，成都：四川民族出版社，1986 年。

43. 李绍明、程贤敏编，西南民族研究论文选 1904-1949，成都：四川大学出版社，1991 年。

44. 李绍明，李绍明民族学文选，成都：成都出版社，1995 年。

45. 李绍明、周蜀蓉选编，葛维汉民族学考古学论著，成都：巴蜀书社，2004 年。

46. 李绍明，藏彝走廊民族历史文化，北京：民族出版社，2008 年。

47. 李绍明口述，伍婷婷等记录整理，变革社会中的人生与学术，北京：世界图书出版公司北京公司，2009 年。

48. 李文海主编，民国时期社会调查丛编 二编 少数民族卷，福州：福建教育出版社，2014 年。

49. 李耀仙主编，廖平选集上，成都：巴蜀书社，1998 年。

50. 李怡，现代四川文学的巴蜀文化阐释，长沙：湖南教育出版社，1995 年。

51. 李怡、肖伟胜主编，中国现代文学的巴蜀视野，成都：巴蜀书社，2006 年。

52. 李亦园，人类学与现代社会，台湾水牛出版社，1984 年。

53. 梁启超，清代学术概论，成都：四川人民出版社，2018 年。

54. 林如稷，林如稷选集，成都：四川文艺出版社，1985 年。

55. 林耀华，凉山彝家的巨变，北京：商务印书馆，1995 年。

56. 林耀华，林耀华学述，杭州：浙江人民出版社，1999 年。

57. 岭光电，忆往昔——一个彝族土司的自述，昆明：云南人民出版社，1988 年。

58. 梁昭，文学世界与族群书写，北京：中国社会科学出版社，2018 年。

59. 刘复生，近代蜀学的兴起与演变，成都：四川大学出版社，2016 年。

60. 鲁迅，且介亭杂文，沈阳：万卷出版公司，2014 年。

61. 鲁迅，中国小说史略，南宁：广西人民出版社，2017 年。

62. 罗志田，权势转移近代中国的思想、社会与学术，武汉：湖北人民出版社，1999 年。

63. 罗志田，近代中国史学十论，上海：复旦大学出版社，2003 年。

64. 马长寿，氐与羌，上海：上海人民出版社，1984 年。

65. 马长寿，凉山罗彝考察报告，成都：巴蜀书社，2006 年。

66. 蒙文通，巴蜀古史论述，成都：四川人民出版社，1981 年。

67. 孟燕主编，四川民间文艺60年论文集，成都：四川大学出版社，2010 年。

68. 庞石帚，养晴室笔记，成都：四川文艺出版社，1985 年。

69. 彭文斌主编，人类学的西南田野与文本实践——海内外学者访谈录，北京：民族出版社，2009 年。

70. 彭兆荣，文学与仪式——酒神及其祭祀仪式的发生学原理，西安：陕西师范大学出版总社有限公司，2019 年。

71. 钱基博，现代中国文学史，长沙：岳麓书社，1986 年。

72. 邱硕，成都形象表述与变迁，北京：中国社会科学出版社，2019 年。

73. 任二北，敦煌曲初探，上海：上海文艺联合出版社，1954 年。

74. 任乃强，四川上古史新探，成都：四川人民出版社，1986 年。

75. 任乃强，西康图经，拉萨：西藏古籍出版社，2000 年。

76. 任乃强著，任新建编，川大史学任乃强卷，成都：四川大学出版社，2006 年。

77. 任乃强，民国川边游踪之〈西康札记〉，北京：中国藏学出版社，2009 年。

78. 任新建、周源主编，任乃强先生纪念文集——任乃强与康藏研究，北京：中国藏学出版社，2011 年。

79. 芮逸夫、管东贵，川南鸦雀苗的婚丧礼俗 资料之部，中央研究院历史语言研究所单刊甲种之二十三，1962 年。

80. 四川大学中文系编，四川白马藏族民间文学资料集，内部印行，1982 年。

81. 四川大学中文系"文学概论"课程小组编写，文学的基本原理自学辅导，成都：四川省社会科学院出版社，1984 年。

82. 四川省民俗学会、罗江县人民政府编，李调元研究，成都：巴蜀书社，2007 年。

83. 苏永前，20 世纪前期中国文学人类学实践研究，北京：中国社会科学出版社，2017 年。

84. 孙喆，江山多娇：抗战时期的边政与边疆研究，长沙：岳麓书社，2015 年。

85. 石硕主编，藏彝走廊：历史与文化，成都：四川人民出版社，2005 年。

86. 石硕，藏彝走廊：文明起源与民族源流，成都：四川人民出版社，2009 年。

87. 石硕、李锦、邹立波，交融与互动——藏彝走廊的民族、历史与文化，成都：四川人民出版社，2014 年。

88. 谭旦同，中央博物院廿五年之经过，中华丛书编审委员会，1960 年。

89. 谭继和主编，竹枝成都：本土文化的经典记忆，成都：四川人民出版社，2008 年。

90. 谭佳主编，神话中国：中国神话学的反思与开拓，上海：生活·读书·新知三联书店，2019 年。

91. 谭兴国，蜀中文章冠天下：巴蜀文学史稿，成都：四川人民出版社，2001 年。

92. 唐启翠、叶舒宪编著，文学人类学新论——学科交叉的两大转向，上海：复旦大学出版社，2019 年。

93. 陶道恕，古诗探艺，成都：巴蜀书社，2012 年。

94. 童恩正，古代的巴蜀，成都：四川人民出版社，1979 年。

95. 童恩正，文化人类学，上海：上海人民出版社，1989 年。

96. 童恩正，中国西南民族考古论文集，北京：文物出版社，1990 年。

97. 汪洪亮，抗战建国与边疆学术：华西坝教会五大学的边疆研究，北京：中华书局，2020 年。

98. 王东杰，国家与学术的地方互动——四川大学国立化进程（1925-1939），北京：生活·读书·新知三联书店，2005 年。

99. 王东杰，国中的"异乡"近代四川的文化、社会与地方认同，北京：北京师范大学出版社，2016 年。

100. 王国维，古史新证——王国维最后的讲义，北京：清华大学出版社，1994 年。

101. 王国维，王国维考古学文辑，南京：凤凰出版社，2008 年。

102. 王建民，中国民族学史上卷（1903-1949），昆明：云南教育出版社，1997 年。

103. 王建民、张海洋、胡鸿保，中国民族学史下卷（1950-1997），昆明：云南教育出版社，1998 年。

104. 王铭铭，西学"中国化"的历史困境，桂林：广西师范大学出版社，2005 年。

105. 王铭铭主编，中国人类学评论第 16 辑，北京：世界图书出版公司北京公司，2010 年。

106. 王宗维、周伟洲编，马长寿纪念文集，西安：西北大学出版社，1993 年。

107. 王仲镛主编，赵熙集，成都：巴蜀书社，1996 年。

108. 王筑生主编；林超民，杨慧副主编，人类学与西南民族——国家教委昆明社会文化人类学高级研讨班论文集，昆明：云南大学出版社，1998 年。

109. 吴定良著，吴小庄编，吴定良院士文集，北京：知识产权出版社，2013 年。

110. 吴蓉章、毛建华编，大足石刻之乡的传说，重庆：重庆出版社，1986 年。

111. 吴蓉章，民间文学理论基础，成都：四川大学出版社，1988 年。

112. 吴文藻，论社会学中国化，北京：商务印书馆，2017 年。

113. 吴虞，吴虞文录，合肥：黄山书社，2008 年。

114. 吴玉章，吴玉章回忆录，北京：中国青年出版社，1978 年。

115. 伍婷婷，多重情境下的西南民族研究：基于李绍明的民族学史考察，北京：中国社会科学出版社，2018 年。

116. 萧兵，中国文化的精英——太阳英雄神话比较研究，上海：上海文艺出版社，1989 年。

117. 萧兵，楚辞的文化破译——一个微宏观互渗的研究，武汉：湖北人民出版社，1991 年。

118. 萧崇素，萧崇素民族民间文学论集，成都：四川民族出版社，1999 年。

119. 谢和平主编，世纪弦歌百年传响：四川大学校史展，成都：四川大学出版社，2007 年。

120. 谢无量，中国大文学史：全 2 册，北京：朝华出版社，2018 年。

121. 徐新建，贵州文学现状与构想，贵阳：贵州人民出版社，1989 年。

122. 徐新建，从文化到文学，贵阳：贵州教育出版社，1991 年。

123. 徐新建，西南研究论，昆明：云南教育出版社，1992 年。

124. 徐新建，苗疆考察记：在田野中寻找本文，上海：上海文艺出版社，1997 年。

125. 徐新建，山寨之间——西南行走录，南宁：广西人民出版社，2004 年。

126. 徐新建，民歌与国学——民国早期"歌谣运动"的回顾与思考，成都：巴蜀书社，2006 年。

127. 徐新建，横断走廊——高原山地的生态与族群，昆明：云南教育出版社，2008 年。

128. 徐新建，全球语境与本土认同——比较文学与族群研究，成都：巴蜀书社，2008 年。

129. 徐新建主编，人类学写作——中国文学人类学研究会第四届年会文辑，成都：四川大学出版社，2010 年。

130. 徐新建，侗歌民俗研究，北京：民族出版社，2011 年。

131. 徐中舒，论巴蜀文化，成都：四川人民出版社，1982 年。

132. 杨骊、叶舒宪编著，四重证据法研究，上海：复旦大学出版社，2019 年。

133. 杨明照，余心有寄：杨明照先生未刊论著选编，成都：四川大学出版社，2019 年。

134. 叶舒宪，神话——原型批评，西安：陕西师范大学出版社，1987 年。

135. 叶舒宪主编，文化与文本，北京：中央编译出版社，1998 年。

136. 叶舒宪，文学与人类学——知识全球化时代的文学研究，北京：社会科学文献出版社，2003 年。

137. 叶舒宪，诗经的文化阐释——中国诗歌的发生研究，西安：陕西人民出版社，2004 年。

138. 叶舒宪主编，文化与符号经济，广州：广东人民出版社，2012 年。

139. 叶舒宪，金枝玉叶——比较神话学的中国视角，上海：复旦大学出版社，2012 年。

140. 叶舒宪，图说中华文明发生史，广州：南方日报出版社，2015 年。

141. 叶舒宪主编，重述神话中国——文学人类学的文化文本论与证据间性视角，上海：上海交通大学出版社，2018 年。

142. 叶舒宪，文学人类学探索，西安：陕西师范大学出版总社有限公司，2018 年。

143. 袁珂，中国古代神话，北京：中华书局，1960 年。

144. 袁珂，神话论文集，上海：上海古籍出版社，1982 年。

145. 袁珂著，贾雯鹤整理，袁珂学述，杭州：浙江人民出版社，1999 年。

146. 乐黛云，乐黛云散文集，南京：译林出版社，2015 年。

147. 张增祺，中国西南民族考古，昆明：云南人民出版社，1990 年。

148. 赵苗，日本明治时期刊行的中国文学史研究，郑州：大象出版社，2018 年。

149. 赵清、郑城编，吴虞集，成都：四川人民出版社，1985 年。

150. 真实故事计划编，快手人类学：亿万用户社区背后的中国图景，北京：台海出版社，2021 年。

151. 郑德坤，四川古代文化史，成都：巴蜀书社，2004 年。

152. 郑德坤，郑德坤古史论集选，北京：商务印书馆，2007 年。

153. 郑振铎，中国俗文学史，北京：中国和平出版社，2014 年。

154. 朱雯等编选，文学中的自然主义，上海：上海文艺出版社，1992 年。

155. 周蜀蓉，发现边疆：华西边疆研究学会研究，北京：中华书局，2018 年。

156. 中国西南民族研究会编，西南民族研究，成都：四川民族出版社，1983 年。

157.（日）竹添进一郎著，张明杰整理，栈云峡雨日记，北京：中华书局，2007 年。

158. 庄学本著；马鼐辉、王昭武、庄文骏主编，羌戎考察记：摄影大师庄学本 20 世纪 30 年代的西部人文探访，成都：四川民族出版社，2006 年。

159. 左玉河，从四部之学到七科之学：学术分科与近代中国知识系统之创建，上海：上海书店出版社，2004 年。

（二）英文专著

1. David Crockett, Graham. *Religion in Szechuan Province, China*, Smithsonian Miscellaneous Collections, 1928.

2. David Crockett, Graham. *Songs and stories of the Ch'uan Miao*, Smithsonian Miscellaneous Collections, 1954.

3. David Crockett, Graham. *The customs and religion of the Ch'iang*, Smithsonian Miscellaneous Collections, 1958.

4. Edward, Tylor. *Primitive Culture*. New York: Dover Publications, 2016.

5. Franz, Boas. *Race, Language and Culture*, New York: Macmillan, 1982.

6. 四川大学博物馆整理，华西边疆研究学会杂志整理影印全本（全十册），北京：中华书局，2014 年。

（三）译著

1. （英）阿奇博尔德·约翰·立德，扁舟过三峡，黄立思译，昆明：云南人民出版社，2001 年。

2. （法）爱米尔·左拉，卢贡家族的家运，林如稷译，成都：四川文艺出版社，2018 年。

3. （法）布鲁诺·拉图尔，我们从未现代过：对称性人类学论集，刘鹏、安涅思译，苏州：苏州大学出版社，2010 年。

4. （法）多隆，彝藏禁区行，辛玉等译，乌鲁木齐：新疆人民出版社，1997 年。

5. 费孝通，江村经济，戴可景译，北京：北京联合出版公司，2018 年。

6. 冯汉骥，中国亲属称谓指南，徐志诚译，上海：上海文艺出版社，1989 年。

7. （美）大卫·哈维，希望的空间，胡大平译，南京：南京大学出版社，2005 年。

8. （美）克利福德·格尔茨，地方知识：阐释人类学论文集，杨德睿译，北京：商务印书馆，2017 年。

9. （美）何瞻，玉山丹池：中国传统游记文学，冯乃希译，上海：上海人民出版社，2021 年。

10. （美）N.凯瑟琳·海勒，我们何以成为后人类：文学、信息科学和控制论中的虚拟身体，刘宇清译，北京：北京大学出版社，2017 年。

11. （美）洪长泰，到民间去——1918-1937 年的中国知识分子与民间文学运动，董晓萍译，上海：上海文艺出版社，1993 年。

12. 林耀华，金翼：一个中国家族的史记，庄孔韶、方静文译，北京：生活书店出版有限公司，2015 年。

13. （意）马西尼，现代汉语词汇的形成——十九世纪汉语外来词研究，黄河清译，上海：汉语大词典出版社，1997 年。

14. （加）莫尔思，紫色云雾中的华西，骆西等译，成都：天地出版社，2018 年。

15. （英）陶然士，羌族宗教，蒋庆华译，四川大学博物馆。

16. （英）陶然士，羌族的历史、习俗和宗教：中国西部的土著居民，陈斯惠译，汶川县档案馆，1987 年。

17. （英）詹姆斯·希尔顿，消失的地平线，大陆桥翻译社译，上海：上海社会科学院出版社，2003 年。

18. （德）沃尔夫冈·伊瑟尔，虚构与想象：文学人类学疆界，陈定家、汪正龙等译，吉林人民出版社，2003 年。

19. （日）伊东忠太，中国纪行伊东忠太建筑学考察手记，薛雅明等译，北京：中国画报出版社，2017 年。

二、论文

（一）期刊论文

1. 巴胜超，作为日常生活的民间文学：叙事长诗〈阿诗玛〉的文学民族志，百色学院学报，2020 年第 4 期。

2. 白晓云，传教士对中国西南宗教和民间信仰的考察——以〈华西教会新闻〉为中心，宗教学研究，2012 年第 2 期。

3. 陈俐、魏红珊，觉奴：四川现代白话小说的先驱，中华文化论坛，2019 年第 4 期。

4. 陈宗祥答；覃影、张强问，70 年致力于民族学研究的学者——西南民族大学陈宗祥先生专访，民族学刊，2012 年第 3 期。

5. 成恩元著，易艾迪整理，华西边疆研究学会始末记，南方民族考古，2015 年第 11 辑。

6. 高丙中，中国民俗学的人类学倾向，民俗研究，1996 年第 2 期。

7. 高去寻，崖墓中所见汉代的一种巫术，古今论衡，1999 年第 2 期。

8. 郭沫若，中国左拉之待望，郭沫若学刊，2011 年第 4 期。

9. 关爱和，梁启超与文学界革命，华夏文化论坛，2012 年第 2 期。

10. 方克强，新时期文学人类学批评述评，复印报刊资料（文艺理论），1992 年第 4 期。

11. 费孝通，关于我国民族的识别问题，中国社会科学，1980 年第 1 期。

12. 费孝通，迈向人民的人类学，社会科学战线，1980 年第 3 期。

13. 费孝通，民族社会学调查的尝试，中央民族学院学报，1982 年第 2 期。

14. 费孝通，谈深入开展民族调查问题，中南民族大学学报（人文社会科学版），1982 年第 3 期。

15. 费孝通，人的研究在中国——个人的经历、读书，1990 年第 10 期。

16. 费孝通，重读〈江村经济·序言〉，北京大学学报（哲学社会科学版），1996 年第 4 期。

17. 费孝通，反思·对话·文化自觉，北京大学学报（哲学社会科学版），1997 年第 3 期。

18. 冯汉骥、童恩正，岷江上游的石棺葬，考古学报，1973 年第 2 期。

19. 冯奇，神话与郭沫若，中国现代文学研究丛刊，1992 年第 1 期。

20. 冯宪华，近代内地会传教士叶长青与川边社会：以〈教务杂志〉史料为中心的介绍探讨，西藏研究，2010 年第 6 期。

21. 何瑞明，近代留欧美学生与四川科学事业，巴蜀史志，2003 年第 2 期。

22. 胡昭曦，古史多重证据法与综合研究法——纪念徐中舒先生诞辰 120 周年，中华文化论坛，2018 年第 11 期。

23. 江玉祥，华大博物馆与皮影戏艺术，四川文物，2004 年第 4 期。

24. 江玉祥，戴谦和与四川皮影戏，文史杂志，2016 年第 4 期。

25. 江玉祥，我和四川省民俗学会——纪念中国改革开放 40 周年（续），文史杂志，2018 年第 6 期。

26. 蓝勇，近代日本对长江上游的踏察调查及影响，中国历史地理论丛，2005 年第 3 辑。

27. 李菲，新时期文学人类学研究的范式转换与理论推进，文艺理论研究，2009 年第 3 期。

28. 李国太，一份不该遗忘的民国杂志——成都〈风土什志〉及其"风土情结"，百色学院学报，2013 年第 2 期。

29. 李锦，"华西学派"的知识生产特征，广西民族大学学报（哲学社会科学版），2019 年第 6 期。

30. 李裴，"逍遥"与"无待"：从道家到道教的审美时空，宗教学研究，2017 年第 4 期。

31. 李绍明，四川理县发现很多石棺葬，文物参考资料，1955 年第 7 期。

32. 李绍明，论我国的民族社会学研究，云南社会科学，1982 年第 4 期。

33. 李绍明，六江流域民族考察述评，西南民族学院学报（社会科学版），1986

年第 1 期。

34. 李绍明，"西南丝绸之路"上的德宏州，民族杂志，1989 年第 7 期。

35. 李绍明、杨健吾，我国山地民族学的现状及其前景，思想战线，1992 年第 2 期。

36. 李绍明，民族学近期在西南地区的应用与发展，民族学研究，1995 年第 11 辑。

37. 李绍明，关于完善中国民族学学科体系问题，广西民族学院学报（哲学社会科学版），1996 年第 1 期。

38. 李绍明，冯汉骥先生与民族学，中华文化论坛，1999 年第 3 期。

39. 李绍明，21 世纪初我国民族学发展的几个问题，西南民族学院学报（哲学社会科学版），2001 年第 11 期。

40. 李绍明，关于中国人类学学科体系与地位问题，思想战线，2002 年第 4 期。

41. 李绍明，西南民族研究的回顾与前瞻，贵州民族研究，2004 年第 3 期。

42. 李绍明，"藏彝走廊"研究与民族走廊学说，藏学学刊，2005 年第 2 辑。

43. 李绍明，藏彝走廊研究中的几个问题，中华文化论坛，2005 年第 4 期。

44. 李绍明、李锦，藏彝走廊族群互动、文化多样及和谐共处问题，民族，2007 年第 1 期。

45. 李绍明，略论中国人类学的华西学派，广西民族研究，2007 年第 3 期。

46. 李绍明，西南人类学民族学研究的历史、现状与展望，西南民族大学学报（人文社科版），2007 年第 10 期。

47. 李绍明，南方丝绸之路上的邛崃与邛人，中华文化论坛，2008 年第 A2 期。

48. 李绍明，近 30 年来的南方丝绸之路研究，中华文化论坛，2009 年第 1 期。

49. 李绍明讲述，彭文斌录音整理，本土化的中国民族识别——李绍明美国西雅图华盛顿大学讲座（一），西南民族大学学报（人文社科版），2009 年第 12 期。

50. 李怡，论"学衡派"与五四新文学运动，中国社会科学，1998 年第 6 期。

51. 李怡，战时复杂生态与中国现代文学的成熟——现代大文学史观之一，北京师范大学学报（社会科学版），2014 年第 3 期。

52. 李怡，开拓中国"革命文学"研究的新空间：建构现代大文学史观，探索与争鸣，2015 年第 2 期。

53. 李怡，大文学视野下的近现代中国文学，社会科学研究，2016 年第 5 期。

54. 李怡，"大文学"需要"大史料"——再谈"在民国发现史料"，当代文坛，2016 年第 5 期。

55. 李怡，从"民国文学机制"到"大文学"观——在山东师范大学的演讲，当代文坛，2018 年第 3 期。

56. 李怡，从"纯文学"到"大文学"：重述我们的"文学"传统——从一个角度看"五四"的文学取向，文艺争鸣，2019 年第 5 期。

57. 李亦园，凌纯声先生对中国民族学之贡献，民族学研究所集刊，1970 年第 29 期。

58. 李志英问，李锦答，社会使命与学术研究：人类学华西学派研究传统的影响力——人类学学者访谈录之八十九，广西民族大学学报（哲学社会科学版），2019 年第 6 期。

59. 刘怀荣，近百年中国"大文学"研究及其理论反思，东方丛刊，2006 年第 2 期。

60. 刘维邦，从"剧场设计"到学术空间——四川大学"文学人类学工作坊"的参与观察，文学人类学研究，2018 年第 1 辑。

61. 龙仙艳，高校开设文学人类学本科教学的探讨——以〈亚鲁王〉研究的双重话语探索为例，凯里学院学报，2017 年第 4 期。

62. 卢晖临、李雪，如何走出个案——从个案研究到扩展个案研究，中国社会科学，2007 年第 1 期。

63. 吕斌、周晓虹，全球在地化：全球与地方社会文化互动的一个理论视角，求索，2020 年第 5 期。

64. 马昌仪，中国神话学发展的一个轮廓——〈中国神话学文论选萃〉序言，民间文学论坛，1992 年第 6 期。

65. 毛巧晖，越界：1958 年新民歌运动的大众化之路，民族艺术，2017 年第 3 期。

66. 彭兆荣，边界不设防：人类学与文学研究，文艺研究，1997 年第 1 期。

67. 彭兆荣，首届中国文学人类学研讨会综述，文艺研究，1998 年第 2 期。

68. 彭兆荣，我者的他者性——人类学"写文化"的方法问题，百色学院学报，2009 年第 5 期。

69. 彭兆荣，论"城—镇—乡"历史话语的新表述，贵州社会科学，2016 年第 3 期。

70. 彭兆荣、杨娇娇，乡土的表述永远的秦腔——贾平凹小说〈秦腔〉的人类学解读，暨南学报（哲学社会科学版），2019 年第 4 期。

71. 彭兆荣，文学民族志：一种学科协作的方法论范式，青海社会科学，2020 年第 3 期。

72. 邱硕，古今并置的文学人类学——文学人类学研究会 2020 理事工作会综述，徐州工程学院学报（社会科学版），2021 年第 1 期。

73. 任二北，唐代能有杂剧吗？，四川大学学报（哲学社会科学版），1956 年第 2 期。

74. 任新建，康藏研究社介绍，中国藏学，1996 年第 3 期。

75. 苏永前，人类学眼光与中国文学史的书写——对杨义"重绘中国文学地图"的一种解读，中国社会科学院研究生院学报，2011 年第 6 期。

76. 石硕，"藏彝走廊"：一个独具价值的民族区域——谈费孝通先生提出的"藏彝走廊"概念与区域，藏学学刊，2005 年第 2 辑。

77. 舒大刚，龚道耕学术成就刍议，社会科学研究，2008 年第 2 期。

78. 谭佳，整合与创新：中国文学人类学研究七十年，中国文学批评，2019 年第 3 期。

79. 唐启翠，从文化自觉到文化自立——〈文学人类学新论〉的理论探讨，名作欣赏，2019 年第 8 期。

80. 田兆元，论神话研究的民俗学路径，政大中文学报，2011 年第 15 期。

81. 童恩正，中国西南地区民族研究在东南亚区域民族研究中的重要地位，云南社会科学，1982 年第 2 期。

82. 童恩正，近二十年来东南亚地区的考古新发现及国外学者对我国南方古文明起源的研究，西南民族大学学报（人文社科版），1983 年第 3 期。

83. 万果，四川民族学 70 年发展研究，西华大学学报（哲学社会科学版），2019 年第 5 期。

84. 汪洪亮，殊途同归：华西坝教会五大学的边疆学术传统，四川师范大学学报（社会科学版），2019 年第 1 期。

85. 王杰、方李莉、徐新建，边界与融合：审美人类学、艺术人类学与文学人类学的交叉对话，贵州大学学报（艺术版），2021 年第 5 期。

86. 王建民，李绍明先生与近期西南人类学的发展，西南民族大学学报（人文社会科学版），2010 年第 1 期。

87. 王明珂，寻访凌纯声、芮逸夫两先生的足迹史语所早期中国西南民族调查的回顾，古今论衡，2008 年第 18 期。

88. 王晓伦，近代西方在中国东半部的地理探险及主要游记，人文地理，2001 年第 1 期。

89. 王苑媛，算法感性与数字美学——以数字影像为例，中外文化与文论，2020 年第 2 期。

90. 魏怡昱，孔子、经典与诸子——廖平大统学说的世界图像之建构，儒藏论坛，2007 年。

91. 吴蓉章，学习何其芳同志关于民间文学的论述，四川大学学报（哲学社会科学版），1981 年第 3 期。

92. 吴蓉章，毛泽东同志关于文艺的民族形式和民族风格的理论，四川大学学报（哲学社会科学版），1982 年第 2 期。

93. 萧兵（肖兵），"凤凰涅槃"故事的来源，社会科学研究（成都），1980 年第 6 期。

94. 萧兵，探讨文学人类学拓展研究新领域——文学人类学：走向"人类"回归"文学"，文艺研究，1997 年第 1 期。

95. 萧兵，"人学"的复归：文学人类学实验报告，淮阴师专学报，1997 年第 1 期。

96. 徐新建，"本文"与"文本"之关系——人类学的研究范式问题，黔东南民族师专学报（哲社版），1998 年第 4 期。

97. 徐新建，"地方"的含义——关于"全球化"问题的反向思考，民族艺术，1999 年第 1 期。

98. 徐新建，文学人类学：中西交流中的兼容与发展，思想战线，2001 年第 4 期。

99. 徐新建，"族群地理"与"生态史学"——由"藏彝走廊"引出的综述和评说，藏学学刊，2005 年第 2 辑。

100. 徐新建，国家地理与族群写作——关于"长江故事"的文学人类学解读，民族文学研究，2005 年第 3 期。

101. 徐新建，当代中国的民族身份表述——"龙传人"和"狼图腾"的两种认同类型，民族文学研究，2006 年第 4 期。

102. 徐新建，回向"整体人类学"——以中国情景而论的简纲，思想战线，2008 年第 2 期。

103. 徐新建，"蚩尤"和"黄帝"：族源故事再检讨，广西民族大学学报（哲学社会科学版），2008 年第 5 期。

104. 徐新建，彭文斌，西南研究答问录，贵州社会科学，2010 年第 2 期。

105. 徐新建，牧耕交映：从文明的视野看夷夏，思想战线，2010 年第 2 期。

106. 徐新建，族群表述：生态文明的人类学意义，北方民族大学学报（哲学社会科学版），2010 年第 3 期。

107. 徐新建，表述问题：文学人类学的起点和核心——为中国文学人类学研究会第五届年会而作，西南民族大学学报（人文社会科学版），2011 年第 1 期。

108. 徐新建，表述与被表述——多民族文学的视野与目标，民族文学研究，2011 年第 2 期。

109. 徐新建，人类学写作：科学与文学的并置、兼容，重庆文理学院学报（社会科学版），2011 年第 2 期。

110. 徐新建，李绍明与民族学"苏维埃学派"，民族学刊，2011 年第 3 期。

111. 徐新建，苗疆再造和改土归流：从张中奎的博士论文说起，中南民族大学学报（人文社会科学版），2011 年第 3 期。

112. 徐新建、唐启翠，"表述"问题：文学人类学的理论核心，社会科学家，2012 年第 2 期。

113. 徐新建，表述中国：帝国和民国的历史叙事，社会科学家，2012 年第 2 期。

114. 徐新建，文学人类学的中国历程，西南民族大学学报（人文社会科学版），2012 年第 12 期。

115. 徐新建，族群身体的社会表述——从人类学看全国少数民族传统体育运动会，重庆文理学院学报（社会科学版），2013 年第 1 期。

116. 徐新建，文化即表述，社会科学家，2013 年第 2 期。

117. 徐新建等，"文化表述"：关于表述问题的多学科对话，社会科学家，2013 年第 2 期。

118. 徐新建，历史就是再表述——兼论民族、历史与国家叙事，文艺理论研究，2014 年第 4 期。

119. 徐新建，"香格里拉"再生产——一个"希望世界"现世化，民族艺术，2015 年第 1 期。

120. 徐新建，西南文学与文学西南——文学人类学视野下的大西南文学，大西南文学论坛，2016 年第 1 辑。

121. 徐新建，人类学方法：采风、观察？还是生命内省？，兰州大学学报（社会科学版），2016 年第 5 期。

122. 徐新建，一己之见：中国文学人类学的四十年和一百年，文学人类学研究，2018 年第 1 辑。

123. 徐新建，人类世：地球史中的人类学，青海社会科学，2018 年第 6 期。

124. 徐新建，"数能革命"的新挑战，跨文化对话，2018 年 12 月总第 41 辑。

125. 徐新建，"文学"词变：现代中国的新文学创建，文艺理论研究，2019 年第 3 期。

126. 徐新建，数智时代的文学幻想——从文学人类学出发的观察思考，文学人类学研究，2019 年第 1 辑。

127. 徐新建，数智革命中的文科"死"与"生"，探索与争鸣，2020 年第 1 期。

128. 徐新建，文学人类学："反身转向"的新趋势，中外文化与文论，2020 年第 2 期。

129. 徐新建，俗文化与人类学——呼唤"民俗人类学"，徐州工程学院学报（社会科学版），2020 年第 3 期。

130. 徐新建，人类语词共同体：新冠疫期的网络热词分析，广州大学学报（社会科学版），2020 年第 4 期。

131. 徐新建，2020：疫情引发的社会演变，徐州工程学院学报（社会科学版），2020 年第 4 期。

132. 徐新建，人类学与数智文明，西北民族研究，2021 年第 4 期。

133. 徐学书，"藏羌彝走廊"相关概念的提出及其范畴界定，西南民族大学学报（人文社会科学版），2016 年第 7 期。

134. 徐中舒，巴蜀文化续论，四川大学学报，1960 年第 1 期。

135. 徐中舒，论〈蜀王本纪〉成书年代及其作者，社会科学研究，1979 年第 1 期。

136. 许诗怡、谭佳，走进八千年神话中国——"神话中国"工作坊之"神话学反思及思想研究"综述，文学人类学研究，2018 年第 1 辑。

137. 阳翰笙，出川之前（上），新文学史料，1984 年第 3 期。

138. 杨世文，廖平与西学，地方文化研究辑刊，2013 年第 6 辑。

139. 叶舒宪，玉教与儒道思想的神话根源——探索中国文明发生期的"国教"，民族艺术，2010 年第 3 期。

140. 叶舒宪、彭兆荣、徐新建，"人类学写作"的多重含义——三种"转向"与四个议题，重庆文理学院学报（社会科学版），2011 年第 2 期。

141. 叶舒宪，文化文本的 N 级编码论——从"大传统"到"小传统"的整体解读方略，百色学院学报，2013 年第 1 期。

142. 叶舒宪，从"玉教"说到"玉教新教革命"说——华夏文明起源的神话动力学解释理论，民族艺术，2016 年第 1 期。

143. 叶舒宪、徐新建，重述中国：文学人类学的新话语——中国文学人类学研究会第七届学术年会会议综述，百色学院学报，2017 年第 3 期。

144. 叶舒宪、徐新建、彭兆荣，〈文学人类学研究〉发刊词，文学人类学研究，2018 年第 1 辑。

145. 叶珣，腹地的光耀——〈四川公报·娱闲录〉的"新文化运动"，当代文坛，2020 年第 1 期。

146. 袁珂，漫谈民间流传的古代神话，民间文学，1964 年第 3 期。

147. 袁珂，从狭义的神话到广义的神话——〈中国神话传说词典〉序（节选），社会科学战线，1982 年第 4 期。

148. 袁珂，再论广义神话，民间文学论坛，1984 年第 3 期。

149. 袁珂，中国神话史研究之我见，文史知识，1987 年第 12 期。

150. 袁珂，广义神话与模糊学，云南社会科学，1988 年第 3 期。

151. 袁珂，关于广义神话的探讨——读谷德明编〈中国少数民族神话〉，社会科学研究，1989 年第 1 期。

152. 袁珂，比较神话学运用的丰硕成果——读萧兵关于太阳英雄神话比较研究的一部新著，思想战线，1990 年第 4 期。

153. 袁珂，羌族神话与民间信仰——兼序〈神秘的白石崇拜——羌族信仰习俗之研究〉，文史杂志，1990 年第 6 期。

154. 袁珂，白族"望夫云"神话阐释，思想战线，1992 年第 2 期。

155. 袁珂、岳珍，简论巴蜀神话，中华文化论坛，1996年第3期。

156. 查晓英，从民族史到人类学——童恩正西南考古的参照系，社会科学研究，2019年第5期。

157. 张慨，重回地方——在地化浪潮中的艺术史写作，民族艺术研究，2021年第4期。

158. 张琪，20世纪上半叶人类学"华西学派"的理论流变探略，广西民族大学学报（哲学社会科学版），2019年第6期。

159. 张亚辉，民族志视野下的藏边世界：土地与社会，西南民族大学学报（人文社会科学版），2014年第11期。

160. 张至皋，"四川"的名称由来和辖区演变，社会科学研究，1979年第5期。

161. 郑丹丹，想象力与确定性——个案与定量研究的关系辨析，求索，2020年第1期。

162. 支宇、向宝云，边缘精神的坚守与西部话语的建构——四川文学理论与批评七十年发展报告，当代文坛，2019年第6期。

163. 钟敬文，给〈西方人类学史〉编著者的信（代序），北京师范大学学报（哲学社会科学版），1986年第3期。

164. 邹涛，以四川大学为龙头的四川省比较文学研究发展回眸，中外文化与文论，2017年第2期。

165. 周大鸣，中国民族考古学的形成与考古学的本土化，东南文化，2001年第3期。

166. 周大鸣，人类学的应用研究与中国学派建设，原生态民族文化学刊，2020年第4期。

167. 周蜀蓉，中西学术互动之典范——以华西协和大学博物馆葛维汉与林名均为例，博物馆学刊，2013年第3辑。

168. 周星、王铭铭，发扬文化自觉，坚持田野研究——第二届社会文化人类学高级研讨班综述，广西民族学院学报（哲学社会科学版），1997年第2期。

（二）硕博论文

1. 陈建明，近代基督教在华西地区文字事工研究，四川大学博士学位论文，2006年。

2. 彭兆荣，仪式谱系：文学人类学的一个视野——酒神及其祭祀仪式的发生学原理，四川大学博士学位论文，2002年。

3. 苏永前，20 世纪前期中国文学人类学实践研究，中国社会科学院博士学位论文，2013 年。

4. 王大桥，中国语境中文学研究的人类学视野及其限度，华东师范大学博士学位论文，2008 年。

5. 吴雯，民族志记录和边疆形象——庄学本民国时期的边疆考察和摄影，四川大学硕士学位论文，2006 年。

6. 徐新建，民歌与国学——民国时期"歌谣运动"的兴起与演变，四川大学博士学位论文，2002 年。

7. 徐振燕，任乃强的西南图景——对一位二十世纪前期民族学家的研究，中央民族大学博士学位论文，2011 年。

8. 叶舒宪，文学与人类学——知识全球化时代的文学研究，四川大学博士学位论文，2003 年。

9. 藏乃措，民国时期华西边疆研究所考述，陕西师范大学硕士学位论文，2013 年。

（三）译文

1.（加）步达生，甘肃史前人种说略，李济译，地质专报，1925 年甲种。

2.（加）菲尔兰多·波亚托斯，文学人类学源起，徐新建等译，民族文学研究，2015 年第 1 期。

3.（美）戴谦和，四川古代石（器）——古代四川大地和石块的圆、方、角与弯曲构造，沈允宁译，四川文物，1995 年第 2 期。

4. 段义孚，地方感：人的意义何在？，宋秀葵、陈金凤译，鄱阳湖学刊，2017 年第 4 期。

5.（英）孔贝，藏人论藏（上），李安宅译，边政公论，1942 年第 7/8 期。

6.（英）孔贝，藏人论藏（续），李安宅译，边政公论，1942 年第 9/10 期。

三、民国文献（按时间排序）

（一）刊物

1.《娱闲录》（1914-1915，共 27 期）

2.《华西边疆研究学会杂志》（1922-1946，共 16 期 20 册，增刊 2 册）

3.《边政公论》（1941-1948，共 58 期）

4.《风土什志》（1943-1949，共 14 期）

5.《康藏研究月刊》（1946-1949，共 29 期）

（二）专著

1. 林传甲，中国文学史，上海：上海科学书局，1914 年。

2. 刘长述，松冈小史，成都：成都昌福公司，1915 年。

3. 廖平，六译馆丛书 52 四益馆杂著，成都：四川存古书局，1918 年。

4. 梁启超，清代学术概论中国学术史第五种，北京：商务印书馆，1921 年。

5. 笠公编辑，文学论略，上海：群众图书公司，1926 年。

6. （清）李调元编，钟敬文整理，粤风，北京：朴社出版经理部，1927 年。

7. 任乃强，西康图经·境域篇，南京：新亚细亚学会，1933 年。

8. 庄学本，羌戎考察记，上海：良友图书印刷公司，1937 年。

9. 雷马屏峨纪略，四川省政府教育厅，1941 年。

10. 岭光电，倮情述论，成都：成都开明书店，1943 年。

11. 李济，远古石器浅说，国立中央博物院筹备处第一次专题展览会内部印行，1943 年。

12. 李安宅，边疆社会工作，上海：中华书局，1944 年。

13. 徐益棠，雷波小凉山之倮民，私立金陵大学中国文化研究所出版，1944 年。

14. 郑励俭，四川新地志，南京：正中书局，1946 年。

15. 沙汀，播种者，上海：华夏书店，1946 年。

（三）文章

1. （英）艾约瑟，希腊为西国文学之祖，六合丛谈卷一（影印本），1857 年。

2. （日）古城贞吉译，得泪女史与苦拉佛得女史问答，时务报，1897 年第 39 期。

3. 潘清荫，经史之学与西学相为贯通说，渝报，1897 年第 2 期。

4. 本省近闻：利川将至，渝报，1898 年第 11 期。

5. 邓文焯，训诂与译言相表里说，渝报，1898 年第 12 期。

6. 廖平，改文从质说，蜀学报，1898 年第 2 期。

7. 黄英，四川利害论，蜀学报，1898 年第 8 期。

8. 徐昱，游于艺说，蜀学报，1898 年第 12 期。

9. 汪武雄，清国两江学政方案私议，清议报，1901 年第 100 期。

10. 梁启超，论小说与群治之关系，新小说，1902 年第 1 期。

11. 傅崇矩，启蒙通俗书的章程，启蒙通俗书，1902 年第 1 期。

12. 梁启超，为川汉铁路事敬告全蜀父老，东浙杂志，1904 年第 3 期。

13. 山河子弟，说鹃声，鹃声，1906 年第 1 期。

14. 金沙，过去之四川，四川，1908 年第 1 期。

15. 鲁迅，摩罗诗力说，河南，1908 年第 2 期。

16. 束阁生来简，娱闲录，1914 年第 1 期。

17. 李劼人，儿时影，娱闲录，1915 年第 1 期。

18. 胡适，文学改良刍议，新青年，1917 年 1 月 1 日第 2 卷第 5 号。

19. 孙少荆，成都报界回想录，川报增刊，1919 年 1 月 1 日。

20. 林如稷，太平镇，文艺旬刊，1923 年第 7 期。

21. 吴宓，论今日文学创造之正法，学衡，1923 年第 15 期。

22. 闻一多，女神之时代精神，创造周报，1923 年第 4 期。

23. 闻一多，女神之地方色彩，创造周报，1923 年第 5 期。

24. 蒙文通，议蜀学，甲寅（北京），1925 年第 21 期。

25. 吴文藻，民族与国家，留美学生季报，1927 年第 3 期。

26. 吴文藻，文化人类学的方法，北晨，1931 年第 2 期。

27. 庄学本，廓落克探险记，道路月刊，1935 年第 2 期。

28. 王丰园，我对于改革教育的意见，文化与教育，1936 年第 111 期。

29. 胡鉴民，调查中国民俗的建议，国立中央大学日刊，1936 年第 1602 期。

30. 朱希祖，古蜀国为蚕国说，新四川月刊，1939 年第 2 期。

31. 王觉源，民族自立的文化，民意（汉口），1940 年第 138 期。

32. 孙次舟，读"古蜀国为蚕国说"的献疑，齐鲁学刊，1941 年第 1 期。

33. 冯汉骥，由中国亲属名词上所见之中国古代婚姻制，齐鲁学报，1941 第 1 期。

34. 柯象峰，西康纪行，边政公论，1941 年第 3/4 期。

35. 胡鉴民，羌族之信仰与习为，边疆研究论丛，1941 年 12 月。

36. 华西边疆研究所缘起，中国边疆，1942 年第 2 期。

37. 徐益棠，十年来中国边疆民族研究之回顾与前瞻——为边政公论出版及中国民族学会七周纪念而作，边政公论，1942 年第 5/6 期。

38. 庞石帚，记龚向农先生，志学月刊，1942 年第 6 期。

39. 董作宾，殷代的羌与蜀，说文月刊，1942年第7期。

40. 芮逸夫，中华国族解，人文科学学报，1942年第2期。

41. 凌纯声，中国边疆文化，边政公论，1942年第9/10期；第11/12期。

42. 庄学本，筹办西康影展经过，康导月刊，1942年第10/11期。

43. 学术界消息：彭山考古之重要发见，图书季刊，1943年第1/2期。

44. 龚持平，文化的自立与政治的自立，中央导报（南京），1943年第38期。

45. 吴定良，国族融合性在人类学上之证明，康导月刊，1943年第7/8期。

46. 吴定良，边区人类学调查法，民族学研究集刊，1944年第4期。

47. 胡鉴民，羌民的经济活动型式，民族学研究集刊，1944年第4期。

48. 刘唯公，试谈中国学术文化底自立自主，大学（成都），1944年第5/6期。

49. 任乃强，"藏三国"的初步介绍，边政公论，1945年第4/5/6期。

50. 胡鉴民，苗人的家族与婚姻习俗琐记，国立四川大学校刊，1946年第3期。

51. 任乃强，关于"藏三国"，康导月刊，1947年第9/10期。

52. 顾颉刚，我为什么要写中华民族是一个，西北通讯（南京），1947年第2期。

53. 袁珂，中西小说之比较，东方杂志，1947年第17期。

54. 袁珂，山海经里的诸神（上），台湾文化，1948年第8期。

55. 袁珂，山海经里的诸神（中），台湾文化，1949年第1期。